KB183428

미안해요 파리 뉴욕 런던

미안해요 파리 뉴욕 런던

초판 1쇄 발행 2025년 2월 14일

지은이 나길주
펴낸이 이기봉
편집 좋은땅 편집팀
펴낸곳 도서출판 좋은땅
주소 서울특별시 마포구 양화로12길 26 지월드빌딩 (서교동 395-7)
전화 02)374-8616~7
팩스 02)374-8614
이메일 gworldbook@naver.com
홈페이지 www.g-world.co.kr

ISBN 979-11-388-3973-0 (03810)

미안해요 파리 뉴욕 런던

나길주 지음

우크라이나 전쟁을
배경으로 한 장편 소설

좋은땅

머리말

우크라이나, 문밖에 핀 아름다움…

우크라이나. 거대한 침략자에 맞선 저항의 땅. 그곳에서, 혹한 속에서도 짙고 강렬한 색으로 피어나는 꽃처럼, 문밖에 펼쳐진 눈부신 아름다움이 나를 이 글로 이끌었다.

불의의 피가 지배하는 전쟁은 한순간에 모든 것을 무너뜨리지만, 역설적이게도 가장 강렬하고 찬란한 아름다움을 탄생시킨다. 파멸의 피에 맞서 싸우는 이들의 흐르는 비린내 나는 피는 정화되어 성수(聖水)와 같은 눈물이 되고, 그 눈물은 굳어져 깨지지 않는 영원의 주옥(珠玉)으로 빛난다.

이 아름다움은 단순히 시각적인 감동에 그치지 않고, 영혼 깊숙이 스며들어 심장을 울리는 강렬한 울림으로서 삶의 본질적 가치를 일깨운다.

매일 이어지는 공포의 시간을 잠시라도 잊고 잠들기 위해, 나는 매일 저녁 피빛 와인을 손에 들고 발코니에 서서, 전쟁 속에서도 꿋꿋이 삶을 이어 가는 여성들의 모습을 바라보았다. 그들의 얼굴에는 고통과 생명력이 교차하며, 단순한 외적 매력을 넘어선 삶에 대한 의지와 결단의 빛이 넘쳤다.

나는 결국 희귀하고 숭고한 아름다움을 찾아내기 위해, 마치 가파른 절벽을 오르는 탐험가처럼 더욱 위험한 길을 향해 나아갔다. 격렬한 전투가 이어지는 하르키우와 자포리자에서, 나는 전쟁의 잔해 속에서도 더욱 찬란히 빛나는 얼굴들을 마주했다.

붉은 드레스를 입고 전차를 조종하는 여인, 인스타그램에 생일 축하 메시지를 요청하는 소녀, 그리고 생명을 지키기 위해 끝없이 분투하는 수많은 영혼들. 그들은 전쟁이라는 암흑 속에서도 생명력을 강렬하게 증명하고 있었다.

그 순간, 나는 우크라이나가 단순히 전쟁의 상처와 슬픔으로만 정의될 수 없는 땅이라는 것을 깨달았다. 그들은 아름다움으로 저항하며, 삶으로 싸우고 있었다.

이 이야기는 그들의 생명력과 투쟁을 담아내기 위해 쓰여졌다. 내가 목격한 모든 아름다움은 기록되지 않으면 영원히 사라질지도 모른다. 그래서 나는 이 기록을 남기기로 결심했다.

처음에는 반 다큐멘터리 형식의 영화를 제작하기 위해 시나리오를 작성했다. 하지만 전시 상황에서 배우와 스태프가 징집되고 언제 사라질지 모르는 불확실한 환경에서 장편 영화를 제작하는 것은 불가능했다.

역사의 증거는 시간이 흐르며 희미해지고, 가해자들은 그 증거를 왜곡하려 할 것이다. 나는 이를 막고, 그들의 이야기가 세상에 남기를 바라는 마음으로 내가 직접 보고 겪으며 목격한 사실을 바탕으로 이 소설을 쓰게 되었다.

비록 소설이지만, 등장인물들은 모두 실존하는 사람들이다. 이 책이 독자들에게 우크라이나를 더욱 깊이 이해하고 공감할 수 있는 작은 창이 되기를 진심으로 바란다.

나는 헤르손의 불타 버린 발전소, 바흐무트의 황폐한 터전, 그리고 국경을 넘어 키이우로 향하는 답답하고 비좁은 밤 열차 여정에서 만난 그들의 모습을 결코 잊을 수 없다.

그들의 고귀함은 단순히 생존에 그치지 않고, 존재 자체로 빛나고 있었다. 이 소설은 그들이 세상에 전하고자 했던 메시지를 담아내기 위한 작은 시도이다.

"우리는 살아 있다. 우리는 아름답다. 우리는 절대로 포기하지 않을 것이다!"

이 이야기는 내 삶을 이어 가게 한 그들의 목소리에 대한 응답이자, 깊은 존경을 담은 헌사이다.

목차

에피소드 1:

피의 사과

제1 장:

키이우의 한 한국인

키이우의 새벽은 고요했다. 하지만 동틀 무렵, 어김없이 공습경보가 울렸다. 휴대전화 알림이 먼저 경고를 알렸고, 곧이어 소방서 관제탑에서 울린 사이렌이 도시를 뒤흔들었다.

차가운 바람을 타고 흩어진 소리는 죽음의 그림자를 드리우듯 도시를 압도했다.

공습경보가 반복되면서 사람들은 이제 크게 동요하지 않았다. 도시는 강추위 속에 얼어붙은 듯 고요했지만, 긴장감은 여전히 가시지 않았다.

잠들어 있던 이들도 경보음을 들으며 고민했다. 방공호로 갈지, 아니면 단순한 적의 움직임으로 치부하고 그냥 머물지 선택해야 했다. 대부분은 행운을 바라며 침대에 남았다. 거리엔 적막만이 감돌았다.

그때 한 남자가 텅 빈 거리에 나타났다. 성수, 40대 한국 남성이었다. 덥수룩한 수염과 흐트러진 머리, 세월의 흔적이 묻어나는 얼굴이었다.

그는 두꺼운 코트를 걸치고, 한 손에는 긴 삽을 들고 있었다. 삽은 지팡이처럼 그를 지탱했고, 느린 걸음은 무거운 시간을 짊어진 듯 보였다.

속이 훤히 들여다보이는 투명한 우크라이나 우체통 앞에 멈춰 선 그는 조심스럽게 여러 통의 편지를 하나씩 넣었다. 마지막 편지가 우체통 속으로 떨어지는 순간, 그의 얼굴에 설명할 수 없는 해방감이 스쳤다.

성수는 앙상한 가지만 남은 마로니에 가로수 아래로 시선을 옮겼다. 그의 눈에 얼어붙은 개 배설물이 들어왔다. 그는 삽을 들어 그것을 퍼 담았다.

이 행동은 단순한 일상으로 보이지 않았다. 손끝은 지나치게 신중했고, 마치 중요한 물건을 다루는 사람처럼 섬세했다. 개 배설물을 가방에 담는 그의 모습엔 묘한 긴장감이 감돌았다.

더 이상 개 배설물이 보이지 않자, 그는 발길을 돌려 지하도로 향했다. 지하철 입구에 가까워지자, 규칙적으로 울리는 소리가 귀에 닿았다. 익숙하면서도 묘한 울림이 있는 소리였다.

"똑똑똑…"

어딘가에서 자신을 부르는 듯한 소리에 그는 걸음을 멈췄다. 익숙한 소리에 희미한 미소가 번졌다. 잠시 서서 그 소리를 음미하듯 귀를 기울였다. 오랜 친구를 만난 듯, 그 소리는 알 수 없는 위안과 안식을 가져다주었다.

다시 거리로 나왔을 때, 그의 눈앞에는 독립광장 잔디밭을 가득 채운 무수한 전사자 추모 깃발이 바람에 펄럭이고 있었다.

성수는 깃발 아래 놓인 사진들을 차분히 살펴보았다. 특히, 못다 핀 꽃처럼 여린 슬픔이 서린 젊은 여군들의 눈빛에 그의 시선이 오래 머물렀다. 그 얼굴들에는 조국을 향한 뜨거운 사랑과 묵묵한 희생이 고스란히 담겨 있었다.

그는 사진 속 인물들과 친구처럼, 동생처럼, 혹은 연인처럼 묵묵히 마주 선 느낌에 사로잡혔다. 전사자들의 사진은 오늘도 어제처럼 아무 말 없이 그를 바라보며, 왜 이 새벽에 또 여기에 있는지 조용히 묻는 듯했다.

제2 장:

드니프로강 다리 위에서

성수는 드니프로강을 가로지르는 방치된 듯한 오래된 녹슨 철교 위에 발걸음을 멈췄다. 동이 트는 하늘 아래, 차가운 물결이 잔잔히 흐르고 있었다. 새벽의 적막 속에서 물결 소리는 선명하게 울려 퍼졌고, 다가오는 아침은 마치 세상에 잠깐의 평화를 약속하려는 듯했다.

성수는 눈을 감고 그 고요한 순간을 음미했다. 그러나 그의 머릿속은 이미 다른 소리에 사로잡혀 있었다. 지하철에서 들렸던 익숙한 음향 신호가 귓가를 맴돌았다. 그는 삽을 들어 강철 난간을 가볍게 두드리며 그 소리를 흉내 내기 시작했다.

"똑똑똑…"

혀끝으로 신호를 따라 하며 나지막이 읊조리는 그의 목소리는 새벽의 적막 속에서 희미하게 퍼져 나갔다.

그러나 삽이 난간에 부딪히며 울린 소리는 전혀 달랐다. 그의 기대와는 달리, 그 소리는 거칠고 투박하게 들렸다. 성수의 얼굴에 짜증이 스쳤고, 손에 힘이 들어갔다. 그는 녹슨 강철 난간을 더욱 세게 두드리기 시작했다.

"탕 탕 탕… 탕 탕 탕."

점점 커지는 소리는 새벽의 적막을 깨뜨리며 강 위로 메아리쳤다. 그 소리는 점차 날카로워지며 전쟁의 총성을 연상시키는 울림으로 다리 위에 퍼져 갔다.

삽이 난간에 내려칠 때마다 소리는 점점 커졌고, 그 울림은 성수의 마음속 깊은 곳에 잠들어 있던 수많은 기억들을 끌어 올렸다.

몇 시간 전 한밤중, 성수는 잠들지 못한 채 응접실 책상 앞에 앉아 있었다. 방 안은 정적에 잠겨 있었지만, 그의 머릿속은 끝없이 복잡한 생각들로 가득 차 있었다.

책상 위에는 우크라이나 전쟁의 상황을 담은 그의 사진들이 널브러져 있었다. 인터넷 뉴스를 통해 실시간으로 전해지는 비극적인 소식들을 읽으며, 그의 마음은 점점 더 짓눌렸다.

"솔레다르 마을, 적의 백린탄 포격으로 완전히 전소… 생존 가능성 희박."

이 짧은 타이틀에 담긴 비극은 성수의 가슴에 깊이 파고들었다. 통곡하고 싶었지만, 우크라이나에서는 절대 울지 않는다는 사실을 떠올리며 이를 악물었다. 굳게 닫힌 입술에서 억누른 신음이 새어 나왔다.

그는 책장에서 검은 노트를 꺼내 펼쳤다. 떨리는 손으로 긴 내용을 적은 뒤, 여러 페이지를 찢어 각기 다른 편지봉투에 넣고 주소를 적기 시작했다. 수신자 이름은 모두 스니자나였지만, 적힌 주소는 모두 달랐다.

무거운 마음으로 벽장으로 다가가 긴 삽과 잭나이프를 꺼냈다. 냉장고 문을 열고 작은 수박만 한 사과를 두 손으로 꺼내 가방에 넣었다.

그가 외출 준비를 마치고 집을 나서려던 순간, 침실 문이 천천히 열렸다. 문 앞에는 핑크색 잠옷을 입은 젊은 우크라이나 여인이 조용히 서 있었다.

그녀 옆에는 큰 들개 두 마리가 그의 발치에 조용히 앉아 있었다. 그녀의 얼굴에는 설렘이 가득했다.

"애들이 오고 있나요?"

그녀가 환한 미소로 물었다.

"오늘 날씨가 안 좋아서 내일 온대요. 걱정 말고 계속 자요. 공습경보 울려도 괜찮아요."

성수는 부드러운 우크라이나어로 그녀를 안심시켰다.

그리고 그는 그녀의 손을 부드럽게 잡아 작은 방으로 이끌었다. 침대에 눕힌 뒤 이불을 덮어 주자, 그녀는 안심한 듯 아이들의 곰 인형을 끌어안고 조용히 눈을 감았다.

성수는 조용히 방을 나와 불을 끄고 문을 닫았다. 짐을 챙긴 그는 집을 나섰다. 그의 발걸음은 결심에 찬 듯 무겁고 조용했다.

제3 장:

헨델의 파사칼리아와 강변의 의식

이른 아침, 성수는 드니프로강 변에 홀로 서 있었다. 북쪽에서 불어오는 냉풍이 그의 몸을 감싸고 있었지만, 그의 마음은 차분하고 고요했다.

한 손에 삽을 들고, 그는 얼어붙은 땅을 천천히 파헤치기 시작했다. 삽질은 묵직하고 느렸으나, 그 움직임에는 오랜 시간 눌러온 무언가를 내려놓으려는 듯한 결의가 담겨 있었다.

구덩이가 점점 깊어지자, 그는 가방에서 커다란 사과를 꺼냈다. 사과를 들어 햇빛에 비추자, 싱싱하고 투명하게 빛나는 표면에 그의 얼굴이 어른거렸다. 성수는 잠시 사과를 바라보며 그 안에서 무언가를 찾으려는 듯 멈추었다. 그런 뒤, 만족한 듯 사과를 구덩이에 조심스럽게 내려놓았다.

그 순간, 그의 귀에 다연장 로켓이 발사되는 소리가 들려왔다. 여러 대의 로켓 발사대가 나란히 서서 연기를 내뿜으며, 그 소리는 마치 피아노 선율처럼 헨델의 파사칼리아와 어우러졌다.

오늘 이 의식을 위해 걸어오는 동안 그의 마음속에서 준비되었던 곡이었다. 칼날 같은 강바람과 물결 소리에도 불구하고 선율은 맑고 선명하게 울려 퍼졌다. 반복되는 리듬은 그의 호흡과 동조하며, 마치 심장이 그

음악에 맞춰 고동치는 듯한 착각을 불러일으켰다.

성수는 가방에서 개 배설물을 꺼내 하나씩 코에 대고 냄새를 맡았다. 그가 선율에 귀 기울이며 움직일수록, 다연장 로켓의 폭발음은 음악의 또 다른 악기처럼 리듬을 더해 갔다.

소리가 절정에 이를 무렵, 그는 신선하지 않은 것들을 내던지고 가장 좋은 것만 골라 사과 위에 정성스럽게 얹었다. 그의 모든 행동은 마치 엄숙한 의식을 치르는 듯, 무기들이 만들어 내는 음악과 완벽히 조화를 이루며 자연스럽게 이어졌다.

흙을 덮기 시작하자, 다연장 로켓의 포효는 서서히 잦아들며 음악의 고요 속으로 스며들었다. 땅을 다 덮은 뒤, 성수는 무릎을 꿇고 숨을 고르며 하늘을 올려다보았다.

선율은 그의 마음속 깊이 스며들며 무언의 질문들을 던졌다.

"너희들은 왜 아무것도 하지 않는가?"

성수는 꾸짖듯이 물었다.

하늘을 향해 고정된 시선으로, 그는 다시 중얼거렸다.

"그리고 너는, 왜 아무것도 하지 않는가?"

그의 목소리는 낮았지만, 선율은 여전히 강렬하게 울리며 그의 존재를 감쌌다. 고통과 함께 음악은 점점 더 깊이 그의 몸을 조여 오는 듯했다.

그 순간, 그의 손목에서 붉은 피가 선명하게 솟아올라 공중으로 흩어졌다. 피의 줄기는 아래 구덩이를 서서히 적셔 갔고, 헨델의 파사칼리아는 점점 더 극적으로 고조되었다.

선혈은 땅 위를 따라 흐르며 강물과 하나가 되어 마침내 드니프로 강으로 스며들었다.

성수는 힘이 빠진 몸을 구덩이 옆으로 기울이며 서서히 쓰러졌다.

멀리 드니프로 다리 위에서는, 핑크색 옷을 입은 여자가 들개와 함께 서 있었다. 강한 바람에 옷자락이 휘날리는 가운데, 그녀는 걱정스러운 눈빛으로 다리 아래 펼쳐진 광경을 응시하고 있었다. 그녀의 표정에는 불길한 예감이 서려 있었다.

제4 장:

우크라이나행 겨울밤 열차

제2 차 세계 대전 당시 악명 높은 나치의 유대인 사전 수용소가 자리 잡았던, 지금도 대낮에 희생자들의 유령이 나타난다는 폴란드 헤움 국경역은 적막감에 휩싸여 있었다.

멀리서 우크라이나의 거대한 구식 디젤 기관차가 낮고 울림이 깊은 엔진 소리를 내며 점점 다가오고 있었다. 그 소리는 밤의 정적을 깨뜨리며 플랫폼 전체에 울려 퍼졌다.

한곳에 모여 있던 피난민들이 빙판 위를 조심스레 걸으며 짐을 끌고 자신들의 객차를 찾아 움직였다. 계속되는 폭격 속에서도 고향으로 돌아갈 수 있다는 희망이 어렴풋이 얼굴에 드러났지만, 그들의 발걸음에는 여전히 피로와 불안이 짙게 배어 있었다.

희미한 조명이 깔린 낯선 황폐한 역에서, 여성들과 어린아이들의 얼굴이 어둠 속에서 서서히 드러났다. 마치 유령처럼 보이는 그들의 모습은 어딘지 모르게 공허했다. 그들의 눈에는 두려움과 불확실함이 깃들어 있었고, 차가운 공기 속에서 긴장감은 쉬이 가라앉지 않았다.

한쪽에서는 피난 생활에 필요한 온갖 살림살이를 담은 큰 짐 가방의 부서진 바퀴가 삐걱거리며 플랫폼을 긁고 있었다. 쇳소리가 울려 퍼질 때마다 짐을 끌던 사람들은 멈춰 서서 자신들의 가방이 문제인지 확인하곤 했다.

그 틈에서 성수는 검은 코트를 걸친 채, 긴 여정으로 덥수룩해진 수염과 헝클어진 머리를 하고 카메라를 들고 있었다. 그는 피난민들의 모습을 조용히 렌즈에 담았다. 렌즈 속 그들의 표정은 말없이 모든 것을 이야기하고 있었다. 고단함, 얇은 희망, 그리고 불확실한 내일이 희미한 조명 속에서 더 선명히 드러났다.

성수는 이해하려 애썼다. 전쟁 전, 그들은 너도나도 외국으로 떠나지 못해 안달이었다. 대부분이 희망 없는 조국을 등지고, 선배나 친척, 이웃들이 정착한 잘사는 나라로 가려 했다. 그런데 왜 이제는 죽음을 각오하고 귀환하려 하며 저렇게 고생을 마다하지 않는 것일까? 그런 역설을 그는 카메라에 담아내려 애쓰고 있었다.

디젤 기관차가 경적을 울리며 플랫폼 가까이 다가오자, 낮고 묵직한 진동이 공간 전체를 가득 채우며 울려 퍼졌다.

성수는 고개를 들어 주변을 둘러보며 자신이 탈 객차를 찾기 시작했다. 무거운 짐을 끌고 걷는 그의 발걸음은 긴 여정의 피로에 눌려 더디게 이어졌다.

그의 표정은 마치 그 공간에 사로잡혀 잊혀져 가던 소중한 과거의 무언가를 떠올리는 듯했다.

마침내 객차 앞에 도착한 성수는 주머니에서 승차표를 꺼내 여승무원에게 내밀었다. 여승무원은 피곤함을 감추며 차분한 표정으로 그의 표와 여권을 대조했다. 창백한 조명이 비추는 그녀의 얼굴에는 오랜 경험에서

우러나온 냉정함과 은은한 피로가 깃들어 있었다.

성수는 짐을 높은 객차 발판 위로 들어 올리려 했지만, 그 무게는 혼자 감당하기 어려웠다. 그때 여승무원이 말없이 다가와 그의 짐을 함께 들어 올렸다. 그녀의 손길은 짧고 담담했지만, 성수는 그 안에서 그녀가 얼마나 힘든지 느낄 수 있었다.

허리까지 닿는 높은 발판과 끝없이 이어지는 객차는, 짐이 많아진 전쟁 상황에서 여승무원에게 고된 노역과도 같았다. 승객 대부분이 어린이, 중년 여성, 그리고 노약자들로 이루어져 그녀의 부담은 더 컸다.

우크라이나 각 지방으로 퍼질 수많은 객차를 이끄는 강력한 기관차의 웅장한 동력이 플랫폼 위로 우렁차게 퍼져 나갔다. 고급스럽지 않지만 깔끔하게 정리된 열차 내부는, 평화로운 마지막 이국 역에 잠시 머물렀다가 전쟁 중인 고국으로 돌아갈 준비를 서둘렀다.

제5 장:

전쟁의 밤, 열차에서 만난 사람들

객차 난방용 연탄이 보일러에서 타들어 가며 연기가 창문 틈으로 스며들어 목을 따갑게 했지만, 열차 내부는 묘하게 따뜻했다. 성수는 피곤함을 감추고 말을 아끼는 정복 차림의 여승무원을 따라 좁은 복도를 걸었다.

복도 양옆에는 짐들이 가득 쌓여 있어, 그는 걸음을 옮길 때마다 몸을 비틀거나 조심스레 넘어서야 했다.

잠시 숨을 고르며 자신의 침대칸 앞에 선 성수를 보며 여승무원이 서투른 영어로 문을 열며 말했다.

"여기는 몇 안 되는 2인실 특실이에요. 저도 열차 끝 칸에서 여행합니다. 커피나 차, 뜨거운 물은 언제든 요청하세요. 정차 중엔 화장실이 잠깁니다."

그녀의 목소리는 친절했지만, 수면 부족에서 오는 나른하고 지친 기운이 고스란히 묻어 있었다.

"영어가 많이 늘었네요."

그의 황당한 말에 여승무원은 순간 놀란 표정으로 되물었다.

"저를 아세요?"

성수는 온화한 표정을 띠며 유창한 우크라이나어로 대답했다.

"이르핀 역에서 부르신 노래, 정말 감동적이었어요. 우린 모두 그 순간을 기억할 겁니다. 그리운 당신의 뜨거운 녹차 한 잔 부탁드립니다."

여승무원은 다시 에너지를 얻은 듯 활기 있게 자리를 떠났다. 그녀가 떠난 뒤, 성수는 침대 위에 앉아 짐을 풀기 시작했다.

"여행 금지 국가가 돼서 돌아오는 게 정말 힘들었어. 그래도 당신 주려고 서울에서 가장 아름다운 드레스를 가져왔어."

성수는 구겨지지 않게 조심스레 드레스를 벽걸이에 걸며 혼잣말했다. 이어 그는 하나씩 짐을 꺼내며 낮은 목소리로 중얼거렸다.

"이건 참호에서 먹기 편한 미군 전투 식량… 그리고 당신 전우들에게 줄 전투용 응급 처치 키트야… 더 많이 가져오지 못해서 미안해!"

그의 목소리에는 사소한 물건 하나에도 진심이 배어 있었다.

갑자기 문에서 가벼운 노크 소리가 들렸다.

"똑, 똑, 똑… 똑, 똑, 똑."

성수는 잠시 멈칫하더니 문을 열었다. 성수는 문 앞에 선 여자를 보고 순간 놀랐다. 우크라이나 젊은 여성들은 보통 어떤 환경에서도 최대한 몸과 옷차림을 가꾸는 데 반해, 그녀는 시골에서 막 밭일을 마치고 온 듯 남루한 옷차림에 긴 머리를 고무줄로 대충 묶고, 화장기 없는 맨얼굴 그대로였다.

그녀의 뒤에는 신병처럼 보이는 짧은 머리의 젊은 남자가 함께 있었다. 남자의 눈빛은 애틋하면서도 어딘지 수줍어 보였다.

여자는 머뭇거리며 애원하듯 조심스럽게 입을 열었다.

"죄송하지만, 칸을 바꿔 주실 수 있을까요? 남편과 함께 있어야 해서요."

성수는 잠시 생각에 잠기더니 차가운 어조로 답했다.

"이해는 합니다만, 제 짐이 많아서 옮기기 쉽지 않네요. 다른 승객들에게 먼저 물어보세요. 안 되면 다시 오세요."

여자는 감사의 표시로 고개를 숙이고, 남편과 함께 조심스럽게 복도를 걸어갔다. 성수는 그들의 뒷모습이 사라질 때까지 시선을 떼지 못한 채, 문득 자신의 과거를 떠올리며 깊은 회상에 잠겼다.

오랫동안 그는 그녀가 객차를 오가며 승객들에게 칸을 바꿔 달라고 간절히 부탁하는 모습을 묵묵히 지켜보았다. 그러나 대부분 가족과 함께 여행하는 승객들은 그녀처럼 서로 떨어지는 것을 원하지 않았다.

그녀는 번번이 거절당했고, 점점 피곤함과 실망이 얼굴에 짙어졌다. 그녀가 다시 성수 옆을 스치듯 지나가며 고개를 내저었다.

성수가 먼저 담담하게 제안했다.

"칸을 바꾸죠. 짐 옮기는 걸 도와줄 수 있나요?"

그 말에 여자는 기쁨을 감추지 못하고, 마치 아빠를 껴안듯 성수의 목을 꼭 끌어안았다. 곧 두 사람은 함께 빠르게 짐을 옮기기 시작했다.

새 칸에 도착한 뒤, 성수는 그녀가 창문에 비친 자신의 모습을 보며 고급 핑크색 드레스를 몸에 맞춰 보는 장면을 우연히 목격했다. 그녀의 얼굴에는 마치 꿈꾸는 듯한 짧은 행복과 설렘이 스치듯 지나갔다.

"내 여자 친구에게 주려고 가져온 선물이에요. 그녀는 군복을 자랑스럽게 입지만, 생일에는 드레스를 입고 하루를 보내고 싶다고 수줍게 말했었죠."

제6 장:

객차 안의 낯선 동행

짐을 모두 옮긴 성수는 짐의 내용물을 깔끔히 정리한 뒤, 열차에서 제공한 얇은 시트를 침대 위에 펼치고 실내복으로 갈아입었다. 고개를 돌리자 침대 맞은편에 말없이 누워 있던 젊은 군인의 모습이 눈에 들어왔다.

군인은 스웨덴 국기 견장이 달린 티셔츠를 입고 있었으며, 한 손에는 드론 조작 방법이 적힌 사용서를 들고 있었다. 그는 침대에 똑바로 누워 문서를 꼼꼼히 읽는 중이었다. 전쟁의 긴박한 상황 속에서도 흔들림 없이 차분함을 유지하는 사람처럼 보였다.

"안녕하세요. 우크라이나어 하세요?"

성수는 낮은 목소리로 조심스럽게 말을 걸었다. 그의 말에는 호기심과 관심이 담겨 있었고, 군인에 대한 존경심이 엿보였다.

군인은 손에 들고 있던 사용서를 내려놓고, 천천히 자세를 고쳐 앉으며 우크라이나어로 차분히 대답했다.

"물론입니다. 반갑습니다."

그는 얼굴에 미소를 띠며, 순간 딱딱한 군인의 표정 대신 마음씨 좋은 이웃집 아저씨 같은 온화한 모습으로 변했다.

성수는 이 낯선 동행이 품고 있는 이야기가 궁금해졌다. 서로 다른 배경과 상황에서 마주한 두 사람의 눈빛이 잠시 교차하며, 마치 작은 우주를 달리는 은하철도 같은 객차 안에서 펼쳐질 짧은 대화의 서막을 열고 있었다.

제7 장:

흔들리는 열차, 흔들리지 않는 정성

새로운 여정의 출발을 알리는 기적 소리가 길게 울려 퍼졌다. 기다렸다는 듯이 아이들의 환희 어린 탄성이 열차를 가득 채웠다.

"우크라이나의 영광과 자유는 아직 사라지지 않았네…."

우크라이나 국가가 객실을 가득 메운 사람들과 짐 사이로 힘차게 퍼져 나갔다.

열차는 천천히 출발하며 덜컹거리는 소리가 복도 끝까지 퍼졌다. 객차는 승객들을 창밖으로 내던질 듯이 크게 흔들렸고, 그 충격으로 선반 위에 올려둔 짐들이 아슬아슬하게 흔들리며 곧 떨어질 듯 움직였다.

동시에, 여승무원이 복도를 따라 신중히 걸어오고 있었다. 한 손에는 뜨거운 녹차 잔을 들고, 다른 손은 흔들리는 열차의 벽을 단단히 잡고 있었다. 그녀의 걸음은 느리지만 안정적이었다.

열차가 한쪽으로 크게 기울 때마다 그녀는 벽에 몸을 기대며 중심을 잡았다. 그녀의 얼굴에는 약간의 긴장감이 서려 있었으나, 누군가에게 소중한 것을 전달하려는 진심이 담겨 있었다.

복도에는 객차 연결문이 고장 나 외부의 찬 바람이 틈새로 스며들고 있었다. 바람은 차갑게 복도를 가로질렀지만, 그녀는 한 걸음 한 걸음 흔들림을 이겨 내며 나아갔다. 손에 들린 녹차 잔에서는 작은 김이 모락모락 피어올랐다. 그 따뜻한 김은 냉랭한 공기 속에서 짧은 위로처럼 느껴졌다.

가끔 그녀의 발걸음이 흔들렸지만, 그녀의 눈빛은 목적지에 반드시 닿으리라는 확신으로 가득 차 있었다. 열차는 점점 속도를 올리며 어둠 속으로 나아갔고, 복도에 울리는 덜컹거림 속에서도 그녀는 정성스럽게 녹차를 전달할 준비를 이어 갔다.

제8 장:

사과에 담긴 이야기

열차는 전쟁의 슬픈 기적 소리를 길게 울리며, 꿈에서도 그리던 반가운 조국이지만 위험이 도사린 우크라이나 국경을 향해 간절히 달려가고 있었다. 폴란드 국경으로 이어지는 철도는 몹시 열악한 상태였고, 철로 양옆에는 교체 공사가 진행 중인 썩은 목재 궤도 침목들이 무더기로 쌓여 있었다.

열차 차체는 마치 비포장 도로를 달리는 버스처럼 위아래로 튀어 오르거나 좌우로 크게 흔들렸으며, 바퀴가 레일에 부딪히고 스치는 소리가 귀를 울리며 객차 전체에 진동처럼 퍼져 나갔다.

여승무원은 기차의 흔들림 속에서도 균형을 잡으며 조심스럽게 성수가 있는 칸으로 들어왔다. 한 손에는 뜨거운 녹차 잔을 쥐고, 다른 손으로는 벽을 짚으며 신중히 걸음을 옮겼다. 그녀는 잔을 놓치지 않으려 애쓰는 듯 보였다.

성수는 그녀가 다가오자 자리에서 일어나 손을 내밀어 그녀를 맞이했다. 그의 시선은 잔 위로 피어오르는 따뜻한 김에 머물렀다. 잠시 바라보던 그는 진심을 담아 고개를 살짝 숙이며 나직이 말했다.

"지난번보다 더 젊고 아름다워지셨네요."

여승무원은 수줍게 웃으며 농담을 받아쳤다.

"아쉽네요, 저는 이미 유부녀랍니다."

그녀는 옆자리의 스웨덴 군인을 향해 물었다.

"뭐 드시고 싶은 건 없으세요?"

스웨덴 군인은 옆에 있던 콜라 캔을 가리키며 말했다.

"저는 괜찮습니다."

여승무원은 미소를 띠며 가볍게 고개를 숙이고 객실을 떠났다. 성수는 손에 든 녹차 잔을 내려다보았다. 봄날의 아지랑이처럼 따뜻한 김이 아련히 피어오르며, 흔들리는 열차 속에서도 잔 속 녹차는 잔잔한 물결을 만들어 냈다.

성수는 잔을 든 채 말했다.

"이 세상에서 이렇게 정성스럽게 차를 대접하는 나라는 아마 우크라이나뿐일 겁니다. 깨끗한 유리잔에 담긴 이 녹차가 단돈 20센트라니요. 저 여승무원은 정말로 예술가 같아요. 이르핀에서 열차가 적에게 포위당했을 때도 그녀는 노래를 불러 승객들을 안심시켰다니까요."

스웨덴 군인은 고개를 살짝 저으며 말했다.

"하지만 요즘 적들의 미사일 폭격으로 양수장이 파괴되면서 수질이 나빠졌다는 이야기를 들었어요. 심지어 바닷물을 수돗물로 사용하는 곳도 있다고 하더군요. 이런 상황에서는 물을 마실 때 각별히 조심해야 할 겁니다."

"이 차는 단순한 음료가 아니에요. 이 차를 마실 때마다 드니프로강의 자유로운 물결, 우크라이나의 바람, 그리고 따스한 태양이 떠오릅니다.

이 차에는 자연의 은혜와 자유의 의미가 가득 담겨 있어요."

그는 김이 서린 창문에 손가락으로 "젤레니 챠이"라고 녹차를 우크라이나어로 적은 뒤, 주위에 태양 모양을 그렸다. 스웨덴 군인은 그의 행동을 보고 손가락으로 군인들의 오케이 사인을 그려 보였다.

"저도 녹차가 마시고 싶어지네요. 우크라이나에 자주 오시나 봐요?"

"이제는 거의 키이우에 살다시피 합니다. 이번에는 서울에 있는 강아지가 아파서 잠시 다녀오는 길이에요."

스웨덴 군인은 놀란 듯 물었다.

"서울까지는 비행기로 얼마나 걸리나요?"

"전쟁 때문에 파리에서 경유해서 13시간 정도 걸립니다."

스웨덴 군인은 감탄하며 말했다.

"강아지 때문에 서울까지 다녀오셨다니, 정말 대단합니다."

"사실 겸사겸사 체류 허가도 갱신했어요."

그 순간, 열차가 요동치며 스웨덴 군인의 충전 중이던 휴대폰이 바닥에 떨어졌다.

"우크라이나 열차를 타려면 휴대폰 충격 방지 케이스는 필수겠네요."

복도에서는 여승무원이 승객들에게 창문을 닫아 달라고 요청하는 소리가 들려왔다. 그는 자리에서 일어나 창문 커튼을 내리며 객실 안에 어둠이 내려앉았다.

"우크라이나 국경에 가까워지고 있습니다. 적의 공습과 사보타지에 대비해 창문 커튼을 모두 내려 주시기 바랍니다. 열차 문 상태가 좋지 않아 찬바람이 들어올 수 있으니 따뜻하게 입으시길 바랍니다."

성수는 침대 밑에 놓인 전투화를 한동안 바라보다가 나지막이 입을 열었다.

"전방으로 가시는군요."

스웨덴 군인은 고개를 끄덕이며 답했다.

"네, 바흐무트로 갑니다. 약혼녀가 임신 중이라 급히 스웨덴에 있는 가족에게 데려다주고 돌아오는 길입니다. 키이우에는 산부인과 의사도 부족하고, 약도 거의 다 떨어졌어요. 국제적 지원이 빨리 도착해야 할 텐데, 너무 늦네요."

성수는 그의 말을 들으며 진지하게 말했다.

"국제 군단에서 위험한 임무를 맡고 계시군요."

스웨덴 군인은 잠시 회상에 잠기더니, 아련한 표정으로 입을 열었다.

"아버님이 외교관이셔서 어릴 때부터 키이우에서 자랐습니다. 이곳에 대한 애착이 많아요. 그런데, 당신은 어디로 가시나요?"

"저는 키이우 집으로 갑니다. 제가 기다리는 그녀도 바흐무트에서 간호 장교로 전투에 참여 중인데, 원래 이번에 휴가를 나오기로 했었어요. 그런데 요즘은 연락이 전혀 없네요. 너무 바빠서 그런 건지…."

스웨덴 군인은 성수를 안심시키려는 듯 덧붙였다.

"전장이 점점 치열해지면서 휴가가 지연되는 경우가 많으니 너무 걱정하지 마세요. 전쟁이 끝나고 제가 살아남는다면, 가족들과 키이우 오페라 극장 근처에 정착할 계획입니다. 그때가 오면 당신 여자 친구와 함께 만날 수 있겠죠."

"좋아요! 저도 그 근처에서 살고 있습니다. 요즘은 그녀를 기다리며 하루 종일 키이우에서 사진을 찍고 있어요. 우크라이나 사람들은 전쟁과 생계 때문에 역사를 기록할 여유가 없잖아요. 제가 대신 그 시간을 기록

하고 있는 셈이죠."

"오페라 극장 근처 '르비우 크와상(Lviv Croissant)'에서 매일 아침을 먹곤 합니다. 아마 거기서 쉽게 저를 찾을 수 있을 겁니다. 그런데, 왜 키이우에 그렇게 특별한 관심을 가지시는 건가요?"

성수는 마치 현장에 있는 듯, 경이로운 표정으로 천천히 입을 열었다.

"저는 키이우의 독특한 소리 하나에 반했습니다. 희미한 불빛 아래서 들리는 '똑 똑 똑… 똑 똑 똑' 하는 작은 소리요. 그 소리는 마치 지하에서 절망에 빠진 인류가 우주로 구조 신호를 보내는 것처럼 들립니다. 때로는 치명상을 입은 심장이 간신히 뛰는 소리 같기도 하고, 스님이 목탁을 두드리는 소리처럼 느껴지기도 하죠."

스웨덴 군인은 흥미롭다는 듯 고개를 살짝 기울이며 말했다.

"저도 그 소리를 여러 번 들은 적이 있는 것 같아요. 그런데, 그 소리가 정확히 어디에서 나는 건가요?"

성수는 자신의 비밀을 공유하듯 신중하게, 나지막한 목소리로 답했다.

"맹인을 위한 키이우 지하철 입구에서 울리는 음향 신호입니다."

그는 감정에 북받쳐 목이 메어 한동안 말을 잇지 못했다. 스웨덴 군인은 성수가 보통 사람들과는 다른, 깊은 통찰력을 지닌 눈과 귀, 그리고 섬세한 심장을 가지고 있음을 느꼈다. 동시에 자신이 어린 시절부터 오래 살아온 키이우에 대해 제대로 알지 못했던 점이 부끄럽게 여겨졌다. 그러나 성수가 키이우에 대해 보여 준 애착과 경의는 그에게 강한 동지 의식을 불러일으켰다.

스웨덴 군인은 문득 성수가 기다리는 우크라이나 여군이 어떤 사람일지 상상해 보았다. 그녀 역시 평범하지 않은 심장, 독특한 매력을 지닌 사람이기에 최전선에서 활약하고 있을 것이라고 생각했다.

"그 소리가 너무 좋아서, 키이우에 도착할 때면 새벽이든 밤이든 꼭 그 소리를 들으러 지하도로 갑니다. 그리고 이렇게 말하죠. '나, 다시 돌아왔어.' 그것은 수많은 미사일 공격을 받으면서도 살아남은 키이우에 대한 저의 경의입니다. 이 소리는 다른 어느 도시에서도 들을 수 없는, 키이우만의 독특한 소리예요.

키이우에는 그 밖에도 다른 도시에서는 경험할 수 없는 것들이 많습니다. 이상하고 독특한 풍경과 소리가 넘쳐서 전혀 지루할 틈이 없죠. 게다가 어디를 가나 한국 노래가 들려오기도 하고요. 그런 이유로 저는 파리, 런던, 뉴욕 그 어떤 도시보다도 이곳이 더 좋습니다."

스웨덴 군인이 미소를 지으며 공감하듯 말했다.

"설명을 들으니 정말 그렇겠네요."

성수는 차를 천천히 한 모금 마시며, 창밖에서 강한 불빛이 새어 들어오자 커튼을 살짝 올려 위치를 확인했다.

"두 시간쯤 후면 출렁이는 철교를 지나 국경 검문소에 도착하겠군요. 출입국 수속을 위해 얼마나 오래 정차할지 걱정입니다. 열차 안에서는 전화가 되지 않으니, 너무 지연되면 집에 소식을 전할 방법이 없네요."

바로 그때, 복도에서 절제된 작은 노크 소리가 갑작스럽게 들려왔다. 성수는 자리에서 천천히 일어나 문을 열었다. 문 앞에는 남루한 잠옷 차림의 젊은 여자가 서 있었다.

그녀는 한 손에 큼지막하고 탐스러운 사과를 쥐고 있었다.

성수는 순간적으로 당황한 듯 그녀를 바라보았다. 여자는 얼굴을 붉히며 수줍게 사과를 내밀었다.

"정말 감사했습니다."

그녀의 손끝은 미세하게 떨렸고, 눈빛에는 전하고자 하는 마음이 고스란히 담겨 있었다. 성수는 짧게 망설인 끝에 어색하게 말했다.

"고맙지만, 짐이 많아서 이 큰 사과를 챙기기가 힘들 것 같아요… 지금 당장 먹을 수도 없고요…."

그러나 젊은 여자는 물러서지 않았다. 두 손으로 사과를 정중하게 내밀며 간절한 목소리로 말했다.

"부디 받아 주세요. 이건 저와 남편의 작은 성의입니다. 우리는 솔레다르에서 살고 있어요. 이 사과는 우리 고향의 자부심이고, 남편과 나의 서약을 담은 상징이에요. 오늘, 이 사과를 통해 그때의 약속을 다시 기억하고 싶었어요."

성수는 어쩔 수 없이 사과를 받아 들고 사려 깊게 말했다.

"감동적인 이야기네요. 하지만 아직 어려서 남자에 대해 잘 모르실 겁니다. 여자가 남자에게 너무 집착하면, 남자들은 도망가게 마련이에요. 때로는 거리가 있어야 서로의 소중함을 느낄 수 있습니다. 사실 그래서 처음에 당신 자리와 일부러 바꾸지 않았던 겁니다."

시골 젊은 여자는 무언가 설명하려는 듯 입을 열었지만, 성수의 충고에 어이가 없다는 표정을 지었다. 곧 낙담한 얼굴을 애써 미소로 바꾸며 부드럽게 말했다.

"당신의 도움을 평생 잊지 않을게요."

성수는 떠나가는 그녀의 뒷모습을 바라보며 마치 결론을 내리듯 단호한 목소리로 또박또박 강조하며 말했다.

"별일 아니에요. 제 충고도 꼭 기억하세요."

시골 젊은 여자가 몇 걸음 가다 멈추더니, 꼭 이 말을 해야겠다는 듯 되돌아왔다. 그녀는 진지하게 성수의 눈을 바라보며 진지하게 이야기했다. 그 순간, 항상 웃음 짓던 시골 여자가 아니라 단호하고 결연한 모습의 완전히 다른 사람이 되어 있었다.

"감사하지만, 당신은 아마 이해하기 어려울 겁니다. 우리가 결혼하기로 한 날, 전쟁이 터졌어요. 결혼식은커녕 첫날밤도 함께 보낼 수 없었죠. 남편은 우리 고향과 나, 그리고 우리가 키운 사과나무들을 지키기 위해 바로 자원입대했습니다. 그는 그동안 폴란드에서 군사 교육을 받았고, 저는 오늘 밤에야 겨우 그를 찾았어요. 하지만 이 열차가 우크라이나 국경을 넘자마자, 그는 다시 전선으로 떠납니다. 우리의 첫날밤은 이제 몇 시간밖에 남지 않았는데, 자리를 바꾸느라 그 소중한 시간을 거의 다 허비했어요."

갑자기 고장 난 열차 문이 열리며 거센 바람이 복도 안으로 몰아쳤다. 시골 젊은 여자의 긴 머리카락이 풀어져 바람에 흩날렸다.

바람 소리에 그녀의 목소리가 삼켜져 더는 들리지 않자, 그녀는 눈물을 머금은 채 성수의 얼굴만 가만히 응시했다.

여승무원이 서둘러 고장 난 문을 닫았다. 그러던 와중에, 시골 젊은 여자는 그동안 억눌렀던 울음을 터뜨렸다.

"이번엔… 이번엔 정말 그를 영원히 다시 보지 못할지도 몰라요."

여승무원은 흐느끼는 시골 젊은 여자를 조심스럽게 달래 주었다.

성수는 충격을 받은 듯 멍한 표정으로 두 손을 모으며 간절한 목소리로 말했다.

"정말 미안합니다. 처음에 당신의 자리를 바꾸지 않아서 죄송해요. 제

충고가 너무 성급했네요."

젊은 여자는 잠시 머뭇거렸지만, 그녀의 눈에는 따뜻한 이해와 용서가 스며 있었다.

"당신의 도움에 감사합니다. 잊지 않을게요."

스웨덴 젊은 군인도 고개를 숙이며 진심 어린 목소리로 말했다.

"저도 정말 미안합니다."

성수는 그녀가 떠나는 모습을 바라보다가, 손에 든 사과로 시선을 옮겼다. 그 사과는 단순한 과일이 아니었다. 그녀의 이야기를, 그녀의 마음을, 그리고 고향의 상처를 담고 있는 무언의 메시지처럼 묵직했다.

스웨덴 군인이 조용히 물었다.

"무슨 생각을 하고 계신가요?"

성수는 사과를 바라보며 잠시 침묵하더니 난처한 표정을 지으며 입을 열었다.

"이 사과를 어떻게 해야 할지 모르겠네요."

그는 손에 쥔 사과를 가만히 내려다보다가 문득 벽에 걸린 드레스를 바라보았다. 서울에서 가져온 그 드레스는 여자 친구의 생일을 위해 준비한 선물이었다.

잠시 생각에 잠겼던 그는 드레스와 의상 액세서리, 그리고 몇 가지 화장품을 챙겨 서둘러 복도로 나섰다.

제9 장:

작별의 밤, 드레스와 턱시도

대부분의 승객이 깊은 잠에 빠진 열차 복도는 덜컹거리는 열차 소리만이 고요를 깨고 있었다.

성수는 마음을 가다듬으며 천천히 젊은 여자의 침대칸으로 향했다.

희미한 복도 조명이 그의 뒤로 어렴풋한 그림자를 길게 남겼다.

문 앞에 다다른 그는 잠시 멈춰 서서 망설이다가, 조용히 노크를 했다. 노크 소리는 고요한 복도에 부드럽게 퍼졌다.

문이 천천히 열리며 젊은 여자의 얼굴이 드러났다. 그녀는 여전히 깊은 슬픔에 잠겨 있었고, 눈가에는 아직 마르지 않은 눈물이 고여 있었다.

성수는 그녀의 슬픈 표정을 마주하며 차분한 목소리로 말을 건넸다.

"시간이 많지 않겠지만…."

그는 잠시 말을 멈추고, 손에 든 드레스를 내밀며 이어 갔다.

"이 드레스가 오늘 밤 당신에게 꼭 필요할 것 같아 가져왔습니다."

그는 드레스와 함께 화장품 상자를 건넸다.

"여기에 제가 직접 만든 화장품도 넣어 두었습니다. 제 여친도 이걸 본다면 분명 좋아할 거예요. 결혼 준비가 마무리되면 꼭 알려 주세요."

젊은 여자는 그의 손에 들린 드레스와 화장품을 바라보며 놀란 듯 눈이 커졌다. 깊은 감동을 받은 그녀는 한동안 아무 말도 하지 못했다.

그때, 성수의 뒤에 있던 스웨덴 군인이 앞으로 나섰다. 낮고 진중한 목소리로 그는 말했다.

"이 턱시도는 우리 아이 세례식 때를 위해 준비한 옷입니다."

스웨덴 군인은 정장을 젊은 여자에게 건네며 말을 이었다.

"남편에게 입히세요. 필요하다면 제가 입는 것도 도와드리겠습니다."

젊은 여자는 눈물을 삼키려는 듯 고개를 숙였다. 그녀는 두 사람에게 깊이 고개 숙여 감사의 뜻을 전하고, 정장을 조심스럽게 건네받았다.

남편은 그녀의 손을 타고 건네진 옷을 마치 소중한 보물처럼 받아 들었다.

그 순간, 여승무원이 조용히 다가와 젊은 여자의 어깨에 부드럽게 손을 얹었다.

"저를 따라오세요,"

여승무원이 속삭였다.

젊은 여자는 여승무원의 손을 잡고 뒤를 따랐다.

성수는 그들이 멀어져 가는 뒷모습을 바라보며 오랫동안 깊은 사색에 잠겼다. 그의 마음속에는 젊은 여자의 슬픔과 작은 희망의 불씨가 뒤엉켜 있었다.

제10 장:

열차 안의 즉흥 결혼식

여승무원실은 화장실 옆에 위치한 작고 소박한 공간이었지만, 연탄보일러 덕분에 따뜻한 공기가 가득 차 있었다.

여승무원은 시골 젊은 여자를 천천히 의자에 앉히고, 부드럽게 그녀의 머리를 쓰다듬으며 콧노래를 흥얼거렸다.

그 소리는 흔들리는 열차 안에서 작은 위안을 주었고, 불안으로 가득한 젊은 여자의 마음을 서서히 누그러뜨렸다.

시골 젊은 여자는 어색한 미소를 지으며 입을 열었다.

"오늘 남편이 출발한다는 메시지를 받고, 밭일하다가 곧바로 달려왔어요. 몸단장할 시간이 전혀 없었어요."

그녀의 목소리에는 미안함과 부끄러움이 묻어 있었다. 먼지와 땀에 젖은 그녀의 손과 옷은 고단한 삶의 흔적을 고스란히 보여 주고 있었다.

여승무원은 그녀의 손을 잡았다.

"걱정하지 마세요. 오늘은 특별한 날이니까요."

그녀는 시골 젊은 여자의 손톱을 하나씩 깎기 시작했다. 검게 물든 손톱이 깔끔하게 정리되면서, 새로운 시작을 알리는 듯했다.

작은 세면대에 뜨거운 물을 받고, 여승무원은 그 물로 시골 젊은 여자의 손과 얼굴을 정성껏 씻겨 주었다. 그녀의 손길은 조심스럽고 다정했다. 처음에는 몸을 웅크리며 민망해하던 젊은 여자는 차츰 긴장을 풀고 여승무원의 배려를 받아들였다.

"이제 화장을 해 볼까요?"

여승무원은 작은 화장 가방을 꺼내 들고 젊은 여자의 얼굴에 화장을 시작했다. 그녀의 거칠었던 피부는 점차 부드럽게 변했고, 창백했던 얼굴에는 생기가 돌기 시작했다.

"이 화장품 정말 대단하네요!"

시골 젊은 여자는 조심스럽게 거울을 바라보며 자신의 변해 가는 모습을 확인했다.

"이제 드레스를 입어야겠어요."

여승무원은 그녀의 남루한 옷을 벗기고, 성수가 빌려준 화려한 드레스를 꺼냈다.

그 드레스는 마치 다른 세계에서 온 것처럼 반짝이며, 그녀의 고단한 삶과는 전혀 다른 이미지를 만들어 냈다.

여승무원은 드레스를 조심스럽게 그녀에게 입혔다. 단추를 하나씩 잠글 때마다 시골 젊은 여자는 조금씩 신부로 변신해 갔다.

마지막 단추를 잠그고, 여승무원이 작은 손거울을 들어 그녀의 얼굴을 비추며 말했다.

"정말 아름다워요. 우리 우크라이나 여자들은 조금만 손질해도 이렇게 눈부시게 변하죠. 이제 다 준비됐습니다."

시골 젊은 여자는 거울 속에 비친 자신을 바라보며 믿기지 않는 듯 손끝으로 얼굴을 만져 보았다. 그녀는 더 이상 밭에서 흙을 만지던 시골 여자가 아니었다. 눈부신 신부가 되어 있었다.

여승무원은 드레스를 천천히 바라보며 감탄했다.

"오늘 결혼식에 이 드레스가 딱이에요. 솔직히 나도 한번 입어 보고 싶을 정도네요."

젊은 여자는 여승무원의 말에 진심 어린 미소로 고개를 숙이며 낮은 목소리로 응답했다.

"제 모든 꿈이 당신들 덕분에 이루어지고 있어요. 이 드레스를 빌려주신 분께 부탁드리고 싶어요. 제 손을 잡고 남편에게 데려다 달라고요."

그녀의 목소리에는 간절함과 기쁨, 그리고 약간의 떨림이 섞여 있었다.

제11 장:

조용히 흐르는 물

열차는 어두운 밤을 가르며 흔들림 속에서 끝없이 달리고 있었다. 복도를 지나던 여승무원은 여행객들에게 살며시 다가가 작은 결혼식이 열릴 것이라는 소식을 전했다.

창문 밖 어둠 속에서는 별빛이 희미하게 반짝이고 있었다.

복도 끝에서는 턱시도를 입은 스웨덴 군인이 신랑 옆에 서 있었다. 신랑은 긴장한 듯 손을 만지작거리며 심호흡을 하고 있었지만, 그의 눈빛은 결연하고 단단했다. 이 순간은 그의 삶에서 가장 중요한 순간 중 하나였다.

여승무원은 흔들리는 열차 속에서도 벽에 손을 짚고 균형을 잡으며 조심스레 한 발 한 발 내디뎠다. 그러다 우크라이나의 전통 사랑 노래, **"Тиха вода"**(조용한 물)를 부르기 시작했다.

그녀의 노래는 낮고 부드러운 울림으로 시작해 점차 깊은 여운을 남겼다. 희망과 슬픔이 공존하는 노랫말은 승객들의 마음을 사로잡았다. 흔들리는 열차 속에서 그녀의 목소리는 잔잔한 강물처럼 복도를 가득 채웠다.

전쟁의 슬픔과 사랑의 희망이 어우러진 그 노래는 열차 안을 하나로 묶는 따스한 힘이 되었다.

성수는 드레스를 입은 신부의 손을 꼭 잡고 복도를 따라 걸어가고 있었다. 그녀는 눈부시게 아름다웠지만, 여전히 긴장한 듯 그의 손을 꽉 붙잡고 있었다.

좁은 복도에는 짐 가방들이 가득 쌓여 있었고, 열차의 흔들림은 그들의 걸음을 더욱 조심스럽게 만들었다.

성수는 그녀를 남편에게 데려가기 위해 조심스럽게 발을 내디뎠다. 복도 옆에서 승객들은 이 작은 결혼식을 바라보며 조용히 미소 지었고, 잔잔한 박수 소리가 따랐다.

마침내 신랑과 신부는 복도 끝에서 마주 섰다. 여승무원이 노래를 멈추고 두 사람 사이에 섰다. 흔들리는 열차 속에서 작고 즉흥적인 결혼식은 시작되었다.

기차의 덜컹거림과 찬바람 속에서도 그 순간은 마법 같았다. 승객들은 두 사람을 축복하며 미소 지었고, 신랑과 신부의 얼굴에는 말로 다 할 수 없는 기쁨이 가득했다.

성수는 이 소중한 순간을 놓치지 않기 위해 카메라를 들었다. 렌즈 너머로 보이는 신부의 미소는 열차의 얼어붙은 공기 속에서도 따뜻함을 전했다.

고장 난 문으로 들어오는 찬바람과 열차의 흔들림 속에서도 성수는 그들의 행복한 모습을 담아냈다. 그 순간은 불안정한 세상 속에서도 희망과 사랑이 존재한다는 것을 보여 주는 장면이었다.

밤의 어둠을 가르며 열차의 기적 소리가 울렸다. 그 소리는 마치 멀리 떠나는 누군가를 위한 이별의 울림처럼 들렸다.

열차는 별빛 아래 우크라이나의 들판을 가로지르며 달렸고, 그 안에서 작은 결혼식은 추운 밤공기를 녹이는 따스한 빛처럼 우크라이나의 희망과 사랑을 비추고 있었다.

제12 장:

우크라이나의 밤, 이별의 노래

여승무원은 시골 젊은 여자의 객실 문 앞에서 조심스럽게 노크를 했다.

문이 열리자 드레스를 입은 젊은 여자가 나타났다. 그녀의 눈에는 긴장과 피곤이 깊게 서려 있었고, 어둠 속에서도 그녀의 얼굴은 어딘가 슬픔으로 물들어 있었다.

여승무원은 낮고 차분한 목소리로 말했다.

"곧 열차가 우크라이나 역에 정차합니다."

그 말에 젊은 여자의 눈빛이 흔들렸다. 그녀는 천천히 남편을 돌아보았다. 군복으로 갈아입은 남편은 어느 때보다 단단해 보였지만, 그의 눈빛 속에는 아쉬움과 두려움이 엿보였다.

남편은 아무 말 없이 그녀 곁으로 다가와 손을 맞잡았다. 그 손은 따스했으나, 점차 이별의 슬픔으로 떨리기 시작했다.

젊은 여자는 그의 손을 꼭 잡은 채 애절한 눈빛으로 그를 바라보았다. 열차가 멈추는 순간, 남편은 그녀의 손을 천천히 놓았다.

"잘 있어요,"

남편의 목소리는 떨렸지만 결연했다. 그는 그녀의 이마에 가볍게 입을 맞추고, 아무 말 없이 객실을 나섰다.

복도로 나선 그는 젊은 우크라이나 지원병들과 함께 역사로 향했다. 그들 모두는 젊고 풋풋한 얼굴을 하고 있었지만, 발걸음은 무겁고 결의에 차 있었다. 남편은 한 번도 뒤돌아보지 않았다.

그의 뒷모습이 점점 작아지고, 열차는 다시 출발하기 시작했다. 이제 젊은 여자는 그를 다시 볼 수 없었다.

열차가 움직이며 흔들리기 시작하자 젊은 여자는 참아 왔던 눈물을 쏟아 냈다. 드레스를 입은 그녀는 여전히 아름다웠지만, 그 눈물은 그녀의 깊은 슬픔을 가릴 수 없었다.

그녀는 주저앉듯 의자에 몸을 맡기며 흐느꼈다.

여승무원은 그녀 곁에 조용히 다가와 어깨를 감싸며 위로했다. 말 한마디 없이, 그녀는 눈을 감고 조용히 노래를 부르기 시작했다.

그 노래는 열차의 덜컹거림 속에서 더욱 애잔하게 울려 퍼졌다. 우크라이나 전통의 이별 노래는 슬픔과 사랑, 그리고 그리움을 담고 있었다. 여승무원의 목소리는 흔들리는 열차 속에서 마치 잔잔한 위로처럼 차가운 복도를 채웠다.

고장 난 문틈으로 찬바람이 열차 안으로 몰아쳤다. 그러나 여승무원의 노래는 그 바람 속에서도 희미한 따뜻함을 전했다. 그녀의 노래는 마치 밤하늘을 향한 간절한 기도처럼 들렸다.

젊은 여자는 흐르는 눈물을 닦지도 않은 채, 여승무원의 노래를 들었다. 그녀의 가슴 속에는 남편을 다시 볼 수 없을지도 모른다는 두려움이 자리 잡고 있었지만, 그 노래는 그녀의 마음 깊은 곳을 다독이며 작은 위로를 전했다.

열차는 밤의 어둠을 가르며 계속해서 달렸다. 여승무원의 노래는 차가운 바람을 타고 열차 밖으로 퍼져 나갔다. 그것은 이별과 고통을 위로하고, 희망을 잃지 않도록 하는 사랑의 멜로디였다.

에피소드 2:

키이우, 마지막 바리케이드

제13 장:

'돈바스 살모사'의 오후 출근길

적들의 새로 개발된 극초음속 미사일은 살을 에는 겨울 칼바람과 함께 연이은 공습으로 이미 깊은 상처를 입은 키이우 시민들에게 더욱 심각한 고통을 안기고 있었다.

적의 진영에서 그리 멀지 않은 곳, 드니프로강 변 서쪽 절벽을 따라 자리한 페체르스키 수도원과 530톤 무게의 티타늄으로 제작된 거대한 '우크라이나의 어머니'상은 여전히 적들을 응시하고 있었지만, 포격에 지친 시민들은 이제 그런 상징적인 동상이나 교회보다 즉각 자신과 가족들의 목숨을 구해 줄 현실적인 페트리엇 방공망을 더 간절히 바라고 있었다.

소규모의 페트리엇 포대가 이미 도착해 시내 중심부를 겨우 방어하고 있었지만, 그 외 지역은 여전히 적의 공습에 무방비로 노출된 상태였다. 적의 미사일이 날아들면 그대로 맞아 시민들은 속수무책으로 다치거나 목숨을 잃었다.

그러나 시내 중심부의 사람들조차도 페트리엇으로 보호받고 있다고 해서 안심할 수는 없었다. 임시방편으로 난방 문제를 해결하려다 보니 곳곳에서 화재가 발생했고, 그로 인해 사상자 수는 계속 늘어 갔다.

전쟁이 일상이 된 도시에서 사람들은 매일 아침 눈을 뜨자마자 밤새 얼마나 많은 이들이 죽고 다쳤는지, 또 어디에 폭탄이 떨어졌는지를 확인하는 것으로 하루를 시작했다.

키이우는 크고 거대한 도시라 미사일이 떨어지는 지역에도 일정한 패턴이 있었다. 유독 자주 폭격을 받는 구역들이 있었고, 주로 대공 방공 포대를 쉽게 은폐할 수 있는 변두리의 숲이나 공장 지대가 주요 목표였다.

그러나 지역이나 전황에 따라 목표물이 달라지기도 했기 때문에 사람들은 항상 자신이 사는 곳에서 멀리 떨어진 곳에서 폭격 소리가 들리기를 간절히 바랐다.

페트리엇이 적 미사일을 바로 머리 위에서 요격하기 때문에, 요격 순간마다 간담이 서늘해지고 간장이 녹아내리는 듯한 불안감이 가시질 않았다.

사람들은 이제 가족이나 영웅들의 장례식을 제외하고는 더 이상 하늘을 향해 애원하거나 무릎을 꿇지 않았다.

신은 전쟁에서 어떤 역할도 하지 못했으며, 장례식 외에는 그 존재가 의미를 갖지 못했다. 오히려 적들과 정교회의 결탁은 국민의 분노를 더욱 자극할 뿐이었다.

결국 사람들은 신의 허가 없이 스스로 크리스마스와 부활절 축제일을 변경했다.

키이우의 언덕마다 라일락 나무가 무성히 자라는 이유를 쉽게 알 수 있었다. 이 도시는 대대로 참혹한 전쟁의 흔적을 간직한 채, 라일락의 강한 향으로 시신의 냄새를 가리려 했던 과거를 품고 있었다.

한때 신이 존재한다고 믿었던 그 하늘에는 이제 끊임없이 날아드는 적의 극초음속 미사일을 아슬아슬하게 요격하는 페트리엇이 빛줄기를 그리며 지나가고 있었다.

이 요격 순간들을 지켜보며, 사람들은 그들의 신보다도 수천 배 강력한 새로운 존재, 페트리엇을 믿기 시작했다. 전쟁 초기에 신처럼 여겨졌던 재블린이 이제는 페트리엇에 그 자리를 내어준 것이다.

요격 후 하늘에는 마치 수채화처럼 꽃 모양의 흰 연기가 피어올랐고, 그 연기와 함께 특유의 화약 냄새가 지상으로 내려왔다.

사람들은 안도의 환호를 올렸지만, 집으로 돌아가 매일 쌓이는 회색 화약 먼지를 청소하면서 깨달았다.

페트리엇은 포격으로부터 그들을 지켜 주었지만, 그 대가로 서서히 폐를 병들게 할 수 있는 독성 물질을 그들의 삶 속에 흘려 넣었다.

동부 전선에서는 양측이 매일 수만 발의 포탄을 쏟아부었고, 폭발 후 남은 가벼운 목화솜 성분과 화약 찌꺼기들이 서풍을 타고 키이우를 넘어 전국으로 퍼져 나갔다.

당장은 살아남았을지 몰라도, 오염된 대기와 수질, 식품이 결국 그들의 미래를 병들게 할 것은 분명해 보였다.

전쟁 이전에도 체르노빌 원전 사고와 석탄 연소로 인한 대기 오염의 여파로 기관지 질환이 만연했던 우크라이나 사람들에게, 이제는 전쟁으로 인한 또 다른 위험이 조용히 스며들고 있었다.

끊임없는 대규모 미사일과 드론 공습으로 발전소와 일상 유지를 위한 주요 시설들이 모두 파괴되었고, 그로 인해 살아남은 사람들조차 전기와 난방이 끊긴 채 어둠 속에서 완전히 얼어붙어 있었다.

결국 며칠을 견디지 못한 많은 시민들이 생업을 포기하고, 장작을 때서 추위를 이길 수 있는 시골로 떠나거나, 난민 보조금을 받을 수 있는 외국으로 향하기 시작했다.

손님이 끊긴 상점들도 하나둘 문을 닫았으며, 거리에 남은 사람들은 캐나다나 영국 국기 견장을 단 국제 군단 군인, 무기 거래상, 그리고 안면 인식 소형 저격 미사일 같은 신무기를 시험하려 온 서방 세계의 무기 개발자들뿐이었다.

돈 보따리를 들고 헐값에 나온 부동산을 사기 위해 달려왔던 튀르키예 사람들마저 실망하여 발길을 돌렸다.

사람들은 아무리 불안하고 어려워도 집을 내놓지 않았고, 심지어 적에게 점령된 곳의 집도 여전히 지키며 희망을 붙잡고 있었다.

우크라이나 사람들에게 집은 그들의 마지막 정신적 보루였으며, 그 애착은 무엇과도 비교할 수 없을 만큼 강렬했다.

이렇게 민간인 외국인의 모습은 오래전부터 자취를 감췄고, 장사에 능한 중국인들조차 북경 오리와 만리장성 식당을 현지인에게 넘기고 귀국길에 올랐다.

물론 파워뱅크, 난방기구, 관, 의족, 의약품처럼 없어서 못 파는 전쟁 특수 물품이 많았지만, 자신의 생명까지 담보로 돈을 벌려는 외국인 장사꾼은 드물었다.

이런 상황에서 돈을 벌기 위해서는 단순한 물질적 욕망을 넘어, 자신의 생명과 맞바꿀 만큼의 더 깊은 가치와 사명이 필요했다.

무기가 심각하게 부족한 상황이라 무기 거래로 큰돈을 쉽게 벌 수 있었지만, 이를 오래 지속하려면 전쟁을 즐길 줄 알거나, 살상과 그 참혹한 광경을 신념을 위해 기꺼이 감내할 수 있는 강인한 심장이 필요했다.

희망과 저항을 품은 채 폐허로 변해 가는 도시에 끝까지 마지막 바리케이트를 치고 남은 사람들은, 노숙자로 보이지 않기 위해 외모에 세심하게 신경을 썼다.

깨끗한 용모와 은은한 체취, 그리고 아름다움은 곧 저항의 상징이 되었다. 전기와 난방, 물이 끊긴 참호와 다름없는 집에서 동물처럼 살고 있다는 사실이 전혀 드러나지 않게, 거리나 지하철에서 마주치는 사람들은 극도로 깔끔해 보였다.

한때 키이우 지하철에서 흔히 느껴지던, 메주나 시골 퇴비 냄새와 비슷한 독특한 향은 이제 자취를 감췄고, 차가운 바람이 차창을 통해 불어 들어올 때마다 객차 안에는 누군가의 은은한 향기가 퍼져 나왔다.

그 향은 파리에서 흔히 맡을 수 있는 나이 든 마담들의 짙고 코끝을 자극하는 향수와는 달리, 마치 튀르키예에서 온 듯한 전통 천연 향료로 만들어져 순수하고 소박한 향이었다.

특히 대도시에서 온 사람들은 그 깊고 은은한 신비한 향에 점차 빠져들었다.

또한 징집된 남자 친구를 기다리기 위해서거나, 영어 실력 부족으로 외국으로 떠날 수 없었던 젊은 여성들은 미용과 옷차림에 더욱 많은 시간을 쏟고 있었다.

이러한 현상의 이유는 이 이야기의 주제이기도 하다.

이런저런 이유로 많은 상점이 문을 닫았음에도 불구하고, 화장품 가게는 여전히 영업을 이어 갔고, 미용실도 똑딱거리는 임시 발전기를 가동해 환하게 불을 밝히며 손님을 맞이했다.

언젠가 키이우의 미용실 불이 모두 꺼진다면, 그것은 곧 키이우의 종

말을 의미할 것이다.

사람들은 언제 어디서 죽음을 맞이할지 모르는 상황 속에서도, 혹여 들것에 실려 나가게 될지라도 깨끗하고 아름다운 모습을 유지하고자 했다.

마치 언제 어디서나 단정한 모습으로 죽음을 맞을 준비가 되어 있는 듯했다.

이러한 이유로 극도로 고통스러운 환경 속에서도 술에 취해 거리를 배회하거나 마약에 의지하는 사람은 찾아보기 어려웠다.

중앙역이나 버스 터미널에서 사지로 떠나는 군인들을 배웅할 때조차 술 냄새는 전혀 나지 않았고, 전쟁 중임에도 불구하고 집창촌이 형성되는 일은 없었다.

이런 분위기 탓인지, 전쟁 전 성행하던 남성 클럽이나 성인 마사지실들은 모두 문을 닫았다. 물론, 특권층 자녀들이 통행금지 시간 이후에 몰래 드나드는 은밀한 장소들은 여전히 존재했고, 이들이 발각될 때마다 전국적인 논란을 불러일으켰다.

그러나 이로 인해 도시가 생기를 잃은 것은 아니었다. 이런 와중에도 오페라와 연극장은 연일 만석이었고, '나는 집에 간다,' '내 피난 여행 가방 속에는,' 그리고 '전쟁 속 카바레' 등 신선하고 감동적인 제목의 연극들이 연이어 무대에 올랐다.

이전에는 상점으로 붐비던 곳들이 이제는 소극장으로 변모하며, 사람들에게 또 다른 위안과 소통의 공간을 제공하고 있었다.

폭격을 피해 지하실 학교를 다니던 어린이들도 서커스를 찾았다. 항상 공포 속에 지내던 아이들이 고개를 들어 공중 곡예를 경이로운 눈빛으로 바라보는 순간, 부모들은 그제야 한순간 마음의 안정을 찾을 수 있었다.

전쟁을 겪으며 아이들은 마치 들판의 야생 동물처럼 너무나 빠르게 어른이 되어 갔다. 세 살만 되어도 칭얼대는 아이는 찾아볼 수 없었고, 어린이는 있었지만 이제 그들에게서 아이다운 모습을 찾아볼 수 없었다. 더 이상 아이들은 장난감을 찾지 않았다.

특히 우크라이나가 자랑하는 발레 공연 *지젤*은 정전 중에도 촛불을 밝히며 연중 공연을 할 정도로 큰 사랑을 받았다.

혹시라도 미사일 하나만 오페라 극장에 떨어지면 대규모 인명 피해가 발생할 수 있었지만, 관객들은 *지젤*처럼 사랑을 위해 헌신하며, 아름다우면서도 강인하게 살아가는 자신들의 모습을 이 공연 속에서 투영하고 있었다.

그들은 군중이 모이는 장소가 대부분 적의 미사일 표적이 된다는 사실을 잘 알았지만, 때로는 이러한 두려움을 잠시 떨쳐 내고 미사일을 피해 다니기보다는 운명을 스스로 결정하듯 대중 속에서 외로움을 달랬다.

사람들이 이렇게 서로 몰려드는 모습을 보고 있노라면, 전쟁이라는 특수한 환경이 장기간 지속되면서 그들의 DNA가 돌연변이를 일으켜, 마치 아프리카 초원의 초식동물 무리처럼 변해 버린 것만 같았다.

무리 지어 방공호로 피신했던 사람들은 공습이 끝나면 아무 일 없었다는 듯 각자의 일상으로 돌아갔다.

마치 사자가 무리의 한 마리를 사냥해도 나머지 동물들이 빠르게 일상으로 돌아가는 것처럼, 사람들은 다시 밥을 지어 먹고, 해를 즐기며, 공습이 다가오면 또다시 죽음과 마주했다.

그렇게 언젠가는 확률에 따라 나와 내 가족의 차례가 올 것이라는 묵직한 예감이 공포스럽게 가슴속에 자리 잡고 있었지만, 사자가 멀리서 지켜보고 있어도 초식동물들이 풀을 뜯는 것처럼, 사람들은 현실의 공포를 잊고 최대한 생존 본능에 충실하며 일상을 이어 갔다.

이들이 초식동물 무리와 다른 점이 있다면, 삶의 의미와 가치를 태초의 벌거벗은 인간처럼 다시 원점에서 진지하게 성찰하기 시작했다는 점이었다.

전쟁 이전에는 모두 돈벌이를 위해 밤낮으로 뛰어다녔다. 태초부터 중요시되던 가치들은 돈 앞에서 희생되었다. 그러나 적의 미사일이 쏟아지며 이 세상이 한순간에 무너져 내리자, 모든 가치관이 송두리째 변해 버렸다.

아무리 고가의 건물주라 해도 무슨 소용이 있을까? 매일같이 주변의 건물들이 불길 속에서 콘크리트 더미로 변해 가고 있는데.

전기, 수도, 통신, 가스, 난방, 연금까지 모두 끊긴 숙소에서, 사람들은 해가 질 무렵 포식자 앞에 선 작은 먹잇감처럼 자신이 왜 태어났으며 이렇게 무력하고 서글픈 존재인지 깊이 되새기곤 했다.

그러나 해가 뜨면, 그 절망적인 상황 속에서도 무언가 해야 한다는 작은 삶의 욕망이 마음속에 피어나는 이유를 다시금 고민했다.

포격과 폭격을 피해 숨은 어두컴컴한 깊은 지하에서, 인간으로서 아무것도 할 수 없는 무력함 속에서 사람들은 잃어버렸던 인간애, 가족, 조국, 자유, 그리고 진정한 사랑의 가치를 긴 밤 동안 그리워하고 되새기게 되었다.

그 때문인지, 공습의 공포와 치솟는 생활비만 없다면, 모든 가면을 벗어 던진 키이우는 오히려 더 인간적인 냄새가 피어나는, 전쟁 속 고립된 낙원처럼 변해 가고 있었다.

물론 돈의 가치는 여전히 존재했다. 하지만 그 의미는 달라졌다. 이제 돈은 집을 사거나 차를 구입하거나 지중해로 여행을 가기 위한 것이 아니라, 오늘 당장 필요한 먹거리와 생필품, 의약품 그리고 집세를 마련하기 위한 수단이 되었다.

아니면, 늘 물자 부족에 시달리는 군대에 의약품이나 드론을 구매해 보내기 위해 돈이 필요했다.

내일이 보장되지 않으니 누구도 장기적으로 돈을 모으지 않았고, 설령 많은 돈이 있어도 그 돈으로 할 수 있는 일이 없었다.

대부분의 은행이 문을 닫았고, 거리의 ATM도 작동을 멈춘 경우가 많았다.

자정이면 통행금지가 시작되었기에, 저녁이 되면 사람들은 서둘러 귀가했고, 거리와 상점은 텅 비었다. 낮에도 서너 번 방공호로 피신하다 보면, 하루가 아무 일도 하지 못한 채 흘러가 버렸다.

전쟁의 비극 속에서도 긍정적으로 발전하는 면들이 있었다. 사람들은 이제 도움을 요청하면 외면하지 않았고, 건성으로 돕는 것이 아니라 진심으로 나섰다.

언제든 자신도 운이 나쁘면 땅바닥에 뒹구는 저들과 같은 처지가 될 수 있다고 생각했기 때문이다. 희생자가 나오면 진심으로 슬퍼했고, 포격으로 건물이 무너지면 마치 자신의 가족이 겪은 일처럼 온 힘을 다해 잔해를 치웠다.

내일이 어떻게 될지 모르는 혼돈의 소용돌이 속에서, 남녀가 만나 나누는 사랑은, 아니 때로 비정상적으로 비판받는 관계조차 더 이상 조건이 필요 없었고, 오히려 더 쉽고 자연스러워졌다.

성별, 돈, 나이, 국적, 직업, 그리고 내일 전선으로 떠나 전사할 병사일지라도, 그들은 주저하지 않고 사랑을 시작했다.

심지어 전장에서 팔다리를 잃고 돌아온 연인과 사랑을 맹세하는 모습도 있었다. 마치 포식자의 눈길 아래에서도 사랑을 나누고 새끼를 낳는 초식동물들처럼, 내일이 보장되지 않기에 사람들은 단순해졌고, 그들의 삶은 오직 지금 이 순간에 집중되었다. 자신과 가족이 공습에서 살아남는 것만으로도 그들에게는 최고의 하루였다.

전쟁 전 가장 중요한 연중행사였던 생일 파티는 어느새 사라져 버렸다. 매번 이어지는 공습경보와 끊임없는 일상 속에서 살아남는 매 순간이 생일보다 더 값진 의미를 지니게 된 것이다.

달력조차 필요 없는 초식동물들처럼, 이들은 시간의 흐름을 넘어서 생존에 집중했다.

전쟁으로 인해 화려한 결혼식은 더 이상 열리지 않았지만, 사람들은 평범한 거리나 언덕 계단, 지하철 출입구, 심지어 횡단보도에서도 키스를 나누고 사진을 찍으며 사랑을 축하하고 기념했다.

간단히 커피를 함께 마시고 소박한 결혼식을 올리며 그들만의 방식으로 사랑을 표현했다.

전쟁은 마치 밤껍질을 하나씩 벗겨 내듯, 우리의 삶에서 본질적이지 않은 것들을 차례로 걷어 내고 있었다.

전쟁의 가장 큰 피해자는 인간의 보호 없이는 생존할 수 없는 반려동물들이었다. 사람들이 엑소더스 이후 잠시 숨을 돌리고 버려진 반려동물을 돌보기 시작했을 때는 이미 상황이 심각하게 악화된 상태였다.

굶주림에 시달리며 길에서 아무 음식이나 주워 먹었던 그들의 위장과 신장은 상한 음식과 독성 물질로 인해 심각하게 손상되어, 이제는 주어진 부드러운 먹이조차 삼키지 못하는 지경에 이르렀다.

그들은 굶주림에 시달리며 죽어 가고 있었지만, 눈앞에 놓인 음식을 입에 대지도 못한 채, 먹이를 건네주는 사람을 힘없이 바라볼 뿐이었다.

누가 이곳을 에덴동산이라 불렀던가? 이 광경은 조물주가 만들어 낸 가장 처참하고 가슴 아픈 장면이었다.

우크라이나에는 유럽 국가들 중에서도 특히 값비싼 품종의 개와 고양이가 많았다. 많은 사람들이 애완견과 고양이를 단순히 반려하는 데 그치지 않고, 아파트 침실에서 번식시켜 서유럽으로 판매해 부족한 생활비를 충당하고 있었다.

그러나 대형견은 기차나 버스에 오를 수 없었기 때문에, 많은 수의 큰 개들이 한꺼번에 버려졌다.

살아남은 애견들은 생존을 위해 DNA가 변화했다. 짧은 시간이었지만, 그들은 더 이상 애완동물처럼 보이지 않았다. 생존을 위해 그들의 송곳니는 더 길고 날카로워졌으며, 상업적 종자 개량으로 얻은 아름답고 다양한 털 색깔도 어느새 보호색인 검은색이나 황갈색으로 변해 갔다.

달력의 날짜가 무의미해진 오늘도 어김없이 오후가 되어 해가 저물기 시작하자, 드니프로강 동쪽을 향해 치켜든 대검이 적을 응시하는 듯한 '우크라이나의 어머니' 흰색 티타늄 상이 붉은 노을빛에 물들어 마치 분노에 찬 모습으로 서 있었다.

흰색 티타늄에 반사된 붉은빛이 주변을 온통 적색으로 물들이자, 그녀는 마치 불꽃을 뿜어내는 듯한 위엄을 드러내며 서서히 변모해 갔다.

키이우 드니프로강 동쪽 변두리는 넓게 흐르는 강물을 타고 내려온 북쪽의 찬바람으로 인해 온도가 급격히 떨어지며, 눈보라가 휘몰아치기 시작했다.

전쟁 이전 이곳은 유명한 캐리비언 해변에 비견될 만큼 넓은 백사장과 샛강이 만든 수많은 호수와 공원, 그리고 아름다운 전원주택들이 즐비했던 지역이었다.

그러나 전쟁이 시작되면서 적군이 이곳으로 밀려들었고, 뒤편의 철교가 파괴될 경우 주민들은 완전히 고립될 위기에 처했다.

이로 인해 많은 사람들이 서쪽으로 이주했으며, 남겨진 군인들은 다리를 사수하기 위해 곳곳에 콘크리트 진지를 설치하고 삼엄한 경계 근무를 이어 가고 있었다.

긴장감이 감도는 이 지역에서, 20대 후반의 우크라이나 여성은 새하얀 목에 검은 독사의 머리 문신을 선명히 드러내며, 전장에 나설 준비가 된 듯 군 모자를 깊게 눌러썼다.

그녀는 두터운 야전잠바를 걸치고 어깨에 더플백을 멘 채, 전쟁으로 공사가 중단된 고층 아파트 단지를 가로지르는 철로 위로 멀리서부터 서서히 모습을 드러냈다.

겉으로는 가냘파 보였지만, 그녀의 군화를 신은 발걸음은 마치 젊은 전쟁의 여신과도 같았다. 걸음을 내디딜 때마다 대지가 거인의 발에 짓눌리는 듯 묵직한 진동이 울려 퍼졌다.

우크라이나에는 한 가지 신기한 점이 있다. 전혀 예상하지 못한 장소에서 갑자기 나타나는 자연산 미인들이 그것이다.

그녀는 고급 주택가나 번화가 쇼핑센터가 아닌, 변두리의 으스스한 빈민가 골목길, 소도시의 야시장, 혹은 허름한 길거리 노천 커피 판매점 같은 평범한 장소에서 불쑥 나타나 이방인들을 깜짝 놀라게 하곤 했다.

이런 미인들은 키이우 중심지의 초고급 식당이나 나이트클럽에서 흔히 볼 수 있는, 성형으로 과하게 부풀린 입술과 명품으로 치장한 인위적인 미인들과는 확연히 다르다.

그들은 화장기 없는 얼굴에 평범한 일상복을 입고서도 눈길을 끈다. 대리석처럼 매끄러운 피부와 금실처럼 반짝이는 긴 머리카락, 그리고 한 번 보면 헤어 나오기 힘든 깊은 푸른색 또는 진주빛 눈동자를 지닌, 자연이 빚어낸 여신 같은 아름다움이다. 인공적으로는 결코 흉내 낼 수 없는, 타고난 자연스러운 미모를 지닌 것이다.

백설처럼 흰 목에, 영원히 지워지지 않을 듯 고개를 치켜들고 공격 자세를 취한 검은 독사 머리 문신을 새긴 이 여자 역시 그런 미인 중 하나였다.

이토록 아름다운 여인이 적진 가까운 변두리에 살면서, 눈보라가 몰아치는 날씨에 군복을 입고 나타난 이유와 그녀가 향하는 곳은 그 누구도 쉽게 짐작할 수 없었다.

높이 쌓여 가는 눈을 피해 철로 위를 빠르게 걷는 그녀의 모습은, 마치 목에 새겨진 독사 문신이 살아 움직이며 당장이라도 달려들 것 같은 긴장감을 자아냈다.

그 순간, 휴대전화 벨 소리가 울리자 그녀와 독사 문신이 동시에 멈춰 섰다.

살을 에는 듯한 바람 속에서 그녀의 뺨과 입술은 추위에 물들어 선명한 핑크빛을 띠었고, 전화기를 꺼내는 손끝까지 같은 색으로 물들어 한층 더 눈부시게 아름다워 보였다.

"여기 돈바스카 하듀카(донбаська гадюка), 암호?"

군인처럼 짧고 단호하게 울려 퍼지는 그녀의 아름다운 목소리가 전화기 너머에 닿자, 곧바로 흥분된 음성이 응답했다.

"나야, 돈바스키이 타란툴(돈바스 독거미). 드디어 수미가 탈환됐어!"

그렇다, "돈바스 살모사"는 전장에서 붙여진, 그녀의 아름다움과는 전혀 어울리지 않는 별칭이었다.

순간, 돈바스 살모사는 기쁨을 주체하지 못하고 차갑고 엄숙한 분위기와는 전혀 어울리지 않게 철로 위에서 군화를 신은 채 마치 무대 위 발레리나처럼 춤을 추기 시작했다.

전쟁의 소용돌이 속에서도, 돈바스 살모사(донбаська гадюка)에게는 여자로서의 간절한 소망이 하나 있었다. 그것은 전우들이 수미를 탈환한 후, 오랜만에 한나와 함께 지젤 발레 공연을 보러 가는 것이었다.

지금 최전선에 나가 있는 한나는 원래 국립 오페라단의 발레리나였다. 그녀는 시간이 날 때마다 돈바스 살모사에게 발레를 가르쳐 주곤 했다.

한나는 이제 지젤 같은 전통 발레는 오직 우크라이나에만 남아 있다고 말했다. 지젤의 헌신적인 사랑이 현재 우크라이나의 투쟁 정신과 닮아 있기 때문이라는 설명이었다.

한나도 자신의 조국이 부패와 불합리한 가난으로 그녀를 배신했을지라도, 조국을 저버릴 수 없는 마음을 지니고 있었다.

마치 지젤이 배신과 죽음조차 초월하는 사랑을 보여 주듯, 돈바스 살모사도 전쟁의 혼란 속에서 고통을 겪으면서도 그 안에서 아름다움을 지키기 위해 노력하고 있었다.

지젤의 우아함과 강인함은 돈바스 살모사가 꿈꾸는 삶의 이상이기도 했다.

백조처럼 한바탕 춤을 추던 돈바스 살모사는 다시 현실로 돌아와 군인처럼 떨어진 전화기를 주워 들고 말했다.

"돈바스 독거미, 좋은 소식 정말 고마워! 다른 중요한 사항은?"

돈바스 독거미의 목소리가 이어졌다.

"여기 용감한 흰 늑대들이 살모사 오기만 기다리고 있다. 이제 대포알도 간호병도 의약품도 다 떨어졌어! 서방 국가들 지원이 너무 느리고 찔끔찔끔씩 전달되어서 제대로 싸울 수가 없어. 이제 간호 학교 졸업도 필수가 아니야. 도망치지 않고, 피를 멈추고 바느질만 할 줄 알면 합격이야. 그만큼 상황이 절박해!"

돈바스 살모사는 미안한 목소리로 말했다.

"나 이제 거의 다 나았어. 곧 갈게! 내가 일하는 곳에서도 설득한 사람들 몇 명 데려갈 거야. 간단한 교육만 하면 충분히 도움이 될 거야. 약도 많이 챙겨서 보낼 테니 걱정하지 마!"

돈바스 독거미가 돈바스 살모사의 말을 끊으며 무거운 목소리로 전했다.

"잠깐, 안 좋은 소식이 있어. 우리 막내, 한나가 조금 전에 전사했어…."

돈바스 살모사는 충격에 눈물을 멈추지 못한 채 흘려보냈다. 눈물을 억지로 멈추기 위해 고개를 들고 외쳤다.

"우크라이나 간호사들에게 영광을! 한나에게 영원한 평화를!"

통화를 마친 돈바스 살모사는 눈물을 닦지 않고, 그리움에 젖은 눈빛을 숨기려는 듯 고개를 숙인 채 서둘러 목적지를 향해 발걸음을 내디뎠다.

한나는 돈바스 살모사에게 친여동생 같은 존재였다. 올해로 19세. 국립 오페라단에서 촉망받던 발레리나였던 그녀는 전쟁이 터지자마자 자원입대했다.

돈바스 살모사가 잠시 자리를 비운 사이, 한나는 그녀를 대신해 부상병들을 돌보고 있었다. 돈바스 살모사는 자신 대신 한나가 전사했다는 생각에 끝없이 눈물을 흘렸다.

얼마 전, 한나는 전선이 점점 치열해지는 것을 느끼며 마치 자신의 죽음을 예감한 듯, 가족에게 전할 유언장을 돈바스 살모사에게 보내왔다.

돈바스 살모사는 눈물로 흐려진 시야 너머로 한나가 남동생에게 남긴 애틋한 편지를 떠올렸다. 마지막 단락에서 한나는 자신의 죽음을 절대 슬퍼하지 말라고 당부했다.

"모든 인간은 결국 죽음을 맞이합니다. 독재자들 역시 예외는 아닙니다. 그러나 차이가 있다면, 우리의 아이들은 희망 속에서 언제나 다시 태어날 것입니다.

그래서 언젠가 하늘에서 자유로운 우크라이나를 바라볼 날이 올 거예요. 그러니 부디, 제 죽음을 슬퍼하지 말아 주세요."

그것이 그녀의 마지막 메시지였다.

돈바스 살모사는 한나의 마지막 글을 떠올리며 눈물을 훔쳤다. 하늘에서 자신을 바라보고 있을 그녀를 향해, 쏟아지는 눈발을 얼굴로 맞으며 밝은 미소를 지어 보였다.

철로를 벗어난 돈바스 살모사는 발걸음을 서둘러 드니프로강 변에 위치한 리보베르쥐나 역으로 향했다. 거리에는 젊은 남자는 거의 보이지 않았고, 대부분 전쟁으로 활동을 못 해 비만하게 된 뚱뚱한 아줌마들만이 장바구니를 들고 바삐 오가고 있었다.

폭격으로 인해 대규모 정전이 발생한 상황에서, 역 앞 상점들은 중국산 저가 디젤 간이 발전기를 모두 돌리고 있었으며, 발전기의 똑닥거리는 소음은 귀를 멍멍하게 했고 매연은 숨이 막힐 정도로 가득했다.

그녀는 약국 창문 앞에 잠시 멈추어 텅 빈 진열장을 살피다가, 문을 열려던 동작을 멈추고 곧바로 지하철 역사를 향해 걸음을 재촉했다.

서둘러야 했다. 적색 라인 지하철 1호선은 드니프로강을 지상 철교로 운행하기 때문에 공습경보가 발령되면 자동으로 운행이 중단되었다. 빨리 탑승하지 않으면 출근 시간을 지킬 수 없었기 때문이다.

열차에 탑승한 돈바스 살모사는 다른 탑승객들처럼 묵묵히 철로 주변을 스쳐 지나가는 풍경을 바라보았다. 드론과 미사일 공격으로 폐허가 된 건물들이 좌우 창문을 통해 빠르게 지나갔다.

멀리 드니프로강 백사장에 외롭게 서 있는 그녀의 오두막도 잠깐 눈에 들어왔다. 돈바스 살모사는 그곳에서 혼자 남아 있을 그녀의 고양이들을 떠올리며 창밖을 향해 조용히 손을 흔들었다.

그러다 그녀는 시선을 돌려 열차 안 사람들의 얼굴을 하나하나 세심하게 살피기 시작했다.

대부분 나이 든 승객들은 전선에서 녹화된 우크라이나 승전 이야기를 유튜브로 시청하며 무언가에 집중하고 있었다.

할아버지는 드니프로강에서 낚시를 마치고, 마치 보물이라도 되는 듯 낚싯대를 소중히 손에 쥐고 있었다. 깊고 무거운 표정으로 열차 좌석에 앉아, 창밖을 응시하며 시간이 남긴 상처와 기억을 고요히 되새기는 모습이었다.

인생의 오랜 여정을 걸어온 그는 무엇을 떠올리며 그토록 깊은 생각에 잠긴 걸까?

대조적으로, 열차 구석 바닥에 주저앉은 청소년들은 K-pop에 심취한 듯 하얗게 화장한 얼굴과 전위적인 복장을 하고 서로 사진을 찍으며 밝게 웃고 떠들고 있었다.

그들은 잠시나마 현실을 잊은 듯 천진난만하게 순간을 즐기고 있었다. 징집이 면제된 젊은이들과 청소년들은 전쟁과는 전혀 무관한 또 다른 세상의 사람들처럼 보였다.

돈바스 살모사의 눈길은 앞에 앉아 있는 중년 남자에게로 향했다. 그는 모든 것에 무관심한 듯 핸드폰으로 온라인 카지노 게임에 몰두하고 있었다. 열차가 크게 흔들리는 가운데, 핸드폰 화면 속 빠르게 회전하는 슬롯머신 잭팟 마크들이 돈바스 살모사의 눈에 들어왔다. 그 장면은 마치 불안정한 현실을 비웃듯, 그녀의 속을 울렁이게 했다.

미국 국기 견장을 단 군복을 입은 여군이 양손 가득 빈 페트병을 들고 내릴 준비를 하고 있었다. 돈바스 살모사가 도와주려 하자 여군은 조용히 사양했다.

돈바스 살모사는 고개를 돌려 다시 창밖을 바라보았다. 열차는 천천히 긴 드니프로 철교를 건너고 있었다. 창밖으로 보이는 강 맞은편 언덕 위에 우뚝 선 '우크라이나의 어머니'상은 여전히 굳건하고 믿음직스러워 보였다.

최근 소련의 낫과 망치 문양이 삼지창으로 교체되었지만, 돈바스 살모사는 그 칼을 볼 때마다 적을 물리치기엔 어쩐지 너무 짧고 무뎌 보여 장난감 칼 같다는 생각이 들었다.

저녁 햇살이 강물 위에서 반짝일 때, 돈바스 살모사는 문득 떠오르는 생각에 전화기를 꺼내 들었다.

"소피아입니다. 오늘 저에게 예약된 손님 몇 명인가요? 12명이요! 오늘은 샤워할 시간도 없겠어요. 그래도 괜찮아요. 공습경보 없이 다리를 넘었으니, 20분 후에 도착할 수 있을 거예요."

그녀는 일에 대한 열정과 약간의 만족한 목소리로 통화를 마쳤다. 목적지가 가까워졌는지 돈바스 살모사는 창에 비친 자신의 얼굴과 옷차림을 점검하며 혼자 웃음을 지었다. 그리고 유리창에 손가락으로 계산을 시작했다.

"12명 곱하기 1,150흐리브냐… 합계 13,800흐리브냐. 팁을 잘 받으면 2,400흐리브냐, 못해도 16,200흐리브냐…. 나누기 40 하면 405달러… 나쁘지 않네!"

그녀의 표정이 밝아졌다. 그러다 생각난 듯 친구에게 전화를 걸었다.

"오늘 늦을 것 같아. 우리 집에 들러서 고양이들 밥 좀 대신 줄 수 있을까?"

돈바스 살모사는 키이우 중심부인 크레샤틱 역에 도착했다. 깊이 100미터에 이르는 길고 지루한 어두운 에스컬레이터를 타자마자 걸터앉아서, 곧 익숙한 동작으로 군모를 벗고 긴 머리카락을 자연스럽게 풀어 내렸다. 군화도 벗고 하이힐로 갈아 신은 뒤, 실크 블라우스를 꺼내 입고 군복 바지를 벗어 짧은 레깅스로 갈아입었다.

그녀는 주변의 시선을 전혀 신경 쓰지 않았고, 다른 사람들 역시 그녀가 옷을 갈아입으며 속살을 드러내는 모습에 별다른 신경을 쓰지 않고, 각자 자신의 할 일에 몰두하고 있었다.

우크라이나는 동방 정교 국가이지만, 젊은 여성들의 신체 노출에 관해서는 가톨릭 국가들처럼 민감하게 반응하지 않는다. 주변이 모두 이런 아름다운 여성들로 가득한 환경이기에 굳이 특별히 관심을 기울일 필요가 없기 때문일 것이다.

목에 새겨진 독사 문신을 가리기 위해 스카프로 목을 감싸고, 얇은 빨간 코트를 걸친 그녀는 마치 패션쇼에 나서는 모델처럼 경쾌한 발걸음으로 거리로 나섰다.

그러나 그녀의 모든 의상은 또래 여성들처럼 싸구려 중고 상점에서 구입한 듯, 몸에 꼭 맞지 않았고, 디자인도 세련됨과는 거리가 멀었다. 그럼에도 군복보다는 한결 나아 보였다.

이제 돈바스 살모사는 전장에서 싸우던 전사에서 매혹적인 도시의 생계형 여인으로 완벽히 변신한 모습이었다.

냉동실 같은 추위에 몸을 떨기 시작한 돈바스 살모사는 슈퍼마켓에 들러 간단한 간식을 산 뒤, 길 건너편에 자리한 우크라이나 최고의 춤 백화점 앞에 멈춰 섰다.

그곳에서는 친구인 중년 간호 장교 사샤가 야전복 차림으로 추위 속에 서서 가판대에 로켓 파편과 의약품을 진열해 놓고, 행인들에게 도움을 호소하며 기금을 모으고 있었다. 그러나 사람들이 기부할 때마다 들려오는 건 동전 떨어지는 소리뿐이었다.

거지 차림의 한 남자가 소액을 기부하자, 사샤는 그의 손목에 우크라이나를 상징하는 작은 리본을 묶어 주며 진심으로 감사의 인사를 건넸다.

"좋은 오후야, 사샤! 너무 추워 보이는데?"

돈바스 살모사가 덜덜 떨며 인사를 건넸다.

"그래, 추우니까 화장실만 자주 가게 돼. 엿같이 추운 오후지만 전방보다는 견딜 만해!"

사샤도 떨리는 목소리로 웃으며 대답했다.

"오늘 기부는 어때?"

돈바스 살모사가 물었다.

"사람들의 주머니엔 동전뿐이야. 그것도 그들에게는 큰돈이지만,"

사샤는 쓴웃음을 지으며 말했다.

"가끔 외국인들이 와서 진짜 큰돈을 놓고 가긴 해."

그때 한 외국인 남성이 지폐를 기부하며 돈바스 살모사의 몸매를 흘끗 보며 미소를 지었다.

"정말 멋지네요!"

그가 영어로 말했다. 돈바스 살모사는 발레리나처럼 우아하게 답례 인사를 해 주었다.

외국인 남성은 첫눈에 반한 듯, "추운데 백화점 안에서 커피라도 대접해 드리고 싶습니다."라고 제안했다.

작은 독사는 부드러운 미소를 띠며 말했다.

"아쉽지만 오늘은 일이 있어서 어렵고요. 대신 큰 지폐에 전화번호를 적어 기부함에 넣어 주시는 분들은, 제가 꼭 연락드리고 있어요."

그 남성은 만족스러운 표정을 지으며 자신의 전화번호가 적힌 지폐를 기부함에 넣고 떠났다.

사샤는 그 장면을 보고 어이없다는 듯이 혀를 차며 말했다.

"칫! 돈은 고맙지만, 대체 뭐가 '아주 좋다'는 거야? 이 일도 얼굴과 몸매가 있어야 한다니… 저 인간, 아까 내가 외쳤을 때는 못 본 척하고 그냥 지나가더니…."

돈바스 살모사는 웃으며 말했다.

"이렇게 추운데 내가 왜 미친 사람처럼 짧고 얇은 옷으로 갈아입고 왔는지 알아? 남자의 심리를 잘 알아야 돈이 따라오지. 남자들의 지갑을 열게 하려면, 여자가 벗어야 해."

사샤는 기가 꺾인 듯 조용히 말했다.

"내가 벗으면 다들 도망갈 거야. 우리 약을 기다리고 있는 전선의 부상병들을 생각하면 네 말도 일리가 있지… 그래도 신성한 기금을 위해 남자들을 이용하는 건 좀….”

"사샤, 선과 악의 경계가 무너져 가는 현대 문명 속에서 돈이야말로 가장 신성한 존재야.”

사샤는 돈바스 살모사의 말에 옳다는 듯 반론하지 못하고, 궁금한 듯 기부함을 열어 확인해 보았다. 기부함 속에는 방금 그 외국인이 넣은 몇 장의 지폐가 전부였고, 대부분은 동전뿐이었다.

"고맙지만, 하루 종일 벌어도 겨우 30달러라니… 이걸로는 우리가 필요한 약은커녕 지혈대조차 충분히 살 수 없어. 방금 전에 독거미한테서 약이 떨어졌다는 연락이 왔어.”

사샤는 한숨을 쉬며 말했다.

"그리고 나도 우리의 발레리나가 전사한 소식을 들었어. 네가 가장 슬플 텐데. 오늘 저녁 오페라 극장에서 간단한 장례식이 있어서 가려고 해. 너도 올 거지?”

"나는 오늘 손님이 너무 많이 예약되어 있어서 못 갈 것 같아. 대신 돈을 벌어 올게. 그게 한나가 원했던 거라고 생각해.”

돈바스 살모사는 깊은 복수의 슬픔을 삼키려는 듯 목에 힘을 주며 말했다. 힘줄이 경련을 일으킬 때마다, 목에 새겨진 독사가 마치 그녀의 분노를 대변하려는 듯 살아 움직였다.

"오늘 일 끝날 때까지만 기다려 봐. 못해도 400달러는 가져올 수 있을 것 같아.”

사샤는 잠시 놀라 감탄사를 내뱉더니 이내 심각한 표정을 지었다.

"그래, 큰돈 들어오면 바로 전화해. 그런데 너 괜찮겠어? 계속 이런 일 해도?"

사샤가 걱정스러운 목소리로 물었다.

돈바스 살모사는 가볍게 웃으며 말했다.

"괜찮아, 이 추위에 옷 벗고도 따뜻한 곳에서 일할 수 있잖아. 남자들 평가에 신경 쓸 시간도 없어. 좀 마음에 들면 다들 전쟁터로 가서 사라지니, 이제는 남자 사귈 생각조차 안 해. 왜 그렇게 다들 미래의 시체처럼 보이는지 모르겠어.

나중에 나이 들면 시골 가서 혼자 살 거야. 그러니 내가 무슨 짓을 하든 걱정 말라고."

그녀는 여우처럼 능청스럽게 미소를 지으며 덧붙였다.

"진짜 괜찮지 않은 건 정전이지. 손님 발길이 뚝 끊겨서 말이야."

두 사람은 밝게 웃으며 서로를 격려하듯 손을 맞잡고 힘내자며 "파이팅!"을 외쳤다. 돈바스 살모사는 가던 길을 계속 가기 위해 신호등이 바뀌기를 기다리며 조심스럽게 하늘을 올려다보았다.

혹시라도 드론이 나타나지 않을까 하는 경계였다. 신호등 타이머가 20초에서 서서히 줄어들기 시작했고, 주변 행인들은 매서운 추위 속에서 1초라도 더 기다리기 힘든 듯 발을 동동 구르며 초조하게 신호를 기다리고 있었다.

돈바스 살모사 역시 하이힐을 신은 발이 얼어붙은 듯 불편해 보였고, 서 있는 자세마저 어딘지 모르게 경직되어 있었다.

결국 돈바스 살모사는 도저히 추위를 견딜 수 없다는 듯, 더플백에서 야전잠바를 꺼내어 다시 걸쳤다.

제14 장:

전쟁과 화장품, 그리고 이레나 여사장

키이우의 한겨울 기후는 다른 곳에서는 보기 드문 특이한 현상을 보인다. 우크라이나의 유명한 진흙탕, 라스푸티차 외에도 겨울철에는 몇 가지 독특한 기류 현상이 있다.

마치 심해의 차가운 해류가 바다 밑을 빠르게 지나가는 것처럼, 지상에서도 몇 발자국 차이로 공기가 10도 이상 급격히 차가워지는 구역이 존재한다.

이런 기류 '냉기 와류'에 들어서면, 아무리 방한복을 입었더라도 오래 견디기 어렵다. 키이우의 모든 신호등에 타이머가 설정된 이유도, 이러한 기류 속에서 사람들이 기다리기보다는 잠시 몸을 피했다가 다시 오라는 의미이다.

돈바스 살모사가 서 있는 언덕 아래에도 이러한 차가운 기류가 이어져, 그녀 역시 매서운 추위에 몸을 웅크렸다.

이렇게 형성된 빙판은 **"ожеледь"**(오젤레드)라고 불리며, 걷는 것조차 쉽지 않다. 네발로 기어가려 해도 얼음 표면에 얇게 형성된 기름 막 같은 미끄러움 때문에 몸을 일으키는 것조차 버겁다. 마치 얼음 미세 입자들이 쌓여 만들어진, 길 위의 늪과도 같다.

결국 몸을 바닥에 대고 구르며 빠져나오는 수밖에 없다. 이처럼 키이우의 겨울은 혹독한 추위와 미끄러움으로 가득하다.

돈바스 살모사는 몸속 깊이 파고드는 추위를 막기 위해 야전잠바를 꽉 움켜쥔 채, 미끄러운 언덕길을 하이힐을 신고 천천히 올랐다.

옆 건물 벽에 설치된 대형 공공 수은 온도계는 -25도를 가리키고 있었다.

그녀는 얼어 가는 발끝의 고통에도 군화를 꺼내 신으려 하지 않았다. 우크라이나의 젊은 여성들은 추위 속에서도 아름다움을 최우선으로 여긴다.

어쩌면 그들이 가진 전 재산이 자신들의 아름다움이라고 느끼기 때문일지도 모른다.

그런 이유로 전투복을 입는 것은 단순히 군복을 착용하는 것을 넘어선 희생의 상징이었다. 초기에는 남성용 군복만 지급되었기에, 이 선택은 더 큰 결단을 의미했다.

한겨울에도 방한 구두 대신 하이힐과 드레스를 고집하던 여성들, 발레리나를 꿈꾸던 이들이 이제는 전투복과 군화를 신고 전쟁터로 향한다. 그들의 절박한 마음을 가늠하기 어려울 정도다.

돈바스 살모사 역시 하이힐을 신고 빙판을 미끄러지면서도 고집스럽게 언덕을 올랐다.

그녀가 올라가고 있는 언덕 정상에는 낭만주의 양식의 화려한 오페라 하우스가 서서 키이우 구시가지의 중심을 장식하고 있다.

마이단 광장이 민주주의와 자유의 상징이라면, 오페라 하우스는 우크라이나 여성들이 빈곤과 전쟁 속에서도 아름다움을 지키기 위해 투쟁하는 상징이라 할 수 있다.

오페라 하우스 맞은편에는 검은 유리로 된 현대식 고층 빌딩이 이색적인 대조를 이루며 하늘 높이 솟아 있다.

전쟁 전 이곳은 다국적 기업들이 몰려들었던 비즈니스 센터로, 서유럽에서도 보기 드문 고급 자동차들이 줄지어 대기하고 있던 경제의 중심지였다.

당시 이 거리는 대형 스크린으로 멋진 여종업원들의 서빙 장면을 생중계하고, 고급 레스토랑에서 24시간 스트립쇼가 펼쳐지던 곳이었다.

하지만 지금은 대부분의 상점과 레스토랑이 불 꺼진 채 조용히 남아 있을 뿐이다.

이런 침묵 속에서 유일하게 분주한 곳은 우크라이나 최대 화장품 체인점의 회의실이었다. 많은 참석자들이 모여 성수의 독특한 신제품 판매 전략 발표에 집중하고 있었다.

오후 4시인데 벌써 해가 지며 하늘은 검게 물들었고, 강한 겨울 비바람이 창문에 부딪혀 문틀에서 울음소리가 났다.

그러나 창밖 세브첸코 구역의 고풍스러운 거리는 여전히 아름답게 펼쳐져 있었다.

키이우의 건물은 방어적 구조로 설계되어, 좁은 골목을 통해 이어진 내부 정원과 대형 주차장이 있다. 이들은 고층 빌딩에서 내려다보면 키이우의 도시 계획이 얼마나 군사적으로 치밀한지 드러낸다.

실제로 많은 건물들이 내부 정원에 위장막을 설치하고 그 안에 무기를 배치해 시가전에 대비하고 있었다.

길가 쪽으로는 지하실이 무릎 높이의 창문만 지상에 노출되어 있어 벙

커처럼 활용할 수 있도록 설계되었다. 이런 이유로 키이우는 주요 대로와 행정기관 주변에만 바리케이드가 설치되어 있다.

반면 중심에서 멀어질수록 2차 대전 후 흐루쇼프 소련 서기장이 주도한 철근 콘크리트 조립식 아파트들이 줄지어 있으며, 단조로운 풍경을 이루고 있다.

시간이 지나면서 건물들은 녹슬고 황폐해졌으며, 베란다는 무너질 듯 위태롭게 남아 있었다.

성수는 깔끔한 흰색 슈트에 현대적인 헤어스타일을 더해 첫눈에 아이돌을 연상케 하는 모습으로 발표를 이어 갔다.

마치 드라마 속 부유한 재벌 남자 주인공 같은 그의 모습은 참석자들의 시선을 단번에 사로잡았다.

발표 주제는 "전쟁과 화장품 대박 작전."

성수는 유창한 우크라이나어로 차분히 설명을 이어 갔고, 그의 높은 수준의 발표와 언어 실력에 우크라이나 직원들은 깊은 인상을 받았다.

특히 여직원들은 그의 눈길에 은근한 호감을 담아 속 감정을 내비쳤다.

회의실 벽 스크린에는 여군들이 전쟁터에서 화장을 하거나 참호에서 피부 관리를 하며 남자 친구에게 인스타그램 영상을 보내는 장면들이 나타났다.

척박한 환경에서도 화장과 피부 관리를 잊지 않으려는 모습은 그들의 의지와 사랑받고 싶은 열망을 엿볼 수 있게 했다.

성수의 발표가 끝나자 회의실 중앙 테이블 한가운데에 앉아 있던 우크라이나의 젊은 여사장이 미소를 지으며 말했다.

"사실, 전쟁이 시작되었을 때 저희도 영업을 중단하려 했어요. 그런데 예상 밖으로 전쟁 중에도 한국 화장품을 찾는 고객이 많더군요."

그녀의 말에 회의실은 활기를 띠었고, 성수는 이러한 긍정적인 반응을 보며 다시 설명을 이어 갈 준비를 했다.

여사장은 말수가 적지만 매혹적인 미인이었다. 강한 보드카 냄새가 그녀에게서 느껴졌고, 성수는 술에 취한 그녀가 오히려 더 솔직해진다는 것을 알고 있었다.

그녀는 성수를 신뢰했고, 그가 추천한 제품은 날개 돋친 듯 팔렸다.

흥미로운 점은, 성수가 이번 회의를 위해 처음 준비했던 신제품이 지금과는 전혀 다른 것이었다는 사실이다. 막판에 전략을 바꾸어 현재의 제품을 선보였지만, 예상치 못한 호응을 얻고 있었다.

성수는 회의 전 직원들의 잡담에서 이 화장품 회사의 실질적 소유주는 친러 성향의 여사장의 기둥서방이며, 해외로 도망가 회사가 국가 압류 위기에 처할 수도 있다는 이야기를 들었다. 그녀가 술에 취해 더욱 불안해 보였던 것도 그 때문일 것이다.

지금의 신제품이 그녀에게는 단순한 화장품이 아닌, 회사를 살려 낼 구세주와 같았다.

우크라이나 여군의 사기를 크게 올릴 수 있는 이 제품은 우크라이나 정부와의 협력을 통해 압류를 피할 수 있는 중요한 기회였다. 정치적 상황과는 별개로, 그녀는 회사를 지키기 위해 기회를 잡아야만 했다.

오랜 세월 동안 적들은 경제적으로 우크라이나에 침투하여 주요 산업을 점차 장악해 왔다. 화장품 유통망이나 쇼핑몰조차 그들의 손아귀에 들어가 있었으며, 외부에는 여사장 같은 허수아비를 내세워 마치 현지인이 정상적으로 운영하는 것처럼 철저히 위장하고 있었다.

적들이 단순한 군사적 침략을 넘어, 화장품 산업까지 경제 침략의 중요한 목표로 삼고 있었다는 점에서 그들의 전략은 예상보다 훨씬 장기적이고 치밀해 보였다.

그런 이유에서인지, 키이우에는 도시의 규모에 비해 유난히 많은 화장품 가게들이 자리하고 있다. 화장품을 통해 여성을 단순한 소비자로 전락시키고, 쉽게 조정하려는 것이 그들의 숨은 의도였다.

외모에 모든 열정을 쏟아부은 우크라이나 여성들은 국가의 미래에 대해 고민할 여유가 없게 될 터였다.

러시아에서 가장 많이 팔리는 향수가 리더스사의 'FT 향수'라는 소문이 있지 않은가? 이 향수는 독재자의 분신을 만들어 주는 도구가 된다.

화장품에는 그만큼 강한 정치적 메시지와 영향력이 담겨 있는 것이다.

성수는 여사장의 말에 잠시 생각에 잠겼다. 이 회사와의 장기적인 미래가 불확실한 상황에서, 오늘 이 자리에서 반드시 큰 발주를 받아 내야 한다는 결심이 그의 머릿속에 자리 잡고 있었다.

특히 여사장이 술에 취한 상태로 그의 말을 신뢰하는 듯한 모습을 보이며 집중하고 있는 지금이야말로 절호의 기회였다. 성수는 미소를 지으며 여사장 쪽으로 다가가, 부드러우면서도 단호한 어조로 설명을 이어 갔다.

그의 목소리는 마치 최면을 거는 듯 낮고 매력적이었으며, 한 문장 한 문장씩 여사장의 마음을 강하게 끌어당겼다.

"전 세계가 불안정해지며 여군의 수가 증가하고 있습니다. 이제 여군 전용 화장품은 단순히 아름답게 보이기 위한 미용 제품이 아닌, 전장에서 여군을 지켜 주는 필수품입니다.

오염된 물로부터 모발을 보호하는 필터 헤어 케어 샴푸와 방사선 차단

기능이 있는 스킨 크림은 전장에서 그녀들을 지켜 주는 또 하나의 방패입니다.

이 제품들은 단순한 화장품이 아닌, 우크라이나 여군을 지켜 주는 무기입니다."

여사장은 성수의 말을 깊이 받아들이며 진지하게 고개를 끄덕였다. 그의 말에 신뢰가 깃든 듯, 잠시 생각에 잠긴 눈빛이 그의 방향으로 고정되었다.

성수는 여사장의 반응을 지켜보며 잠시 침묵을 두었다가, 설득의 강도를 높이며 한 마디를 더 던졌다.

"오늘 이곳에서 새로운 발주를 확정하시면, 이 제품은 우크라이나 여군들 사이에서 큰 반향을 일으킬 것입니다. 게다가, 이러한 협조는 우크라이나 정부와의 관계를 돈독히 하여 회사의 입지를 굳히는 중요한 계기가 될 것입니다."

여사장은 성수의 설명에 깊이 매료된 듯 비서에게 발주 서류를 작성하여 가져오라 지시한 후, 그를 바라보며 말했다.

"아름답고 헌신적인 우크라이나 여군을 위한 한국 화장품이라니, 정말 훌륭한 아이디어에요. 우리 여군들도 이 제품을 무척 좋아할 겁니다."

성수는 여사장의 반응을 확인하며 구체적인 제품 설명을 이어 갔다.

"오늘 소개한 제품 중 가장 인기 있는 것은 '적의 야간 열 투시경으로부터 보호되는 스텔스 기능이 추가된 수분 스틱'입니다. 휴대가 간편하도록 디자인되었으며, 가격은 약 50달러입니다."

그는 자료 화면을 가리키며 덧붙였다.

"이 제품은 미국 FDA 승인을 받은 바 있으며, 현재 한국 국방부 매점에서도 판매 중입니다. 이미 여러 국가의 국방부에서도 여군용으로 채택되어 수출되고 있습니다."

바로 그때, 외부에서 공습경보 사이렌이 울려 퍼졌다.

사무실 안이 잠시 긴장감에 휩싸였지만, 성수는 한 치의 흔들림도 없이 침착하게 제안을 이어 갔다.

"사장님과 신규 발주 협의와 서명만 남았습니다. 괜찮으시다면 회의를 계속 진행하겠습니다."

그의 목소리에는 여유와 차분함이 묻어나 있었다.

우크라이나의 젊은 여사장은 그의 차분한 태도에 감탄한 듯 고개를 끄덕였다. 잠시 주변을 둘러본 후 그녀는 직원들을 향해 말했다.

"방공호로 가실 분들은 가셔도 됩니다. 저와 함께 회의를 마무리하실 분들은 남아 주세요."

직원들 중 대부분은 방공호로 이동했지만, 비서는 남아 자리를 지켰다. 여사장은 성수를 향해 미소를 지으며 고개를 끄덕였고, 성수는 다시 자료를 가리키며 발표를 이어 갔다.

"전쟁이 사장님께 또 다른 기회를 제공하고 있습니다. 지금까지 사장님 체인점에서 특정 제품이 히트를 치면, 우크라이나 리셀러들이 비공식 루트를 통해 제품을 한국에서 보따리로 가져와 더 저렴하게 판매하는 바람에, 실제 매출 상승 효과는 미미했습니다. 하지만 이제 전쟁으로 인해 오가기가 쉽지 않으며, 국경 통과도 매우 어려워진 상황입니다."

우크라이나 여사장은 그의 말을 들으며 결단에 찬 목소리로 말했다.

"우리 여군이 약 5만 명 정도 되죠. 우선, 테스트 차원에서 만 개를 구매해 국방부에 기부하겠습니다. 이를 통해 제품의 효능을 확인하고, 여군들의 반응을 살펴볼 수 있을 겁니다. 추가로, 현재 재고가 소진된 제품들도 함께 대량 주문하겠습니다."

잠시 걱정스러운 표정을 띤 여사장이 덧붙였다.

"하지만, 당신이 좀 전에 언급한 것처럼 현재 전쟁으로 인해 공항이 폐쇄되고 물류 상황도 매우 열악합니다. 몇 달 전에 주문한 다른 나라 화장품조차 아직 들어오지 못했어요. 이런 상황에서 이번 주문을 어떻게 처리할 수 있을지, 해결할 다른 방법이 있을까요?"

여사장의 불안한 눈빛에 성수는 미소를 지으며 대답했다.

"모두 준비해 두었습니다. 향까지 복제할 수 있는 4D 프린터를 설치해 드리겠습니다. 그러면 여기서 바로 기본 원료만으로 제품과 용기를 생산하실 수 있습니다."

성수의 자신감 넘치는 설명에 여사장은 만족스러운 미소를 지으며, 예쁜 만년필을 꺼내 구매 서류 위에 마치 꽃을 그리는 소녀처럼 정성스럽게 자신의 이름을 서명했다.

성수는 여자를 볼 때 항상 무의식적으로 얼굴 대신 가슴을 본다. 특히 가슴 부위 중에서도 가장 민감한 부분에 시선이 머물곤 했다. 이 습관은 그가 태어날 때부터 형성된 것이었고, 지금까지도 고치지 못하고 있었다.

회의 내내 성수의 시선은 이레나의 얼굴 대신 그녀의 가슴에 고정되어 있었고, 이레나는 여성의 본능으로 그의 시선을 알아차렸다. 그러나 그녀는 이를 나름대로 다른 의미로 해석하며 태연하게 행동했다.

성수는 꽃 모양으로 정교하게 새겨진 그녀의 이름, "이레나"를 바라보며, 무심결에 시선을 옮겨 또다시 그녀의 넓게 파인 투명한 하얀 블라우스로 노출된 가슴에 고정시켰다. 그의 시선이 노골적이라는 것을 이레나는 분명히 알고 있었지만, 아무렇지 않은 듯 천천히 계약 서류를 작성하고 있었다.

비서가 회사 직인을 찍기 위해 발주서를 들고 나가자, 이레나와 성수는 단둘만 남게 되었다. 그녀는 은은한 보드카 향과 함께 올라오는 취기를 감추지 않은 채 성수를 바라보았다. 눈가에 맺힌 눈물이 반짝이는 가운데, 이레나는 조심스럽게 입을 열었다.

“이해해 주세요. 사실, 전쟁이 시작된 이후로 밤낮없이 술에 의지하며 지내고 있어요.”

그녀의 얼굴에는 침략국의 허수아비로 조국을 배신해야 하는 우크라이나인으로서의 고통과 갈등이 고스란히 묻어 있었다.

마치 자신의 아픔을 누군가 아버지처럼 든든한 존재와 나누지 않으면 금세 무너져 버릴 것 같은 불안감이 점점 작아져 가는 그녀의 표정 속에 깊이 스며 있었다.

“우리 여군에게 필요한 제품을 준비해 주셔서 정말 감사합니다. 이렇게 신뢰할 만한 파트너를 만난 것도 큰 행운이네요. 오늘 밤에 제가 감사의 마음으로 한잔 대접할까 하는데, 시간 괜찮으신가요?”

성수는 그녀를 처음 만났을 때부터, 보이지 않는 정원에 홀로 피어난 외로운 꽃처럼 온갖 슬픔을 담고 있는 그녀의 모습이 왠지 싫지 않았다. 어린 나이에도 불구하고 많은 아픔과 슬픈 이야기를 간직한 듯 보이는 그녀였다.

성수는 조용히 고개를 끄덕이며 초대를 받아들였다. 그녀는 만족스러운 미소를 지으며 물었다.

“후카, 즐기세요?”

성수는 손가락으로 아주 좋다는 신호를 보내며 응답했다. 그녀는 이미 가까운 연인이 된 듯 성수의 흰색 슈트를 부드럽게 쓰다듬으며 환하게 웃었다.

그 미소 속에는 젊은 여성의 복잡한 감정이 담겨 있었다. 성수는 둘 사이의 거리가 갑자기 한층 더 가까워진 듯한 느낌을 받았다.

저녁 9시에 성수의 호텔로 차량을 보내겠다고 약속하며, 이레나는 자신의 개인 전화번호를 적어 건넸다. 마지막으로 둘은 악수를 나누며 회의는 그렇게 마무리되었다.

성수는 이제 이레나에게 단순한 사업 파트너가 아니었다. 무너져 가는 회사를 다시 일으켜 세워 주고, 도망쳐 버린 친러파 남자 친구 대신 자신을 굳건히 지탱해 줄 든든한 존재처럼 느껴졌다.

성수의 지난 2년간의 노력이 드디어 작은 결실을 맺기 시작하는 순간이었다. 주변의 만류에도 불구하고 자발적으로 우크라이나행을 결심했던 그날 이후, 그는 한 번도 쉼 없이 노력해 왔다.

그러나 그의 목표는 단순히 제품을 판매하는 것에 그치지 않았다.

안정적인 나라에서라면 훨씬 더 높은 영업 성과를 올릴 수 있었겠지만, 성수가 위험을 무릅쓰고 우크라이나를 선택한 데는 그보다 더 깊은 이유가 있었다.

그는 한국에서 화학과를 졸업한 뒤 연구실에만 머무르지 않았다. 세상의 다양한 여성들과 직접 만나 그들이 원하는 화장품에 대해 이야기를 나누며, 각자의 개성과 아름다움에 맞는 제품을 만드는 꿈을 키워 왔다.

성수에게 있어 향수와 화장품은 단순한 피부 관리용 제품이나 방향제가 아닌, 마음을 치유하는 치료제였다.

성수가 화장품에 깊이 몰입하게 된 계기는 파트리크 쥐스킨트의 소설 향수에서 비롯되었다. 그루누이가 아름다운 향을 추출하려는 열망, 미인의 향기를 담아 이를 접한 이들에게 평화를 전하려 했던 그 열정이 성수의 가슴 깊이 자리 잡아 그의 삶을 이끌었다.

성수 또한 흔히 면세점에서 볼 수 있는 향수나 화장품이 아닌, 그루누이처럼—물론 그의 방식만큼 극단적이지는 않지만—소설 속 이야기가 아닌 현실 속에서, 전쟁터에서 피어난 꽃을 재료로 삼아 마치 독사의 침에서 해독제를 만들듯이, 진정한 우크라이나만의 향수를 통해 우크라이나의 고통을 달래 주고 싶어 했다.

그것이야말로 그가 모든 위험을 무릅쓰고 자발적으로 우크라이나에 온 이유였다. 그는 믿었다. 점점 전쟁의 아귀 속으로 빨려 들어가는 세상에서, 화장품의 역할은 이제 단순한 미적 도구를 넘어선다.

그것은 고통을 덜어 주고 희망을 주며, 인간의 정체성을 지켜 주는 나침반과 같은 역할을 하게 될 것이라고 성수는 믿었다.

그루누이처럼 자신만의 향과 아름다움을 찾아 세계를 누비고자 했던 성수는 진정한 화장품 선구자가 되고자 했다. 성수는 전쟁의 위험을 무릅쓰고, 아름다운 여성들이 전장의 꽃으로 다시 피어나는 곳, 아직 세상에 알려지지 않은 들꽃 향이 가득하고 꿀벌들이 춤추는 우크라이나로 자발적으로 가겠다고 회사 사장을 설득했다.

회사는 성수를 더 중요한 시장이 있는 안정된 나라로 보내고 싶어 했지만, 그의 결심은 흔들리지 않았다.

여군용 화장품이나 전쟁 중 특수 매출 효과 등은 모두 그의 개인적인 목표를 감추기 위한 구실에 불과했다. 화장품을 통해 세상의 진실을 찾고, 세상을 더 아름답고 평화롭게 만들고자 하는 사람들이 존재한다는 사실을 사람들은 쉽게 믿으려 하지 않을 것이다.

그는 브라질에서 원료를 찾고, 뉴욕에서 마케팅을 배우며, 파리에서는 화장품 제조 기술을 익히는 등 세계를 쉴 새 없이 돌아다녔다.

전쟁 중에도 그를 이끈 것은, 그루누이처럼 자신이 발견한 향을 한곳에 가둬두지 않고 세상과 나누고자 하는 강렬한 욕망이었다.

'좋은 향은 좋은 인간을 만들고, 결국 좋은 세상을 만든다. 물론 그 반대도 가능하다.'—그의 가슴 깊숙이 자리한 신념이자 비전이었다. 낭만적이고 고풍스러운 키이우의 세브첸코 구역을 바라보며, 그는 자신만의 우크라이나 향수를 만들고자 했다.

이를 위해 우크라이나의 역사와 문화, 언어를 배우며 몰입했지만, 그가 마주한 현실은 달랐다. 이곳에서는 모국어인 우크라이나어보다 러시아어가 더 널리 사용되고 있었다.

당황스러웠지만, 언어 역시 정체성을 담은 '향'과 같다는 생각을 떨칠 수 없었다. 마치 뿌리를 잃지 않는 향수처럼, 그는 진정한 우크라이나의 정체성을 화장품으로 재현해 내고자 끊임없이 노력하고 있었다.

성수에게 우크라이나 여자는 단순한 로맨스나 일시적인 욕구를 해소하기 위한 대상이 아니었다. 그런 관계는 그에게 시간 낭비일 뿐이었다.

그가 여성에게서 찾고자 했던 것은 그녀들 각각의 고유한 향기, 즉 삶에 배어든 깊이와 아픔이었다. 그는 여성의 고유한 향과 그녀가 걸어온 삶을 담아 화장품을 완성함으로써 진정한 아름다움의 의미를 발견하고자 했다.

성수의 이레나에 대한 연민은 그의 복잡한 내면을 고스란히 드러내고 있었다. 그의 머릿속에는 이미 이레나처럼 외롭고 슬픈 여자들로부터 세상을 치유할 향을 뽑아낼 준비가 되어 있었는지도 모른다.

마치 독사의 해독제를 만들 때처럼, 가장 강한 독성을 가진 존재로부터 가장 효과적인 치유의 향을 추출할 수 있을 것이라고 그는 믿었다.

제15 장:

폭격의 순간과 눈물의 향기

취기로 비틀거리는 이레나의 환송을 받으며 회의실을 나선 성수는 승강기를 타고 내려가면서 흐뭇한 미소를 지었다. 방금 성사된 계약 덕분에 우크라이나에서 사업을 확장할 발판이 마련되었다는 사실이 그의 가슴을 벅차게 했다.

우크라이나에서 보기 드문 현대식 널찍한 승강기가 1층에 도착하자, 성수는 한국에 있는 회사 동료에게 바로 전화를 걸었다.

"사장님께 보고드리세요. 중요한 계약이 체결됐습니다. 이번 발주를 통해 우크라이나에서 새로운 가능성이 열릴 것 같습니다."

엘리베이터 문이 열리자 성수는 건물을 서둘러 나섰다. 그러나 예상치 못했던 악명 높은 우크라이나의 오젤레드 빙판 위에 첫발을 내딛는 순간, 그는 그대로 공중제비를 하며 크게 미끄러져 넘어지고 말았다.

성수는 허리를 조금 다친 듯 아파하며, 네 발로 힘겹게 몸을 일으켜 휴대폰을 챙겼다. 다행히 휴대폰은 망가지지 않았고, 그의 사업 성공에 대한 흥분은 사라지지 않은 듯이 큰 목소리로 통화를 이어 가며 매우 조심스러운 작은 발걸음으로 노천 주차장을 향해 걸어갔다.

동시에, 언덕길 중간까지 올라온 돈바스 살무사가 빙판 위에서 미끄러질 듯 말 듯 곡예하듯 균형을 잡으며, 조심스럽게 바쁜 걸음으로 다가오고 있었다.

그렇게 높이 한 뼘 정도 되는 파티용 하이힐을 신고 저렇게 멀쩡하게 걷고 있다는 것이 믿어지지 않을 정도였다. 혹시 우크라이나에서 판매하는 하이힐에는 겨울철을 위한 특수 장치라도 숨겨져 있는 것이 아닐까?

마치 빙벽을 오르는 아이스 클라이머들이 날카로운 금속 스파이크를 신발 밑창에 장착하듯, 극소형 크램폰이 하이힐 밑에 숨겨져 있을지도 모를 일이었다.

그녀는 지나치게 고요한 분위기를 의심하듯 가끔씩 하늘을 올려다보며 드론을 경계했다.

성수는 통화 중 상대의 질문에 답하며 말했다.

“전쟁이 나면 왜 여자들이 더 예뻐지냐고요? 남자들이 줄어들어서 경쟁이 치열해져서요? 제 생각엔 그 이유만은 아니에요. 사실, 28세 이상의 남성들이 대부분 군에 동원되니 단순히 외적인 변화를 위한 것만은 아닙니다. 지금처럼 불안하고 혼란스러운 상황 속에서 사람들은 자신의 정체성과 아름다움을 지키며, 삶의 의미를 다시 찾고 싶어 하죠.

저희 제품이 단순한 미용을 넘어, 그들에게 위로와 용기를 줄 수 있기를 바랍니다. 그런 의미에서 이번 발주는 회사 이미지뿐만 아니라, 사람들에게 특별한 가치를 전달할 수 있는 기회라고 생각합니다.”

성수가 설명을 마치기도 전에 고막을 찢는 듯한 날카로운 폭음이 주변을 강타했다. 주변 창문이 산산조각 나며 유리 파편이 사방으로 튀었고, 폭격으로 불이 붙은 건물의 잔해들이 소나기처럼 쏟아져 내렸다. 곧이어 사랑하는 이를 잃거나 다친 사람들의 처절한 비명이 공기를 가르며 울려 퍼졌다.

성수는 몸을 피하려 급히 뛰었지만, 빙판에 미끄러져 그대로 바닥에 엎어졌다. 이번에는 허리가 부러진 듯한 고통이 밀려와 신음 소리를 터뜨렸다. 공포에 사로잡힌 그는 아무것도 할 수 없어 두 손으로 머리를 감싸고 몸을 웅크린 채 떨었다.

거대한 콘크리트 건물의 잔해가 기울어지며 성수가 있는 방향으로 무섭게 떨어지고 있었다. 돈바스 살무사는 순간적으로 반응해 점프하듯 성수의 등에 뛰어올랐다. 자신의 작은 몸을 겹친 채 두 손으로 성수의 허리를 단단히 감싸더니, 재빠르게 그를 끌고 수십 미터를 굴러 더 안전한 위치로 이동했다.

그녀는 거칠게 숨을 고르며 자신의 야전잠바를 벗어 성수와 자신 위에 덮었다. 날아드는 파편들로부터 보호막을 치기 위해서였다.

성수는 여전히 공포에 사로잡혀 온몸을 떨고 있었지만, 돈바스 살무사는 마치 별일 아니라는 듯 시계를 보며 지루한 공연이 끝나기만을 기다리고 있었다. 성수의 태도를 보며 안타까운 표정으로 말했다.

"다른 생각을 하면서 기다리세요. 이 솜털 잠바, 작은 파편은 다 막아낼 수 있어요."

바로 그때, 무언가 묵직한 것이 근처에 떨어지며 땅이 크게 진동했다. 성수는 놀란 나머지 눈알이 튀어나올 듯했다. 돈바스 살무사는 욕하는 듯한 투로 덤덤하게 말을 이었다.

"그러다가 재수 없으면, 큰 게 떨어져서 머리통이 이깔려 죽는 거고."

그녀는 전쟁의 참혹함을 비웃는 듯한 빈정거림으로 말했다.

그러더니 성수를 흘긋 쳐다보며 물었다.

"가족은 있어요? 마누라나 애들?"

"없어요."

"그럼 크게 걱정할 건 없겠네요."

그녀는 그렇게 말하면서도 메시지를 확인하고 메신저를 보내는 데 열중했다. 마치 폭격 속에서도 일상적인 대화와 업무를 병행하는 것이 전혀 이상하지 않은 사람처럼 보였다.

성수는 빙판이 체온으로 서서히 녹아 옷 속으로 스며들며 전신이 점차 마비되어 가는 것을 느꼈다. 그러나 그녀의 차갑고 태연한 태도에서 이상할 만큼 깊은 안도감을 느꼈다.

"고마워요. 그러는 당신은 남편이나 애들이 있어요?"

성수는 떨리는 목소리로 간신히 물었다.

"나만 남았어. 그래서 더 이상 두렵지 않아."

그녀는 담담하지만 어딘가 쓸쓸한 목소리로 대답했다.

두 사람은 뺨을 맞댄 채 서로의 숨소리를 느끼며, 이 공포의 순간이 빨리 지나가기를 간절히 바라며 긴장 속에 잠시 머물렀다.

성수의 심장은 두려움과 긴장으로 빠르게 뛰었고, 그의 귓가에는 자신의 거친 숨소리와 대조적으로 차분하고 일정한 돈바스 살무사의 호흡이 섞여 울려 퍼졌다.

그 순간, 야전잠바로 둘러싸인 좁은 공간에서 성수는 그녀에게서 익숙하면서도 설명할 수 없는 복잡한 향기를 감지했다. 그녀의 숨겨진 좋고 나쁜 모든 냄새가 뒤섞여, 고스란히 그의 감각에 스며들었다.

그녀의 피부와 머리카락에서 은은히 풍겨 오는 향기는 눈물의 짠내와 함께 강바람의 냄새가 섞여, 묘한 깊이를 더하며 성수의 마음속에 강렬한 여운을 남겼다.

코끝을 스치며 마음 깊숙이 스며드는 짠 향기, 그것은 분명 눈물의 냄새였다. 하지만 그 순간, 성수는 이 향기 속에서 단순한 슬픔만이 아니라, 고통 속에서도 꿋꿋이 버티며 살아가려는 강인한 의지를 느꼈다.

그는 이 향기 속에 전쟁의 고통과 슬픔을 품으면서도 결코 무너지지 않는 생명력이 담겨 있음을 깨달았다. 그의 심장은 점점 더 격렬하게 뛰었고, 그 향기 속에서 우크라이나의 아픔과 아름다움, 그리고 자신이 추구하던 진정한 향기의 의미가 되살아나는 듯했다.

그녀는 이레나보다도 위험한, 세상에서 가장 치명적인 독을 품은 독사였다. 하지만 그 속에는 눈물과 아름다움을 품은 아침 이슬 같은 연약함이 깃들어 있었다.

그들 바로 옆에 잔해가 쿵 하고 떨어지자 성수는 공포에 질려 정신없이 고개를 들어 밖을 보려 했다. 그때, 그녀가 마치 보채는 아기를 달래는 엄마처럼 성수의 머리를 잡아 자신의 작은 가슴 사이에 꼭 눌러 앉혔다. 그녀는 겨울인데도 얇은 속옷을 입고 있어, 그녀의 따뜻한 살결이 그대로 전해졌다.

공습은 끝날 기미가 보이지 않고 계속되었지만, 이상하게도 성수는 곧 몹시 편안해졌다. 더 이상 공포가 느껴지지 않았고, 허리의 통증도 사라졌다. 마치 맛있는 음식을 많이 먹은 듯 배가 따뜻하게 차오르는 기분이었다.

성수는 공습이며 떨어지는 잔해 따위는 신경 쓰지 않았다. 오히려 이 순간이 영원히 계속되기를 바랐다. 그의 머리는 그녀의 작은 가슴에 깊이 파묻혀 움직이지 않았지만, 그의 눈은 그녀의 표정을 마치 갓난아기가 엄마를 바라보듯 고요히 지켜보고 있었다.

성수의 귀에는 더 이상 포격 소음이 들리지 않았다. 그는 마치 젖을 다 먹고 평온히 잠들어 가는 어린아기처럼 서서히 눈을 감고 잠에 빠져들었다.

사실 성수에게는 여자 가슴에 대한 무의식적인 집착이 있었다. 그의 집은 항상 가슴을 드러낸 젊은 여성들의 사진으로 가득했다. 그는 전 세계에서 그런 사진들을 수집해 아파트의 모든 벽을 장식했다. 친구들은 그를 변태라고 놀리곤 했고, 그로 인해 그는 더 이상 아무도 자신의 집으로 초대하지 않았다. 여자 친구들도 모두 떠나갔다.

퇴근 후 집에 돌아오면 그는 와인을 마시며 벽에 걸린 여성들의 사진을 감상하며 혼자만의 평온한 시간을 보냈다. 그러나 우크라이나로 장기 출장을 온 후, 그런 익숙한 분위기를 느낄 수 없게 되면서 그의 불안감은 점점 증폭되고 있었다.

공습 경보가 해제되자, 돈바스 살무사는 조심스럽게 성수의 머리를 자신의 가슴에서 떼어내며 천천히 몸을 일으켰다. 그녀는 야전잠바에 박힌 유리 파편들을 하나씩 빼내며 성수의 몸 상태를 살폈다.

"다친 곳은 없나요?"

그녀가 걱정스러운 목소리로 물었다.

성수는 아직 잠에서 완전히 깨어나지 못한 듯 몽롱한 눈으로 그녀를 바라보며 대답했다.

"괜찮아요… 그런데, 당신 옷이 많이 찢어졌네요. 새것 사 드릴게요."

"음음, 니니."

돈바스 살무사는 고개를 살짝 흔들며 가볍게 미소 지었다.

“이건 아마 1차 교란용 공격이거나, 좌표를 확인하려는 사전 공격일 거예요. 곧 더 강력한 폭격이 있을지도 몰라요. 방공호로 빨리 가세요.”

성수가 방공호 방향을 찾지 못해 어리둥절해하자, 돈바스 살모사는 침착하게 손가락으로 방향을 가리켰다.

“저 통로로 나가면 지하철역이 있어. 난 너무 늦어서 이만.”

그녀는 잠시 허공을 바라보다가 얼굴을 일그러뜨리며, “내가 다 찢어 죽여 버릴 거야!”라고, 여자로서는 보기 드물게 거친 욕설을 내뱉었다.

마치 실제 적들의 살점을 물어뜯는 미친 맹수처럼 침을 줄줄 흘리며 자신의 이를 소리 내어 갈았다. 옷에 묻은 흙을 툭툭 털어 낸 뒤, 입에 들어간 먼지를 뱉어 내듯 땅에 침을 세게 내뱉고는 성수에게 더는 눈길조차 주지 않고 “미안해요, 파리, 뉴욕, 런던”이라는 요가실 간판이 걸린 문을 향해 빠르게 걸어갔다.

한동안 그녀의 체취에 이끌려 온갖 기분 좋은 상상을 하던 성수는, 그녀의 거친 말과 저돌적인 행동에 놀라 멍하니 그녀의 뒷모습을 지켜보았다.

그의 발밑엔 떨어진 콘크리트 덩어리와 에어컨 잔해가 쌓여 있었고, 그것을 바라보는 순간 온몸에 공포가 밀려들었다.

돈바스 살모사가 41K 버튼을 누르고 문을 열고 사라지려는 순간, 성수는 마치 모든 것이 느린 동작으로 진행되는 듯 그녀의 모든 행동을 극도로 집중해서 바라보았다. 무심결에 그는 외치고 말았다.

“잠시만요!”

그러나 돈바스 살모사는 전혀 관심 없이 대답 없이 사라졌다. 성수는 그녀가 남기고 간 짭짤한 눈물의 향을 느끼며, 자신도 모르게 발걸음을 돈바스 살무사의 뒤를 따라가고 있는 자신을 발견하고 놀랐다.

그는 41K 버튼을 눌러 문이 열리자 조심스럽게 건물 안으로 들어섰다. 건물 안은 외부와는 달리 매우 낡고 어두웠으며, 벽에는 여러 회사의 레이저 제모 할인 전단지가 어지럽게 붙어 있었다.

그는 요가실 화살표를 따라 덜컹거리는 승강기에 올라 5층에 도착했다. 감시 카메라가 여러 대 설치된 철문 앞에 다다르자, 성수는 조심스럽게 인터폰을 눌렀다.

잠시 후, 화려하게 꾸민 여자 매니저가 나타나 철문을 반쯤 열고는 경계하는 듯한 목소리로 능숙한 영어로 물었다.

"누구세요? 여기는 '미안해요, 파리, 뉴욕, 런던' 요가실입니다. 예약 번호가 어떻게 되세요?"

성수는 유창한 우크라이나어로 대답했다.

"죄송합니다. 예약 없이 요가 받으러 왔습니다."

여자는 경계심을 품은 채 흙과 물 자국으로 얼룩진 성수의 차림새를 하나하나 살피며 말했다.

"여기는 VIP 요가실이라 아무나 받을 수 없어요. 정식으로 고급 호텔을 통해 예약을 신청해 주세요."

성수는 당황한 듯 주머니에서 고급 호텔 열쇠를 꺼내어 살짝 흔들며 말했다.

"다음부터 그렇게 할게요. 오늘은 몰라서 예약을 못했지만, 가장 비싼 서비스로 부탁합니다."

여자는 성수의 말을 듣고 경계하면서도 흥미로운 표정을 지었다.

"한 시간에 500불?"

성수는 깊은 한숨을 쉬며 말했다.

"지금 돈을 드릴까요?"

여자는 성수의 지갑에서 큰 돈 뭉치를 보며 약간 의심을 풀며 말했다.

"그럼 좋아요. 요가가 시작되면 자세한 가격표를 보시고 결제해 주세요. 카드로 지불해 주시면 더 좋습니다."

성수는 고개를 끄덕이며 말했다.

"고맙습니다."

여자 매니저는 철문 밖으로 나와 성수의 뒤편과 주변을 꼼꼼히 살펴 다른 사람이 없는지 확인한 후, 성수를 안으로 안내했다.

제16 장:

낯선 세계

성수는 여자 매니저의 안내를 받으며 붉은 조명 아래 어둑한 복도를 따라 걸었다. 벽에는 요가하는 여인들의 아름다움을 담은 사진들이 줄지어 걸려 있었고, 건물 안 깊숙이 배어든 은은한 오일 향과 샤워실에서 흘러나오는 친숙한 비누 냄새가 어우러져 그의 긴장을 서서히 풀어 주었다.

대기실 겸 응접실에는 낡았지만 고급스러운 소파가 놓여 있었다. 소파에 앉아 있는 손님들은 대부분 중년의 남자들이었지만, 젊은 커플도 몇 명 섞여 있었다.

그들은 이곳에 익숙한 듯 묵묵히 기다리고 있었지만, 종업원들의 대담한 옷차림과 공간을 가득 채운 아프리카 여인 나무 조각상이 만들어내는 묘한 분위기는 성수에게 여전히 이질적으로 다가왔다.

성수는 벽에 걸린 대형 모니터에 시선을 고정했다. 화면 속에서는 밤의 숲속, 타오르는 장작불 주변에서 반나체의 백인 젊은 여성들이 손을 맞잡고 춤을 추고 있었다.

그 모습은 이교도 의식을 연상케 했다. 성수는 이곳이 단순한 요가실인지 의문이 들었고, 마음속 깊은 곳에서 작은 공포가 피어오르기 시작했다.

당장 이곳을 떠나는 것이 현명할지 고민되었다. 이레나와의 약속을 준비할 시간도 필요했지만, 무엇보다 자신을 구해 준 아름답지만 위험한 독사 같은 여성을 찾고 싶은 마음이 앞섰다.

이제야 독충이나 독사 같은 치명적인 생명체를 좋아하고 기르는 사람들의 심정을 조금은 이해할 수 있을 것 같았다.

그들은 단순한 매력을 넘어, 그 생명체가 지닌 독성과 예측할 수 없는 위험성에 매료되었을 것이다. 특히 그런 생명체가 발산하는 강렬한 힘이 자신을 빨아들이는 듯해, 거부하기 어려웠을 것이다.

성수 또한 희귀하고 매혹적인 치명적 독사를 밀림이나 사하라 사막이 아닌 키이우에서 발견하고, 그것을 손에 넣기 위해, 혹은 그 독에 취해 서서히 죽어가기 위해 위험한 추격을 시작한 셈이었다.

여자 매니저는 성수를 종업원에게 소개하며 작은 목소리로 무언가 좋지 않아 보이는 지시를 내렸다. 성수는 그들의 미묘하게 경계하는 눈빛과 행동을 살피며, 떠보려는 듯 호기심 어린 목소리로 말을 건넸다.

"여기 분위기가 참 독특하네요."

그의 말에는 의심과 호기심, 그리고 이곳이 위험한 은밀한 만남의 장소일지도 모른다는 경계심이 담겨 있었다. 매니저는 일회용 슬리퍼를 건네며 덤덤하게 말했다.

"갈아 신고 여기서 잠시 기다려 주세요."

성수가 소파에 앉아 핸드폰을 켰으나, 화면은 응답이 없었다. 짜증스러운 마음에 매니저에게 물었다.

"여기 와이파이 연결되나요?"

매니저는 건조하게 대답했다.

“폭격으로 우크라이나 전역의 통신이 잠시 끊겼어요.”

성수는 복도와 대기실을 오가며 바쁘게 움직이는 여종업원들 사이에서, 자신이 찾는 금발에 날카로운 송곳니를 지닌, 눈처럼 새하얀 피부의 “돈바스 살모사”.

같은 여성을 발견하기 위해 그들을 유심히 살폈다.

몇 번이나 그녀들과 희미하게 눈이 마주쳤지만, 그중에 자신을 구해준 여자가 있다는 확신은 들지 않았다. 성수는 머릿속에서 그녀의 이미지를 되새기며, 그녀의 진짜 정체가 무엇인지 궁금해졌다.

그때 갑작스러운 폭음이 공간을 뒤흔들었다. 건물이 흔들리며 전기가 나가자 조명이 모두 꺼지고 어둠이 짙게 깔렸다. 그러나 여종업원들은 놀라는 기색 없이, 이미 익숙한 상황인 듯 촛불을 켜고 태연하게 움직였다. 한 남자 손님이 서비스를 마치고 만족스러운 표정으로 신발을 갈아신고 있었다.

“여기 정말 요가실 맞나요?”

성수는 남자 손님에게 물었다. 남자는 성수의 의심에 웃음만 흘렸다. 성수가 다시 묻자, 남자는 미소를 지으며 대답했다.

“키이우에서 방공호에만 숨어 있을 순 없잖아요. 살아 있을 때 즐겨야죠.”

그 말을 들은 성수는 더욱 혼란스러워졌다. 이곳은 단순한 요가실이 아닌 것 같았다. 잠시 후, 여자 매니저가 다가와 미소를 지으며 말했다.

“마침 폭격으로 예약이 취소된 방이 하나 비어 있어요. 원하시면 지금 개인 요가 트레이닝을 시작하실 수 있습니다.”

성수는 깊이 생각하지 않고 바로 대답했다.

“좋아요.”

매니저는 성수를 위해 세 명의 여성을 불러 그 앞에 세웠다. 그녀들은 실크 속옷 위에 흰 가운만 걸친 채 성수에게 다가와, 자신을 선택해 달라는 듯한 갈증 어린 미소를 지어 보였다.

"다샤, 샷샤, 그리고 까타입니다."

성수는 그들을 잠시 바라보다가 실망한 듯한 표정으로 말했다.

"제 타입이 아니네요. 좀 더 기다려 볼게요."

그때, 성수는 복도 끝에서 마침내 자신이 찾던 독사가 나타난 것을 보았다. 그녀는 독사가 독을 퍼뜨려 서서히 죽어 가는 먹이를 감싸듯, 긴 혀를 내밀며 한 손님의 팔짱을 다정하게 끼고, 따뜻한 미소를 지으며 작별 인사를 나누고 있었다.

작은 키에 머리를 위로 감아 올려 하얀 목선을 과감히 드러내며 유혹적인 분위기를 자아내는 그녀의 모습은 조금 전 자신을 구해 준 키 큰 강렬한 전사의 이미지를 전혀 떠올릴 수 없게 했다.

성수는 그녀의 변신한 모습을 바라보며 혼란에 빠져 중얼거렸다.

'설마··· 그래도 확실해. 하이힐과 야전잠바를 벗으니 헷갈렸던 거야.'

하이힐 대신 편안한 신발을 신고, 전장에서는 상상할 수 없었던 부드러운 옷차림을 한 그녀는 완전히 다른 사람처럼 보였다.

그러나 그 눈빛과 표정, 그리고 미세한 움직임 속에는 여전히 돈바스 살모사가 남아 있었다. 성수는 그녀의 모습을 찬찬히 살피며, 의심이 서서히 지워지고 그녀임을 다시 확신할 수 있었다.

돈바스 살모사는 또 다른 기다리던 젊은 여자와 서서히 다가와 인사를 나누고 있었다. 성수는 그녀의 발끝에서 머리끝까지 여러 번 시선을 주며, 그녀의 완벽한 피부와 균형 잡힌 몸매를 다시 한번 확인했다.

가까운 거리에서 그녀의 속옷까지 엿보일 정도로 가까이 있었기에, 그의 시선은 자연스럽게 깊어져 갔다. 그때 그는 그녀의 검은 스타킹 속에 무언가 숨겨져 있는 것을 알아챘다. 속으로 호기심이 일던 순간, 돈바스 살모사는 곁눈질로 성수를 살피며 주차장에서 자신을 구해 준 남자가 맞는지 은근히 확인하려는 듯했다.

젊은 여자는 전장에 나가기로 결심한 듯 돈바스 살모사와 진지한 작별 인사를 나누었다. 돈바스 살모사는 전장에서 주의할 사항들을 세심하게 설명해 주었고, 두 사람은 깊은 포옹으로 아쉬운 이별을 나눴다.

떠나기 전, 젊은 여자는 한 장의 편지를 돈바스 살모사의 손에 쥐여 주며 "고마워요, 가치 있는 삶을 찾게 해 줘서…"라고 속삭였다. 그녀는 아쉬운 발걸음을 떼며 문을 나섰다.

슬픔에 잠긴 돈바스 살모사 곁으로 또 다른 남자 손님이 다가와 친근한 목소리로 물었다.

"그동안 잘 있었어?"

돈바스 살모사는 슬픔을 머금은 눈빛으로 미소 지으며 대답했다.

"다시 만나 반가워. 방 정리하는 동안 조금만 기다려 줘."

돈바스 살모사가 방으로 들어간 후, 성수는 소파에 앉아 졸음에 휩싸였다. 시간이 얼마나 흘렀을까. 잠에서 깨어난 성수 앞에는 팬티와 브라 위로 가운을 걸친 두 명의 여자가 서 있었고, 그들 사이로 피곤한 표정으로 절뚝거리며 나타난 '돈바스 살모사'가 보였다.

마사지실 매니저가 미소를 지으며 말했다.

"다음에 오실 때는 꼭 예약하세요. 우리 집 이름은 '미안해요, 파리'입니다. 이쪽은 다샤, 샤샤, 그리고 소피아입니다."

성수가 '소피아'라는 이름을 되새기며 그녀를 바라보자, 돈바스 살모사의 얼굴에 미묘한 불안이 순간 스쳐 지나갔다. 왜 이 남자는 방공호로 가지 않고 이곳에서 몇 시간씩 자신을 기다리고 있었을까?

외부에서 스치듯 만난 남자가 마사지실까지 찾아오는 일은 돈바스 살모사에게도 처음이었다.

그녀는 속으로 여러 가지 추리를 하며 그의 의도를 파악하려 애썼다. 그가 단순한 고객이 아니라는 직감은 들었지만, 이 젊은 아시아 남자가 어떤 목적으로 찾아왔는지에 대한 답은 쉽게 떠오르지 않았다.

그러나 그녀가 늘 말하듯, 그녀에게 남자는 돈을 위한 먹잇감이거나, 모두 미래의 시체처럼 보일 뿐이었다.

돈바스 살모사는 매니저에게 조용히 속삭였고, 매니저는 고개를 끄덕이며 답했다.

"복잡하게 생각 말고, 음악 틀고 기본 마사지만 해."

돈바스 살모사는 매니저의 지시에 따라 준비를 하면서도 여전히 성수를 의식하며 그의 진짜 목적을 파악하려 애썼다.

제17 장:

스니쟈나 다리에 새겨진 이야기

돈바스 살모사는 성수를 자신의 객실로 안내했다. 어두운 방 안은 온통 붉은 색과 거울로 장식되어 강렬하고 자극적인 분위기를 자아내고 있었으며, 중앙에는 넓은 더블 매트리스가 자리 잡고 있었다.

밀폐된 창문 탓인지, 공기가 곰팡이 냄새와 오일 향이 뒤섞여 있었다. 마치 오랫동안 비워 둔 집에서 느껴지는 것처럼 답답하고 무거운 느낌을 자아냈다.

어두워서 잘 보이진 않았지만, 사방에 먼지가 잔뜩 쌓여 있을 것만 같았다.

거울 앞 탁자에 놓인 두 개의 촛불이 부드럽게 일렁이며 은은한 빛으로 돈바스 살모사의 그림자를 방 안 곳곳에 드리웠고, 성수의 시선이 거울에 비친 돈바스 살모사의 아름다운 얼굴을 따라갔다.

촛불의 은은한 불빛 아래서, 특히 그녀가 촛불 가까이 다가가 얼굴의 실루엣이 선명하게 드러날 때면, 마치 성스러운 주제를 담은 중세 성화 속 신성한 인물 같았다.

그녀는 고급 식당에서 메뉴판을 건네듯이 공손하게 가격표를 내밀며 살짝 미소를 지어 보였다.

"이 프로그램은 저희가 자랑하는 하늘로 가는 최고급 코스예요. 일상에서 벗어난 순수한 휴식과 평온을 느껴 보세요. 이것으로 하실래요?"

그녀는 눈을 반짝이며 나직이, 마치 유혹하듯 속삭였다.

성수는 가격표를 대충 훑어보더니 바가지 씌우지 말라는 듯 무심하게 그녀의 눈을 바라보며 대답했다.

"됐어요. 간단하게 VIP 코스로 해 줘요. 그런데… 조금 전에 날 구해 준 게 당신이었죠?"

성수는 그녀를 바라보며, 희미한 조명 속에서도 선명하게 반짝이는 입술까지 흘러내린 그녀의 눈물 자국을 놓치지 않았다.

돈바스 살모사는 거래가 뜻대로 풀리지 않자 실망한 듯 성수를 무심히 바라보다가 천천히 고개를 저었다.

"모르겠네요. 아시아 사람들 얼굴은 다 비슷해 보여서요."

성수는 그녀의 무관심한 대답에 마음속 깊이 품고 있던 환상이 산산이 부서지는 것을 느꼈다. 그녀는 그의 질문에 별다른 관심을 보이지 않고, 빠르게 서비스료를 챙기며 말했다.

"이제 옷을 모두 벗고, 이 수건을 가지고 샤워실에서 씻고 오세요."

돈바스 살모사는 시간이 아까운 듯 빠른 말투로 담담하게 말했다.

성수가 힘없이 방을 나가자, 돈바스 살모사는 일회용 침대 커버를 깔며 마사지를 준비했다. 피곤한 듯 잠시 다리를 길게 뻗고 앉아 쉬고 있던 그녀. 객실로 돌아오던 성수는 그녀의 모습을 보고 잠시 생각에 잠겼다.

갑자기 성수가 어둠 속에서 못 본 척하며 그녀의 다리에 걸려 비명을 지르며 테이블 위로 넘어지려는 순간, 돈바스 살모사는 노련한 전사처럼 반사적으로 손을 뻗어, 마치 조금 전 폭격에서 그를 구할 때처럼 재빠르게 그를 끌어당겼다.

두 사람은 다시 한번 바닥에서 몸을 맞댄 채 서로를 바라보며 조용히 눈을 맞췄다.

돈바스 살모사가 걱정스러운 듯 물었다.

"괜찮아요?"

그러나 성수의 입가에 자신만만한 미소가 서서히 퍼지자, 돈바스 살모사는 자신이 속았다는 것을 알아차렸지만 내색하지 않았다. 잠깐의 침묵 후, 성수가 낮은 목소리로 물었다.

"왜 계속 모른 척해?"

하고 돈바스 살모사를 다그쳤다.

돈바스 살모사는 태연하게 성수를 부드럽게 밀어내며 말했다.

"이번엔 넘어가 줄게. 하지만 내 몸엔 절대 손대지 마. 언제 어떻게 될지 모르는 몸이라, 보는 건 괜찮아도 손대는 건 안 돼."

그녀의 어딘가 애매한 말에 성수는 이해할 수 없다는 표정으로 그녀를 바라보았다. 그러나 바라보면 볼수록, 손으로 만져 확인하고 싶을 만큼 그녀는 현실이 아닌 듯 아름다워 보였다.

성수는 이미 이레나와의 저녁 약속을 완전히 잊은 듯했다. 오늘 그는 우크라이나에서 그동안 궁금해하던 한 가지를 경험하며 완전히 이해하게 되었다.

왜 이곳 남자들은 미인들에게 전혀 관심을 두지 않는지, 그리고 왜 여자가 아이를 낳으면 도망가 버리는지.

창밖에서 미사일 요격 소리가 들리자, 지금까지 태연하던 돈바스 살모사의 표정이 순간 굳어졌다.

그녀는 점점 미사일 소리에 예민하게 반응하며 긴장감이 서서히 스며들었고, 계속해서 소리에 귀를 기울였다.

성수는 여전히 따지듯 되물었다.

"죽을지도 모르는 몸이라면서, 왜 내가 만지면 안 돼? 왜 너만 나를 만지고 나는 못 만지는데?"

돈바스 살모사는 그 말에 어이가 없다는 듯, 진지한 눈빛으로 그를 바라보며 말했다.

"만질 수 있는 건… 아주 특별한 순간에만 허락되는 거야."

그녀의 엉뚱한 규칙에는 그녀만의 설명할 수 없는 깊은 가치가 담겨 있는 듯했다. 아니면, 만져지지 않은 몸은 더럽혀지지 않았다는 우크라이나의 문화적 차이일지도 모른다. 하긴, 거리나 지하철에서 마치 다 보라는 듯이 거의 벗다시피 하거나 비치는 옷을 입고 다니는 여성들도 많이 보았다.

성수는 그녀의 말을 완전히 이해하지 못했지만, 어디서나 듣는 뻔한 이야기 아니냐는 듯 기분 나쁜 표정으로 무심히 내뱉었다.

"쉽게 말해서, 돈을 더 달라는 거잖아? 차라리 솔직하게 그렇게 말해."

돈바스 살모사는 아무 대응도 하지 않은 채 천천히 마사지를 시작했다. 그녀의 작고 부드러운 손이 성수의 몸을 스칠 때마다, 성수는 거울에 비친 그녀의 모습을 몰래 훔쳐보았다. 자의 반, 타의 반으로 온갖 상상 속에서 마치 눈처럼 서서히 녹아내리는 자신을 느꼈다.

촛불의 심지가 길어지며 더 활활 타오르자 방 안은 한층 밝아졌고, 적막 속에서 오일이 흐르는 소리와 성수의 피부에 닿는 돈바스 살모사의 작은 손길 소리만이 퍼져 나갔다.

밝아진 촛불 아래에서 그녀가 고개를 들 때마다 목 부위에 스카프 뒤에 감춰진 무언가가 있다는 것을 느낄 수 있었지만, 더 알아보고 싶지는 않았다. 전쟁으로 생긴 상처일 수도 있고, 또는 다양한 모티브의 문신이 있을 거라고 생각했다.

부차 학살 이후 신원을 알 수 없는 시신들이 늘어나면서, 특히 적군의 성폭력에 노출될 위험이 큰 여성과 아이들은 나중에 가족들이 쉽게 시신을 확인할 수 있도록 몸에 문신을 새겼다.

여성들은 주로 허벅지, 종아리, 배, 또는 어깨에 꽃 문신을 새겼고, 군인들은 팔, 목, 등에 더 크고 눈에 잘 띄는 파충류 문신을 새겼다. 이렇게 전국민이 몸에 문신을 새기는 모습을 흔히 볼 수 있었다.

때때로 폭격의 여파로 방이 흔들렸지만, 돈바스 살모사는 잠시 주변을 살피다가도 이내 다시 성수의 몸에 집중했다.

성수는 그녀의 뺨이 자신의 뺨에 가까워지고, 조용한 숨결이 입술 가까이 스칠 때마다 묘한 감정에 잠겼다.

옷을 벗은 그녀의 몸은 마치 작은 스피츠 강아지가 물에 젖어 한 주먹 크기로 작아진 듯 너무나 작아 보였다. 특히 그녀의 발은 그의 손바닥에 들어올 만큼 작았다.

그러나 그 작은 몸은 균형이 잘 잡혀 있었다. 이렇게 작은 여자로부터 마사지를 받는 것이 왠지 가련하게 느껴졌다.

긴박했던 폭격의 순간처럼, 이 고요한 순간에도 그녀의 숨소리가 그의 DNA 깊숙이 스며드는 것만 같았다. 마치 새 생명을 창조하기 위해 정자가 난자에 파고들 듯이.

그 숨결 속에는 말로 다 표현하기 어려운 가녀린 여성스러움과, 간신히 숨을 이어 가며 생존을 위해 애쓰는 작은 존재의 깊은 슬픔이 깃들어 있었다.

그녀의 눈이 그의 입술에 아주 가까워졌을 때, 그는 혀끝으로 그녀의 눈물 자국을 맛보고 싶은 강렬한 충동을 느꼈다. 이미 눈물은 말라 작은 소금 알갱이처럼 반짝이며 그녀의 하얀 피부에 보석처럼 매달려 있었다. 과연 얼마나 짤까? 바다 소금과는 또 다른 맛일까? 만약 맛볼 수 있다면, 국물의 간을 보듯 그녀를 구성하는 모든 성분을 이해할 수 있을 것 같았다. 그러나, 이미 말라붙은 눈물의 은은한 냄새는 맡을 수 있었다. 좀 더 진하게 느끼고자 숨을 깊이 들이쉬었다.

그 순간 그녀의 작은 심장의 미묘한 울림이 긴 창이 되어 날아와서 성수의 감정을 한순간에 뚫고 지나갔다.

성수의 입에서 작은 신음이 흘러나왔다.

"만족해요?"

돈바스 살모사는 설명할 수 없는 묘한 표정을 짓고 있는 성수를 보며 의아하게 물었다.

성수는 눈을 감고 고개를 좌우로 천천히 흔들며, 조용히 말했다.

"아파요…."

돈바스 살모사는 한순간 그의 말을 이해하지 못한 듯 손을 멈추고, 가만히 그를 응시했다.

"그러면 좀더 부드럽게 할게…."

그녀의 눈빛은 살짝 흔들렸고, 성수의 말에 크게 당황한 듯 감정이 고스란히 드러났다.

두 사람은 처음부터 전혀 의사소통이 되지 않고 있었다.

그때, 방 안의 정적을 깨고 성수의 휴대전화가 진동하며 빛을 내기 시작했다.

"윙… 윙…"

성수는 잠시 주저하다가 말했다.

"회사에서 온 전화 같아. 내 전화 좀 건네줘."

성수는 깜짝 놀라며 화면을 확인했다.

"화상 통화 요청이네!"

성수는 순간 당황한 표정으로 소리쳤다.

"폭격 때문에 통신이 끊겨서 미리 연락 못 했어."

성수의 화면에는 서울에서 회식 중인 회사 직원들이 모여 하나같이 그를 바라보고 있었다.

서울 직원은 성수를 바라보며 웃으며 말했다.

"부장님, 축하드려요! 근데 왜 이렇게 어둡고, 옷은 왜 벗고 계세요? 뒤에 있는 여자는 누구예요?"

돈바스 살모사는 성수의 등 뒤에서 장난스럽게 손가락으로 승리 표시를 해 보이며 웃었다.

"안녕하세요?"

그녀는 서투른 한국어로 인사까지 건넸다.

성수는 급하게 상황을 수습하려고 애썼다.

"여긴 키이우 요가실인데 좀 특이해. 오일 마사지하면서 옷 다 벗고 해. 옆에 있는 사람은 요가 트레이너야."

서울 직원은 마치 자신도 경험해 본 듯 고개를 끄덕이며 말했다.

"인도식 전통 요가는 원래 오일을 사용해요. 사장님이 곧 중대 발표를 하실 겁니다."

성수는 빠르게 앉은 자세를 고쳐 앉으며, 돈바스 살모사에게 옷을 건네 달라는 손짓을 보냈다.

그 순간, 서울 사장의 목소리가 들려왔다.

"성수 부장, 오늘 이사회에서 그동안 회사에 대한 공을 인정하여 유럽 총괄 소장으로 승진시키고, 연봉도 두 배로 올리기로 했습니다. 축하해요! 그런데 지금 어디에 계신가요?"

성수는 당황하여 급히 대답했다.

"사장님, 스트레스를 풀려고 지금 요가 트레이닝 중입니다. 정전이라 좀 어둡네요."

사장은 이어서 지시를 내렸다.

"그동안 정말 수고 많았어요. 정부가 곧 우크라이나를 전쟁 위험 국가로 지정하고 여행 금지 조치를 시행할 예정입니다. 따라서 우크라이나 업무는 현지 인력에게 인계하고, 상황이 안정될 때까지 프랑스로 이동해 사업을 개척해 주세요.

현재 유럽 전역에서 군 병력이 늘고 있으며, 특히 여군의 수가 급격히 증가하고 있습니다. 지금이 사업 확장에 중요한 시기입니다."

성수는 사장의 지시를 들으며 복잡한 생각에 잠겼다. 우크라이나에서 아직 마무리해야 할 일들이 많다는 말을 하고 싶었지만, 장황한 설명을 싫어하는 사장의 성향을 알기에 마음을 감추고 그가 원하는 대답을 짤막하고 명확하게 준비했다.

"네, 사장님 말씀대로 하겠습니다. 그리고 죄송합니다. 우크라이나 요가가 이런 환경일 줄은 몰랐습니다."

사장은 성수의 사과를 대수롭지 않게 넘기며 말했다.

"괜찮습니다. 중요한 건 매출입니다. 지금처럼 계속 판매를 늘려 주길 기대하고 있어요!"

성수는 사장의 지시에 따르는 척했지만, 마음속에는 여전히 우크라이나를 떠나기 아쉬운 감정이 남아 있었다. 이곳에는 아직 마무리하지 못한 일들과 이어 가고 싶은 만남들이 있었기 때문이다.

그동안 찾아 헤맸던 우크라이나 화장품 제작의 모델이 되어 줄, 각기 다른 스타일의 두 여자를 이제야 겨우 만났는데 짐을 싸야 한다는 것이 아쉬웠다.

정부의 여행 금지 결정으로 어쩔 수 없이 떠나야 하는 상황이었지만, 이번 결정이 더 높은 승진을 위한 발판이 되었다는 사실에 내심 큰 기쁨을 느꼈다.

현실과 마음속 갈등을 잠시 뒤로한 채, 성수는 별문제 없이 사장과의 실무적인 대화를 마무리했다.

통화가 종료되자 성수는 안도감과 함께 기쁜 표정을 지으며 다시 매트리스에 몸을 눕혔다. 통화 내용을 대충 이해한 듯 돈바스 살모사는 성수를 신기한 눈빛으로 바라보았다.

"인도 요가, 계속해 주세요."

돈바스 살모사는 성수에게 잠시 기다려 달라고 한 뒤, 먼저 매니저에게 전화를 걸었다.

"안심하셔도 돼요, 한국 사업가가 확실해요."

그녀는 전화를 끊고 홍겹게 가운을 벗어 던지고 속옷 차림이 되었다. 돈바스 살모사는 장난스럽게 미소를 지었다가, 결국 참지 못하고 웃음을 터뜨리고 말았다.

"그래, 여기가 인도 요가실이라니?

우리 매니저가 당신을 단속 경찰의 끄나풀로 의심해서 거짓말한 거야. 나도 처음엔 네가 여기 여자들을 헌팅해서 팔아먹는 국제결혼 브로커인 줄 알았어.

내가 얼마나 쫄았는지 알아?

키이우엔 그런 조직 패거리가 천지야.

다행이네!"

돈바스 살모사는 눈을 빛내며 피식 웃음을 터뜨렸다.

"벽에 뭐라고 적혀 있는지 읽어 봐."

성수는 그녀의 손짓을 따라 천천히 벽 쪽으로 고개를 돌렸다. LED 네온사인으로 커다랗게 새겨진 문구를 발견하곤, 글자를 하나씩 천천히 읽어 나갔다.

"Sorry, Paris, New York, and London. We have what you don't: real love massage."

("미안해요, 파리, 뉴욕, 그리고 런던. 우리에게는 여러분이 가지지 못한 것이 있어요: 진정한 사랑의 마사지.")

성수는 문구를 다 읽고 피식 웃음을 지었다.

"성인 요가실이었네! 그러면 꿩 먹고 알 먹고, 더 좋잖아."

그는 장난스러운 눈빛으로 돈바스 살모사의 온몸을 훑으며 의미심장한 미소와 함께 말을 맺었다.

돈바스 살모사는 추운 거리에서 동전 몇 개밖에 모으지 못하고 있는 사샤가 떠올라 마음을 더욱 단단히 다잡았다.

그녀는 최대한 유혹적인 눈빛으로 성수를 가늘게 바라보았다.

“오늘 밤, 특별한 경험을 원하시면 얼마든지 준비할 수 있어요.”

그녀는 성수의 귓가에 입술을 가까이 대고 낮고 부드럽게 속삭이며, 뜨거운 숨결을 흘렸다. 그의 반응을 지켜보며, 그녀는 두 손에 오일을 덜어, 비벼 덥힌 후, 그의 복부에 천천히 흘렸다. 이어 그녀는 작은 두 손으로 오일을 그의 몸에 부드럽게 퍼뜨리며 마사지를 시작했다.

그녀는 가슴을 성수의 얼굴에 살짝 스치기도 했지만, 성수가 유혹에 넘어가지 않자 돈바스 살모사는 작전을 바꾸어 갑자기 목소리를 높이며 애교 섞인 한국어로 말했다.

“사장님! 저 배가 고파요.”

그녀의 말투는 마치 한국 드라마 속 주인공을 흉내 낸 듯했다.

성수는 감탄하며 일어나 앉으며 그녀를 경이롭게 바라보았다.

“이제 한국말도 하시네? 언제 배운 거야? 한국 애인이 있어?”

돈바스 살모사는 소녀처럼 깜찍하게 대답했다.

“요즘 젊은 우크라이나 여자들은 한국말 몇 마디쯤은 다 할 줄 알아!”

성수는 감탄하며 더 큰 웃음을 터뜨렸다.

“여기는 정말 마음에 들어. 이렇게 좋은 나라를 왜 사장과 국가는 나보고 떠나라고 하는 걸까?”

돈바스 살모사는 장난스럽게 맞받아치며 응원했다.

“그렇게 좋으면 가지 말고 여기서 그냥 살아 버려!”

돈바스 살모사의 무심한 제안이 성수를 다시 혼란스럽게 만들었다. 성수는 머리가 아픈 듯한 표정으로 혼잣말을 내뱉었다.

"그것도 아주 좋은 방법인데… 그런데 여기서 뭘 해서 먹고 살지?

그렇지, 이레나가 돈이 많으니까. 이레나와 살면서, 돈바스 살모사는 가끔씩 마사지 받으러 오면 되겠네."

성수는 프랑스로 철수하는 것을 제1 안으로, 이곳에 눌러앉아 이레나와 함께 살며 돈바스 살모사와 종종 즐기는 것을 제2 안으로 마음속에 정리했다.

'여기서 좀 즐기고 빨리 이레나에게 작별 인사하러 가야겠다. 돈바스 살모사는 처음 만났을 때와 완전히 달라졌어. 돈만 밝히고 거짓말만 하고… 그래도 놀기엔 딱 좋군. 진심이 가득한 이레나가 훨씬 낫지.'

성수는 이별의 슬픔이 밀려오는 것을 느꼈지만, 밝게 크게 외쳤다.

"슬퍼지려고 하니까, 음악 좀 틀어 줘. 제일 비싼 샴페인도 한 병 추가! 아까 말한 하늘로 가는 최고급 코스로!"

돈바스 살모사는 그의 말에 잠시 놀랐지만, 그가 돈을 아끼지 않는다는 것을 눈치채고 생각하고 있었다. 이걸 팔면, 독거미가 전선에서 요청했던 모든 약을 내일 구매해 보낼 수 있게 될 것이다.

"그거 얼마 안 비싸, 딱 두 장… 2천 달러."

그녀는 성수의 뺨을 부드럽게 어루만지며 바가지를 씌우며 속삭였다. 성수는 당당하게 방이 떠나갈 듯 큰 소리로 말했다.

"좋아! 우크라이나 덕분에 연봉도 오르고, 승진까지 했어. 이럴 땐 축하해야지! 너도 같이 마실 수 있게 잔 두 개로 준비해 줘. 아니, 술 마시고 돈 벌고 싶은 여자들 있으면 다 내 방으로 부르고, 그리고 너 덕분에 살아 있으니까… 근데 너 왜 이렇게 아까랑 다르냐!"

성수가 돈을 돈바스 살모사에게 건네자, 돈바스 살모사는 성수를 살짝 껴안으며 마치 아무렇지 않은 듯 "그래, 딱 두 장일 뿐이야! "라고 대수롭지 않다는 듯 말했다.

사실 성수는 돈바스 살모사의 이런 여우 같은 행동을 모두 파악하고 있었지만, 그녀의 한계가 어디까지인지 끝까지 확인해 보고 싶었다. 그러나 시간이 지나면서 그는 돈바스 살모사를 실제로 만나지 않고, 그녀가 눈물의 향기로만 여운처럼 평생 남아 있었다면 더 좋았을 거라고 후회하고 있었다.

"우리나라에서 아름다운 우크라이나를 금지 구역으로 정했다니, 전쟁 때문이 아니라 아마 너 같은 위험한 여자들 때문이겠지…. 잠시 나갔다가 풀리면 돈 벌어서 다시 올게. 여기 어디가 살기 좋아? 당신이라면 키이우에서 어디가 제일 살기 좋을까? 얼마나 벌어야 아파트 한 채 살 수 있어?"

성수가 떠보듯이 돈바스 살모사, 아니 돈바스 여우에게 물었다.

"겨울에는 미끄러워서 오르기 힘들긴 하지만, 내가 어릴 때는 오페라하우스 근처가 제일 좋았어. 발코니에서 모닝 카푸치노를 마시는 돈 많고 여유로운 사람들을 보면 정말 부러웠거든. 엄청 비싸서, 한 10억 정도는 있어야 살 수 있어."

돈바스 살모사가 맞장구치듯 말했다.

"그 정도는 당장이라도 살 수 있어!"

성수의 말투는 기세등등했고, 돈바스 살모사는 그가 이제 완전히 자신의 손아귀에 있다고 확신했다. 그러나 가끔 그의 눈빛에는 이곳을 떠나야 하는 슬픔이 진하게 스쳐 지나갔다.

돈바스 살모사는 매니저에게 전화를 걸었다. 잠시 후, 어린 티가 남아 있는 깜찍한 소녀가 속옷 차림으로 쟁반에 샴페인과 밀크초콜릿을 올려 조심스럽게 방 안으로 들어왔다.

그녀는 첫날이라 몹시 긴장한 듯 보였고, 성수에게 "저는 토마예요. 이건 우크라이나 로셴 밀크초콜릿이고, 이건 바흐무트 샴페인이에요"라고 설명하며 샴페인을 잔에 물처럼 콸콸 따르다가 거품이 넘쳐흐르고 말았다.

성수가 어이없다는 듯 쳐다보자, 그녀는 살짝 곁눈질하며 말했다.

"매니저 언니가, 손님께서 제가 마음에 드시면, 원하시면 배울 겸 언니랑 같이 네 손 마사지를 특별 서비스로 해 드리라고 하셨어요."

성수는 토마에게 넉넉한 팁을 건네며 호기심 어린 눈빛으로 물었다.

"이 팁은 네 장학금이야. 그런데 몇 살인데 벌써 이런 곳에서 일하니?"

토마는 차분하게 대답했다.

"감사해요. 이제 18살이에요. 걱정 마세요, 성인이에요."

성수는 표정을 굳히고 잠시 토마의 눈을 뚫어지게 바라보다가 말했다.

"옷을 벗고 술을 따르기엔 너무 이른 나이 아닌가? 학교는 다니지 않아?"

토마는 어색하게 미소 지으며 답했다.

"저는 학교에 가기에는 이미 너무 늦었어요. 지금은 마사지 일을 배우는 중이에요. 신분증 보여 드릴까요?"

성수는 잠시 토마를 바라보다가 고개를 저으며 불평하듯이 말했다.

"우크라이나 어린 여자들은 왜 그렇게 신분증을 보여 주길 좋아하지?

공부하기엔 너무 늦었다고?

그래도 18살부터 성인 대우를 받는 건 좀 너무 이른 것 같아. 그 나이에 결혼하는 건 이해하겠지만, 성인 마사지실에서 일하는 건 네 나라 법이 잘못된 것 같아."

그는 깊은 한숨을 내쉬며 덧붙였다.

"이건 아니야. 이건 너를 돕는 게 아니야! 이건 네 잘못이 아니야. 세상이 잘못된 거지, 이건 너를 망치는 거야!"

돈바스 살모사는 성수의 말을 듣고 만족스러운 미소를 지으며, 토마에게 나가라는 손짓을 하였다. 토마는 기분이 상한 듯 얼굴을 찡그리며 서둘러 자리를 떠났다.

성수는 아름다운 크리스탈 잔에 마치 싸구려 보드카를 따르듯 술을 가득 붓는 돈바스 살모사를 보며 말했다.

"벌써 반병이나 거품으로 버렸네! 내가 가르쳐 줄게. 샴페인은 그렇게 따르는 게 아니야. 그리고 이런 초콜릿 대신, 달콤한 마롱 글라세와 함께 마셔야 제맛이지.

프랑스에 가면 매일 먹을 수 있을 거야. 그래도 막상 여길 떠나려니, 하고 싶었던 걸 다 못 해서 아쉽다. 너, 마롱 글라세 먹어 본 적 있어?"

돈바스 살모사는 한국 드라마 속 주인공처럼 애교 섞인 목소리로 대답했다.

"우크라이나에선 마롱(밤) 안 먹어. 오빠, 난 소주에 떡볶이가 더 먹고 싶어!"

성수는 그녀의 대답에 웃음을 터뜨렸다. 그리고 그녀의 속마음을 떠보기 위해 은근히 물었다.

"우크라이나 여자, 갈수록 내 마음에 드네. 그런데 어쩌냐, 나는 회사를 위해 떠나야 해. 그러니 우리 절대 정들지 말자, 알았지? 그냥 우리, 화끈하게 이 밤을 즐기자?"

돈바스 살모사는 장난스러운 미소를 지으며 큰 밀크초콜릿 덩어리 하나를 성수의 입에 쑥 밀어 넣었다.

"좋아?"

성수가 얼굴을 찡그리며 말했다.

"아니, 너무 달아! 햇밤으로 만든 마롱 글라세가 먹고 싶다. 그런데 너희는 왜 그런 맛있는 꿀밤을 안 먹어?"

"우리에게 밤은 감자 맛이랑 같아. 감자를 많이 먹으니까 굳이 껍질 까기 어려운 밤은 절대 안 먹어. 그래서 돼지들이나 밤을 먹지. 우리는 사는 게 너무 힘들어서 달콤한 걸 더 좋아해. 보드카에 설탕을 넣어 마시는 사람들도 많아!"

그들은 사과, 당근, 수박, 민물가재 등 우크라이나에서 흔히 볼 수 있는 먹거리에 대해 의미 없는 대화를 이어 갔다. 성수는 이런 주제로 그녀와 대화를 나누며 마치 연인이 된 듯한 순간을 완전히 즐기고 있었다.

그러나 돈바스 살모사는 그의 손길이 닿을 때마다 차갑게 반응하며 매번 밀어냈다.

성수는 돈바스 살모사를 바라보며, 처음 만났을 때처럼은 아니지만 다시금 그녀의 매력에 빠져들고 있었다. 이곳을 떠나더라도 그녀와 관계를 유지하고 싶다는 생각이 들었다.

그리고 무엇보다도, 우크라이나를 떠나기 전에 한 번쯤 매력적인 우크라이나 여자와 관계를 맺어 보고 싶다는 생각도 스쳤다. 돈바스 살모사라면 오히려 그런 제안을 흔쾌히 받아들일 것 같기도 했다.

하지만 돈바스 살모사의 생각은 달랐다. 그녀는 성수에게서 더 많은 것을 얻어 낼 방법을 고민하고 있었다. '아예 꼬드겨서 매달 돈을 부쳐달라고 할까?'라는 생각이 스치며, 돈바스 살모사는 점점 구체적인 계획을 머릿속에서 세우기 시작했다.

돈바스 살모사는 불편한 듯 다리를 주무르기 시작했다. 성수는 술을 마시다 말고 그녀의 다리와 가슴을 걱정스러운 눈빛으로 응시했다.

"뭐가?"

성수는 신중하게 대답했다.

"여자의 건강 상태는 가슴이 힘차게 올라가 있어야 젊고 건강하대. 그런데 네 것은…."

돈바스 살모사는 당황한 표정으로 자신의 가슴을 심각하게 내려다보았다. 성수는 웃음을 참고 대답했다.

"그리고 성인 마사지라면서, 긴 스타킹은 왜 안 벗는 거야? 털 깎는 걸 깜빡했나?"

돈바스 살모사는 자리에서 일어나 거울에 비친 자신의 모습을 만지며, 성수의 말이 사실인지 확인하듯 자신을 바라보았다. 화가 난 듯, 그녀는 샴페인 잔을 몇 번이나 비워 내며 연거푸 마셨다.

성수는 웃으며 말했다.

"너무 걱정하지 마. 우리 회사 크림 바르면 바로 그거 해결돼."

돈바스 살모사는 잔을 크게 들이켠 뒤 말했다.

"그럼 다행이다. 술 덕분에 이제 좀 기분이 풀렸어."

성수는 장난스럽게 대답했다.

"그럼 한 병 더 시키자. 매니저 언니가 좋아하겠네."

고급 샴페인을 한 병 더 추가로 시켰고, 이번엔 나이 든 여자가 술을 가져다주었다. 성수와 돈바스 살모사는 서로 마주 보며 웃음을 지었다. 병을 반쯤 비운 후, 성수는 금세 취하는 것을 느꼈다.

성수는 술기운을 빌려 다시 한번 그녀의 진심을 떠보려는 말을 슬쩍 던졌다.

"난 이제 그만 마실래. 오늘 너무 긴장했더니 금방 취하네. 이러다간 너한테 무슨 짓을 할지 몰라. 내 비밀 하나 알려 줄게."

성수는 잠시 머릿속에서 중요한 말을 정리하듯 생각에 잠겼다.

"난 태어날 때부터 엄마 젖을 먹을 수 없었어. 엄마가 너무 아파서 젖이 나오지 않았거든. 그래서 눈 감고 온종일 울며 젖을 달라고 애원했대. 그 울음소리가 얼마나 컸던지 동네 아줌마들이 돌아가며 나에게 젖을 물려 줬다고 하더라."

성수는 순간 목소리를 낮추며 살짝 쓴웃음을 지었다.

"그때부터인지 모르겠는데, 젖에 대한 묘한 집착 같은 게 생겼어. 그래서 네 가슴을 그렇게 뚫어지게 쳐다본 거야. 어릴 때 생긴 버릇이니까 용서해 줘. 사실, 여기까지 너를 따라온 것도 어쩌면 그런 이유일지도 몰라."

그는 잠깐 멈췄다가 말을 덧붙였다.

"물론, 지금 젖을 달라는 건 아니니까 안심해."

이 말이 끝나자 성수는 자신의 발언이 너무 엉뚱하고 어이없다는 생각에 얼굴이 화끈거렸다. 순간적인 민망함에 주먹으로 방바닥을 치며 눈길을 어디에 둬야 할지 몰라 했다.

"내 거 괜찮아?"

돈바스 살무사는 자신의 가슴을 살짝 들어 올리며 마치 진지하게 젖이라도 줄 것 같은 표정을 지었다. 하지만 입가에는 익살스러운 미소가 번졌다.

그녀의 의외의 반응에 성수는 잠시 당황했지만, 이내 어색한 웃음을 지으며 고개를 저었다. 그녀의 태도는 무거운 분위기를 깼고, 그 순간 성수는 조금이나마 긴장이 풀리는 것을 느꼈다.

성수는 혼자 생각했다. 자신이 화장품 회사에 다니는 것도 어쩌면 어린 시절의 경험과 연관이 있을 거라고. 아기들이 젖을 먹을 때 엄마의 얼굴을 바라보며 안정감을 느끼듯, 그는 늘 사람들의 얼굴에서 무언가를 찾으려 했다. 또한 그는 이런 먹을 것에 대한 집착 때문인지 보이는 모든 것을, 심지어 가장 더러운 것도 입에 넣으려고 해서 사고가 발생했었다. 성수에게 먹지 못하는 것은 존재하지 않는 것이며 배고픈 동물에 대해서도 각별한 애정을 보여 주었다.

돈바스 살모사는 그가 지금 완전히 자신에게 빠져 있음을 알고 있었다. 성수의 기분을 최대한 즐겁게 만들어, 그가 더욱더 그녀에게 돈을 아낌없이 쓰게 하려는 돈바스 살모사의 계획은 착실히 진행되고 있었다.

돈바스 살모사는 손가락으로 성수의 목과 배를 부드럽게 쓰다듬었다. 마치 고양이를 만지듯이 가벼운 손놀림으로 그를 쓰다듬으며 말했다.

"시간을 채우기 위해… 그럼 다시 누워, 내가 동물 마사지를 계속할게."

그러나 성수는 머리를 흔들며, 편안하게 등을 기대고 있었다.

"아니야, 남은 시간 동안 그냥 이렇게 쉬자. 파리에 도착해서 해야 할 일이 너무 많아서 벌써 걱정된다."

돈바스 살모사는 웃으며 말했다.

"걱정에는 고양이 마사지가 최고지."

그녀는 그의 목과 배를 손끝으로 가볍게 쓸어내렸고, 방 안에는 동유럽 특유의 우울한 록 음악이 흐르고 있었다. 성수는 눈을 감으며 그 느낌을 즐겼다.

"끈적거리는 오일 마사지보다, 난 이런 게 더 좋아… 이 음악은 당신이 고른 거야?"

돈바스 살모사는 한국어로 대답했다.

"그래. 오빠."

성수는 그 말을 듣고 피식 웃었다.

"네가 매번 나를 오빠라고 부를 때마다 이상한 기분이 들어! 내 마음이 간질간질해!"

성수는 잠시 생각에 잠기며 말했다.

"전쟁 중에 화장품이 잘 팔리는 건 알았는데, 마사지실이 호황인 줄은 몰랐어. 누가 주로 와?"

돈바스 살모사는 성수의 머리를 부드럽게 쓰다듬으며 대답했다.

"여러 종류지. 옆에 큰 호텔이 있어서 돈 많은 외국인들이 주로 오고, 근육이 굳어서 치료가 필요한 군인들도 와."

성수는 점점 잠에 빠져들며 중얼거렸다.

"이게 성인 마사지인가? 그런데 너무 좋네…."

돈바스 살모사는 조용히 대화를 이어 갔다.

"이건 성인 마사지가 아니라 클래식 마사지야. 원하면 해 줄 수도 있어."

성수는 사랑스러운 그녀에게 욕망을 가득 숨기고, 졸린 듯하면서도 결심한 듯 말했다.

"아니, 오늘 하루가 너무 감동적이었어. 그래서 그건 좀 저속할 것 같아. 대신, 일 끝나고 내 호텔에 올 수 있어? 돈은 충분히 줄게."

돈바스 살모사는 성수의 제안에 잠시 침묵하다가 조용히 물었다.

"여기서 하는 건 저속하고, 호텔에서 하면 고상한 거야? 그런데 넌 대체 왜 여기 온 거야?"

그녀의 칼처럼 날카로운 반문에 성수는 약간 당황한 표정으로 눈을 반쯤 감고 답했다.

"난 여기서 화장품을 팔고 있어. 꽤 잘 팔리거든. 솔직히 오래전부터 집에 돌아오면 나를 헌신적으로 마사지해 줄 아내를 꿈꿨지. 오늘은 그 꿈을 살짝 맛본, 정말 행운이 많은 날이야."

돈바스 살모사는 그의 말을 듣고 코웃음을 치며 대꾸했다.

"행운이라고? 재수 없으면 너나 나나 순식간에 가루가 될 수도 있어. 내 말, 무섭지 않아?"

성수는 눈을 감은 채 별일 아니라는 듯 대답했다.

"나는 괜찮아. 당신하고 이렇게 천년만년 같이 썩어도."

돈바스 살모사는 그의 대답에 피식 웃었다.

잠시 후, 성수가 은근히 떠보듯 물었다.

"왜 폴란드나 서유럽으로 피난 안 가? 거기서 커피만 날라도 너 정도면 팁 많이 받을 거야. 운이 좋으면… 나이 든 돈 많은 사람도 만날 수 있을 테고."

돈바스 살모사는 그의 말을 진지하게 받아들이지 않은 채 냉소적으로 답했다.

"넌 우크라이나 사람들을 잘 모르는구나. 우린 이제 잘사는 외국을 동경하지 않아. 피난 갔던 사람들이 직접 겪은 문제들을 SNS에 다 올리잖아."

성수는 장난스럽게 웃으며 말했다.

"그럼 나 따라 한국 가면 되겠네. 평생 잘 모실게."

그는 장난스러운 말투였지만 눈빛 속에는 진심이 담겨 있었다. 돈바스 살모사는 그를 응시하며 장난스러우면서도 날카롭게 대꾸했다.

"너희도 우리 젊은 애들 모델 시켜 준다고 꼬셔서 데려가서는, 너처럼 꿩 먹고 알 먹고 하다가 결국엔 버리잖아. 우리, 그거 다 알고 있어."

성수는 그녀의 말을 듣고 미안한 표정으로 대답했다.

"미안해… 내가 꿩 먹었다는 말은 닭고기 같은 걸 먹었다는 뜻이 아니야. 오늘 한 번에 좋은 마사지도 받고, 너 같은 멋진 여자를 만났다는 비유적인 뜻이었어. 그건 너에 대한 칭찬이었어."

그는 자신의 잔을 돈바스 살모사의 잔에 부딪쳤다. 두 사람은 잠시 서로를 바라보며 잔을 들어 올렸다. 돈바스 살모사는 그의 눈빛을 잠시 응시한 후 조용히 말했다.

"우크라이나 여자랑 정말 자고 싶다면 한 가지 알려 줄게. 우크라이나 여자들은 너처럼 말 많은 남자는 별로 안 좋아해. 하지만 돈 많은 남자는 좋아하지. 그러니까, 말만 줄이면 가능성은 높아질 거야."

"그래서 이제야 돈 때문에 나한테 관심 갖는 거야? 그래서 호텔에 오겠다는 거야, 아니면 못 오겠다는 거야?"

성수가 따지듯 물었다.

돈바스 살모사는 그런 질문에 약간 피곤한 듯한 눈빛으로 대답했다.

"오늘은 안 돼. 그렇지만 다른 날은 갈 수 있어. 호텔에 가도 날 만질 수는 없어, 그냥 출장 서비스일 뿐이야! 물론 택시비는 추가야."

그녀는 잠시 거울에 비친 두 사람의 다정한 모습을 바라보며 말했다.

"너 같은 부자 나라에서 온 사람들은 가난이 뭔지 잘 모를 거야. 여기선 가난이 지긋지긋해. 내가 가장 사랑하는 사람이 오늘 전사했어. 장례식은커녕, 이렇게 돈 벌려고 여기 나와 있는 내 마음, 너한테 이해가 가겠어? 그런데 네 호텔에 와서 그 짓 하자고?"

그 순간, 방 안에는 슬픈 한국 드라마 주제가가 흘러나오기 시작했다. 성수는 익숙한 멜로디에 살짝 놀라며 고개를 들었다.

성수는 서투른 우크라이나어로 잠결에 중얼거렸다.

"이 곡… 한국 노래 아닌가요?"

돈바스 살모사는 화가 났던 표정을 거두며 대답했다.

"처음엔 엄마가 한국 드라마를 너무 많이 봐서 나도 이 노래를 외우게 됐어."

성수는 웃으며 그녀의 말을 들었다.

"슬픔과 가난, 허영과 폭력이 가득한 한국 드라마가 결국 사랑과 성공, 그리고 선의 승리로 끝나는 걸 보면, 우리 국민들이 좋아할 수밖에 없는 것 같아."

"심지어 전장 참호에서 긴장과 두려움이 극에 달할 때도, 병사들이 한국 드라마를 보면서 공포를 잊는 걸 많이 봤어. 뻔한 이야기지만, 보고 있으면 눈을 뗄 수가 없어."

"다시 만날 수 있을 까,

이 밤 지나면,

나의 가슴에…"

돈바스 살모사는 서툰 한국어로 드라마 주제가를 부드럽게 흥얼거리기 시작했다. 성수는 그 목소리에 잠시 매혹된 듯 그녀를 바라보았다. 그녀의 목소리는 조용하고 섬세했지만, 그 안에는 말로 표현할 수 없는 감정들이 얽혀 있었다.

성수는 돈바스 살모사가 가사의 의미를 알고 노래 부르는지 궁금해졌다.

그녀는 즉흥적으로 우크라이나어로 가사를 바꾸기 시작했다. 새롭게 바뀐 가사는 마치 우크라이나 전쟁의 현실을 담아내는 듯했다.

너를 다시 만날 수 있을까,

전쟁이 끝나고,

드니프로강 위에

자유의 깃발이 다시 휘날릴 때.

푸른 하늘 아래,

바람은 고요히 스치고,

황폐한 들판 위로

새들이 다시 날아들리라.

오, 조국의 숨결이여,

상처 입은 이 땅에 돌아와다오.

드니프로의 물결 속에서,

평화의 노래가 흘러나오길,

내 뼈가 이 땅에 묻히는 날,

조국의 자유가 깃들어,

다시는 전쟁이 없으리라.

내 마지막 소망이여,

부디 평화로 남아다오.

그녀의 목소리는 점점 더 진지해졌다. 처음에는 단순한 노래였을 뿐이었지만, 이제 그 노래는 마치 타라스 셰브첸코의 시처럼, 조국에 대한 절실한 사랑과 그 땅에 묻히고자 하는 염원을 담은 돈바스 살모사의 마음 깊은 곳에서 나오는 간절한 외침처럼 들렸다.

성수는 우크라이나의 깊은 상처와 그녀가 살아가는 현실을 엿볼 수 있었다. 그 노래는 이제 더 이상 가벼운 드라마 주제가가 아닌, 그녀가 살아가는 전쟁 속 조국에 대한 사랑과 그리움의 고백이었다.

슬픔은 깊어가고,

밤은 무겁게 내려앉지만,

우리의 날들은 결코 사라지지 않으리라.

오, 미운 조국이여, 사랑의 대지여,

너의 숨결이 흐르는 드니프로 강가에서

나는 너를 기다리리.

네 흙 속에 묻힌 피와 눈물의 향기,

그 고통조차 나를 살게 하니,

내 온 마음은 너를 향해 뻗어 있도다.

언젠가 이 아픔을 지나

우리 다시 하나 될 그날이 오면,

나는 두 팔 벌려 너를 맞으리라.

드니프로 물결 따라 너의 이름을 부르고

푸른 대지 위에 평화의 노래를 퍼뜨리리.

그날엔 내 영혼마저 네 품에 안겨

너와 함께 끝없이 자유롭기를,

네 바람 속에, 네 흙 속에,

영원히, 너와 하나 되어 살기를.

돈바스 살모사는 더 이상 한국 드라마의 주제가를 부르는 것이 아니었다. 그녀는 자신의 조국, 그리고 전쟁으로 잃어버린 고향을 향해 애끓는 마음으로 노래하고 있었다.

그 순간, 성수는 그녀가 단순한 유혹의 대상이 아닌, 무거운 삶의 짐을 짊어진 강인한 여인임을 느꼈다. 돈바스 살모사의 노래는 그의 마음 깊숙이 파고들었고, 성수는 무언가 중요한 깨달음에 다다른 듯했다.

그는 자신도 모르게 그녀와 함께 흥얼거리기 시작했다. 한국 노래였던 가사는 이제 돈바스 살모사의 목소리와 함께 우크라이나의 현실 속에서 새롭게 태어났다.

두 사람은 그 짧은 순간, 서로의 아픔과 그리움을 공유하며 한층 더 가까워졌다.

성수는 그녀의 부드러운 노랫소리에 잠에 들었지만, 돈바스 살모사는 여전히 그의 머리를 쓰다듬으며 조용히 노래를 이어 갔다. 그녀의 마음 속에는 승리한 조국과 다시 만날 날을 꿈꾸며, 그가 들을 수 없는 그녀만의 노래가 조용히 울려 퍼지고 있었다.

제18 장:

이르핀 들판, 희망의 다리

겨울밤의 어둠 속에서 이르핀 들판에는 겨울바람이 매섭게 몰아쳤다. 부서진 다리 옆, 차가운 샛강 근처에는 두 개의 소형 텐트가 바람에 흔들리고 있었다. 텐트 곁에는 생필품이 가득 실린 슈퍼마켓 캐디가 멈춰 서 있었다. 하나의 텐트는 작은 등불로 희미하게 밝혀져 있었고, 다른 하나는 어둠에 잠겨 있었다.

성수는 비좁은 텐트 안에서 고통스러운 표정으로 발을 씻고 있었다. 그의 얼굴에는 턱수염이 무성하게 자라 있었고, 추위에 지친 몸은 더욱 피곤해 보였다. 동상에 걸려 터져 버린 발을 씻으며, 그는 자신의 몸을 보호하려 애썼다. 씻은 물을 텐트 밖으로 버리려고 고개를 들어 보니, 날카로운 추위가 얼굴을 할퀴었다.

그리고 그날 아침, 돈바스 살모사의 몸은 성수가 아무리 세차게 흔들어도 쉽게 깨어나지 않을 만큼 얼어붙어 있었다. 하지만 그녀의 표정은 차가운 현실 속에서도 어딘가 고요하고, 여전히 미소를 품고 있었다. 성수는 돈바스 살모사의 차가운 몸을 껴안고 따뜻한 물을 가져와 그녀를 녹이려 애썼다. 그의 움직임은 서투르면서도 절박했다.

그러나 이 모든 장면은 마치 미래의 한 장면처럼 스쳐 갔다. 현실로 돌아온 순간, 돈바스 살모사는 성수의 손길에 갑자기 화를 내며 그를 밀어냈다.

"내 몸, 만지지 말라고 경고했잖아!"

그녀는 차갑게 말했다.

성수는 놀라며 그녀의 손을 떼어냈다.

"미안해요… 나도 모르게…."

그가 당황한 목소리로 말했다.

그때, 돈바스 살모사의 휴대폰이 울리기 시작했다. 그녀는 전화를 받으며 천천히 일어섰다.

"매니저야. 시간이 다 됐어."

그녀는 다시 차가운 여자로 변해 있었다. 성수가 잠깐 잠든 사이, 그녀의 머릿속에서 많은 심리적 변화가 일어났음을 그는 직감할 수 있었다.

성수는 아쉬운 표정으로 그녀를 쳐다보았다.

"마사지 시간 연장할 수 없어요? 비용은 더 드릴게요…."

그가 간청하듯 말했다.

그러나 돈바스 살모사는 고개를 저었다.

"아니, 나 빨리 도시락 먹고 지젤 공연 보고 또 다른 일 하러 가야 해."

그녀는 이별을 고하는 여인처럼 차분하게 대답했다.

"팁 많이 줘서 고맙고, 한국식으로 노는 것도 나쁘지 않았어."

성수는 다급하게 물었다.

"전화번호 줄 수 있어요? 아까 내 호텔에 올 수 있다고 했잖아요. 아니면 내가 내일 다시 와도 될까요?"

돈바스 살모사는 피곤한 미소를 지으며 말했다.

"어쩌면… 나에게 내일이 있을까? 잘 가."

그 말 속에는 전쟁 속에서의 불확실한 미래에 대한 깊은 체념이 담겨 있었다.

그는 그녀를 다시 만나지 못할지도 모른다는 생각에 잠시 혼란스러워졌다.

성수는 옷을 입으려다 몸이 휘청이며 넘어질 뻔했다. 그 순간 돈바스 살모사가 그를 부축해 주었지만, 그녀의 손은 얼음처럼 차가웠고 힘이 거의 느껴지지 않았다.

그러나 그 순간, 강렬한 빛과 함께 폭발음이 들리며 창문이 산산조각 났다. 방 안이 순간적으로 환하게 빛났고, 돈바스 살모사는 아까 성수를 구해 주던 강인한 전사의 모습은 온데간데없이 사라진 채, 허약하고 공포에 질린 모습으로 성수의 어깨를 붙잡고 주저앉았다.

성수는 촛불을 들어 그녀의 얼굴을 비추며 다급히 물었다.

"괜찮아?"

돈바스 살모사는 고통스럽게 비명을 지르며 두 손으로 눈을 감쌌다. 그녀는 몸을 움츠리며 힘들어 보였다. 성수는 겁에 질린 목소리로 물었다.

"눈을 다친 거예요?"

돈바스 살모사는 불안한 목소리로 대답했다.

"별거 아니야… 하지만 발작이 올 것 같아… 충격이 필요해!"

갑자기 그녀의 눈동자가 뒤집히며 발작이 시작되었다. 성수는 놀라 어쩔 줄 몰라하며 그녀의 몸이 격렬하게 떨리고 경련을 일으키는 것을 지켜보았다.

"내가 어떻게 도와줘야 해요?"

돈바스 살모사는 가쁜 숨을 몰아쉬며 성수의 손을 잡았다.

"여기 손님들 많으니까 조용히 있어 줘. 내가 하라는 대로만 해."

그녀는 힘겹게 숨을 내쉬며 속삭였다. 성수는 그녀의 지시에 따라 그녀의 팔과 가슴을 주무르며 경련을 풀어 주려 애썼다. 그러나 돈바스 살모사는 지친 목소리로 말했다.

"소용없어… 문제는 내 머릿속에 있어! 내 입에 수건을 물려 주고, 스타킹을 벗기고, 촛불로 내 다리를 태워 줘… 서둘러!"

성수는 그녀의 말에 놀랐지만, 지시에 따라 빠르게 움직였다. 스타킹을 벗기자, 돈바스 살모사의 다리에는 갓난아기 피부처럼 고운 살결이 드러났고, 그 위에는 흉터가 남은 수많은 화상 자국이 선명하게 자리하고 있었다. 붉게 부풀어 오른 화상 자국들은 보기만 해도 가슴을 저미게 했다. 성수는 촛불을 들어 그 상처를 천천히 태우기 시작했다. 방 안에는 점차 그녀의 살 타는 냄새와 연기가 퍼져나갔다.

돈바스 살모사는 고통을 참으며 이를 악물고 있었다. 성수는 더 이상 이 상황을 견디기 힘들다는 듯 울먹였다.

"사람 타는 냄새가 이렇게 지독할 줄은 몰랐어… 더는 못 하겠어!"

성수는 돈바스 살모사의 고통이 서서히 가라앉자 촛불을 조심스럽게 다리에서 멀리 떼어냈다. 방 안의 긴장이 풀리고 돈바스 살모사는 가쁜 숨을 고르며 안정을 되찾았다. 바깥에서는 여전히 미사일 공습의 여파로 구급차 소리가 끊임없이 울려 퍼졌다.

"미안해… 백린탄에 맞았던 기억이 돌아올 때마다 이렇게 돼…"

돈바스 살모사는 힘겹게 속삭였다.

성수가 그녀의 눈동자를 확인하려 손을 뻗자, 돈바스 살모사는 고개를 돌리며 피했다. 그녀는 지친 기색이 역력했고, 성수의 품 안에서 힘없이 잠이 들었다. 잠시 후, 여자 매니저가 방에 들어와 상황을 파악하곤 놀란 표정으로 소독약을 가져왔다.

그녀의 얼굴은 여전히 땀에 젖어 있었고, 경련이 지나간 후의 피곤함이 가득했다. 성수는 조심스럽게 그녀의 얼굴을 들여다보았다. 지난 눈물 자국 위로 새로운 눈물 자국이 겹겹이 쌓여, 마치 뱀의 비늘처럼 반짝이고 있었다. 돈바스 살모사의 고운 얼굴이 그토록 많은 상처와 고통을 감추고 있다는 것이 믿기지 않았다. 그녀가 겪어 온 모든 것, 그 속에서의 고통이 이제야 그의 눈앞에 서서히 드러나는 듯했다.

성수는 그녀의 땀과 눈물에 젖은 얼굴을 바라보며 중얼거렸다.

"그래서였구나… 화상 상처가 감염될까 봐, 자기 몸을 만지지 못하게 했던 거였어."

그제야 성수는 그녀가 왜 그렇게 자신의 몸을 보호하고 경계했는지 이해할 수 있었다. 그녀의 화상은 단순한 상처가 아니었다. 그것은 전쟁이 그녀의 몸에 새긴, 마치 소유자를 표시한 노예의 낙인처럼 잔인한 흔적이었다. 그 상처를 남들에게 보이는 것조차 그녀에게는 견딜 수 없는 치욕이었을 것이다.

그 시각, 성수가 잊은 약속은 시간이 한참 지나 있었다. 이레나는 깔끔하게 화장을 하고 키이우가 내려다보이는 고급 레스토랑에서 여전히 불안한 표정으로 그를 기다리고 있었다.

그녀의 고급 승용차도 성수의 호텔 앞에서 대기 중이었다. 결국, 이레나는 성수에게 전화를 걸었지만, 성수는 끝내 받지 않았다. 아니, 변명할 말이 떠오르지 않았다.

한참을 고민하던 성수는 마침내 결심한 듯 이레나에게 메시지를 보냈다.

"미안해요. 솔직히 못 가는 이유를 말씀드릴게요. 한 여자가 폭격으로 다쳐서 제가 도와주고 있어요. 그녀의 정신이 돌아오면 다시 연락드릴게요."

메시지를 받은 이레나는 잠시 생각에 잠기더니, 추가로 위스키를 주문해 천천히 한 모금 마셨다. 그녀는 곧 메시지를 작성해 보냈다.

"괜찮아요. 오실 때까지 기다릴게요."

성수는 고이 잠에 빠진 돈바스 살모사의 얼굴을 쳐다보다 점차 그녀의 눈가에 자신의 입술을 가져가 대고 겹겹이 쌓인 그녀의 비닐 같은 눈물 자국을 덧그리고 머리카락에 찐 때를 핥아서 먹기 시작했다. 마치 그녀를 자신의 내부에 담으려는 듯이.

아침이 서서히 밝아 오고 있었다. 성수는 깨진 창문으로 얼어붙은 공기가 스며드는 방에서 깊은 잠에 빠져들었다. 한순간, 돈바스 살모사는 마치 죽음에서 깨어난 사람처럼 눈을 떴다. 거울 앞에 서서 자신의 초라한 모습을 바라보았다. 입술은 말라서 터져 있었고, 충혈된 눈은 피로에 짓눌려 있었다. 머리카락은 엉겨 붙어, 그녀가 겪어 온 전쟁과 가난 속에서 잃어버린 시간과 희망을 고스란히 드러내고 있었다.

그녀는 점점 지쳐 가고 있었다.

성수가 잠든 모습을 보며, 돈바스 살모사는 잠시 그의 얼굴을 바라보다가 씁쓸한 미소를 지었다. 성수와의 만남도 잠시의 위안일 뿐이었다. 그녀가 정말로 구해야 하는 것은 이 작은 방 안에서 얻을 수 있는 것이 아니었다.

"우린 서로 너무 다른 세상에 살아… 잘 있어."

그녀의 목소리에는 체념과 쓸쓸함이 묻어 있었다. 성수와의 짧은 만남이 주는 즐거움은 결국 일시적이었다. 그녀에게는 더 중요한 일이 있었다. 사람들을 위해 의약품을 구하고, 그들의 생명을 지키는 것이 그녀의 목표였다. 스스로를 희생하면서까지 이 일을 해야 하는 현실이 무겁게 다가왔지만, 그만둘 수는 없었다.

돈바스 살모사는 거울 속 자신의 모습을 다시 한번 바라보고, 한숨을 내쉬었다. 머리카락을 정리하고, 입술에 루주를 칠하다가 멈췄다. 몸이 이렇게 망가졌는데, 화장이 무슨 의미가 있을까? 그녀는 루주를 닦아 내고, 조용히 방을 떠났다.

소나 말처럼 자신의 의지와는 상관없이 가죽에 새겨진 노예의 낙인처럼, 인간 역시 전쟁이라는 거대한 운명에 의해 그 낙인이 새겨졌다. 전쟁은 그녀의 아름다운 몸에, 우리의 존엄에 지울 수 없는 흔적을 남겼다. 그 상처는 돈바스 살모사의 끊임없는 공황처럼 메아리치며, 우리의 저항을 가차 없이 짓밟아 버렸다.

제19 장:

드니프로강 변에서의 혼란

성수는 시계를 계속 확인하며 드니프로강 변을 천천히 걸었다. 아니, 움직이지 않으면 발이 땅에 얼어붙을 것만 같아 계속해서 발걸음을 옮겼다.

차가운 겨울바람이 그의 얼굴을 세차게 때리자 정신이 바짝 들었다.

강물은 얼어붙은 듯 고요히 흐르고 있었지만, 성수의 마음속 혼란은 그 물결처럼 멈추지 않고 일렁였다.

성수는 이레나가 왜 이렇게 황량하고, 강풍에 서 있기도 힘든 강변 철교 아래에서 만나자고 했는지 의아해하며 이유를 추측하며 생각에 잠겼다.

그는 어제 돈바스 살모사의 충고대로, 이레나를 만나면 아무 말도 하지 않고 그저 듣기만 하기로 결심했다.

머리 위로는 강풍에 이음매가 삐걱거리는 철교가 불안한 소리를 내고 있었다. 약속 시간이 이미 30분이나 지났지만, 이레나는 아직 나타나지 않았다.

한참을 제자리걸음을 걷던 성수는 잠시 발걸음을 멈췄다. 코트 주머니에서 진동하는 휴대폰을 꺼내 보니 프랑스에서 걸려 온 전화였다. 그는 깊이 숨을 들이마시고 전화를 받았다.

"전쟁이 더 커질 것 같아요. 사장님께서 빨리 파리로 돌아오시라고 하십니다."

프랑스 회사 동료의 목소리에는 긴박함이 묻어 있었다. 성수는 강을 바라보며 침착하게 대답했다.

"비행기 운항도 중단됐고, 열차표도 구할 수 없어요. 모두 떠나느라 자리가 꽉 찼네요. 떠날 준비까지는 며칠이 더 필요할 것 같습니다."

회사는 그의 귀국을 원하고 있었고, 파리에는 새로운 기회들이 기다리고 있었다. 하지만 우크라이나에서 겪은 모든 일들이 그를 쉽사리 떠나게 두지 않았다. 이레나, 돈바스 살모사와의 만남—그 모든 것이 성수의 마음을 화산처럼 점점 더 불태우고 있었다.

우크라이나에서는 남녀의 만남이 다른 곳보다 훨씬 쉬웠다. 하루 만에 동경할 만한 여성을 두 명이나 만난다는 것은 다른 나라에서는 도저히 상상할 수 없는 일이었다.

여기서는 길에서 남자가 마음에 드는 여자를 보면 바로 다가가 "당신이 아름답습니다"라고 말을 거는 것이 자연스러웠고, 여자가 꽃을 받는 날까지 공식적으로 정해져 있었으며, 심지어 마음에 드는 여자의 사진을 가까이에서 찍어도 그녀들은 미소를 지으며 고맙다고 받아 주었다.

프랑스에서는 이레나나 돈바스 살모사 같은 여성은 존재조차 하지 않는다는 것을 그는 너무 잘 알고 있었다. 자신이 이곳에 온 이유 중 하나는 바로 독특한 여성상을 발굴해 그들을 위한 화장품을 만드는 계획이었으며, 이것 또한 프랑스에서는 불가능하다고 판단했다.

아픔이 없는 나라에서 진정한 향이 나올 수 있을까? 모두가 천문학적인 돈을 쏟아부어 마케팅으로 만들어 낸 허위적이고 상업적인 화장품일 뿐이었다.

그는 점차 어젯밤에 생각한 두 번째 계획으로 기울고 있었다. 돈바스 살모사는 너무 강렬해서 함께 생활할 수는 없을 것 같았다. 그래서 성수는 가정적이고 착한 이레나와 사귀면서, 가끔씩 돈바스 살모사를 만나는 것이 최선이라고 생각하며 이레나가 도착하면 그녀에게 용서를 빌기로 결심했다.

또한, 이렇게 전혀 다른 두 유형의 여성을 위한 화장품을 만들어 내는 것이 연구적으로도 가치가 있을 것 같았다.

그는 제자리를 맴돌며 계속 생각에 잠겼다. 자신의 선택이 옳은 것인지, 혹은 다른 길이 있는지 알 수 없었다.

한참을 추위 속에서 고통스럽게 기다리던 성수 앞에 마침내 이레나가 다가왔다. 그녀는 오늘도 무척 아름다워 보였다. 심지어 고귀해 보였다.

드니프로강 변의 숨을 얼리는 공기 속에서, 성수와 이레나는 텅 빈 강가에 마주 서 있었다. 이레나는 얼어붙은 입술을 떼며 물었다.

"그래서 어디에 있었어요?"

성수는 말을 꺼내기 어려운 듯 잠시 머뭇거리다가, 조심스럽게 고백했다.

"사실… 성인 마사지실에 있었어요. 설명드릴게요."

이레나는 처음에는 충격을 받고 화가 났지만, 이내 솔직하게 답변하는 그의 태도가 오히려 마음에 들어 화가 풀렸다. 사실 그녀는 남자들에 대해 잘 알고 있었고, 남자들이 즐길 거리가 많은 키이우에서 소식이 없는 이유가 무엇인지도 익히 짐작하고 있었다.

오히려 성수가 솔직하게 고백했다는 점에서 신뢰가 생겼다. 이전에 만났던 남자들은 밤새 쾌락을 즐기고 아침에는 뻔한 거짓말을 늘어놓기 일

쏘였기 때문이다.

이레나는 얼어붙은 눈을 깜박이며, 나무라는 듯하면서도 호소하듯 말했다.

"나를 혼자 밤새 레스토랑에서 기다리게 해 두고, 그곳에서 여자들과 시간을 보냈다고요?"

성수는 돈바스 살모사가 조언해 준 대로 입을 꾹 다문 채 고개를 숙이고 서 있었다.

"내가 왜 당신을 이 추운 강변에서 만나자고 했는지 알아요? 나도 정신을 차리고 당신을 제대로 보고 싶었어요. 강 반대편에서 한 시간을 걸어오면서 당신도 나도 맑은 정신으로 다시 만나길, 신께 간절히 기도했어요. 당신과 솔직한 사랑을 할 수 있기를…."

이레나의 목소리에는 담담하면서도 진심 어린 울림이 가득했다. 성수는 한기가 감도는 공기가 그녀의 말을 한층 극적으로 만들어, 깊은 여운이 그 주변에 맴도는 것을 느꼈다.

성수는 계속 아무런 답변 없이 입을 꾹 다문 채 고개를 숙이고 서 있었다. 신기하게도, 아무런 노력도 필요 없는 이 간단한 방식이 효과가 있다는 것에 속으로 놀라고 있었다.

이레나는 그동안 답답했던 마음속 모든 말을 꺼내 놓으려는 듯 천천히 깊은 한숨을 내쉬고는 조심스럽게 과거를 털어놓기 시작했다.

"나도 가난한 집에서 태어났어요. 다른 우크라이나 여자들처럼 어린 나이에 에스코트를 시작했죠. 그러다 어느 날 호텔에서 단속하던 질 나쁜 경찰에게 걸려 끔찍한 일을 당했는데, 그때 한 러시아 남자가 나를 구해 줬어요. 돈도 많고, 당당한 사람이었죠. 저는 그에게 바로 사랑에 빠져 버렸어요."

그녀는 고개를 떨구며, 그 시절을 떠올리는 듯 잠시 말을 멈췄다.

이레나는 잠시 말을 멈추고 성수의 반응을 살피더니, 그의 반응에 만족한 듯 다시 이야기를 이어 갔다.

"그는 부족함이 없는 사람이었음에도 불구하고 매일 독한 술과 담배에 의지했어요… 그로 인해 정자가 다 죽어서 우리 사이에는 아이가 생기지 않았죠. 그의 건강 상태도 점점 나빠졌고, 결국 정치적 압박을 견디지 못해 해외로 도망쳤어요. 떠나면서 나에게 비트코인을 많이 남겨 주고 갔어요. 덕분에 경제적으로는 부족하지 않았지만, 마음은 여전히 공허했어요."

그녀는 차가운 강바람을 맞으며 잠시 침묵에 잠겼다.

"그 공허함을 채우려고 젊은 남자를 만나기 시작했고, 나도 매일 술에 의지하게 됐어요. 그런데 그는 내 비트코인 암호를 알아내더니 그대로 도망가 버렸죠."

이레나는 깊은 상처가 담긴 눈으로 성수를 바라보았다.

"지금 너무 힘들어요, 성수. 당신이라면 나와 내 회사를 지켜 줄 수 있을 거라고 믿었어요. 그래서 어젯밤 내내 기다렸던 거예요."

성수는 그녀의 차가운 손을 부드럽게 감싸 쥐었다. 두 사람은 잠시 서로의 체온을 느끼며 조용히 포옹했다. 이레나가 더 이상 아무 말 없이 성수를 바라보자, 성수가 마침내 입을 열었다.

"하지만 회사에서 피신하라고 지시해서 곧 프랑스로 떠나야 할 것 같아요."

이레나는 애타게 그 말을 듣고 성수를 더욱 강하게 껴안았다. 그러다 좋은 생각이 떠올랐는지, 살며시 미소를 지으며 성수를 바라보았다.

"그렇다면 당신이 돌아올 때까지 기다릴게요. 아니면 그냥 가지 말고 우리 회사로 오세요. 당신에게 많은 권한을 드릴게요."

두 사람은 손을 잡고 길가의 노천 커피숍에 들러 1달러에 두 잔을 주는 싸구려 커피를 주문해 마시며 행복해했다.

그날 이후로 두 사람의 만남은 점점 어려워졌다. 이레나는 특별한 이유 없이 기분이 이상해지고 몸에 힘이 빠진다며, 결국 병원에서 검사를 받아야겠다고 했다. 며칠 후, 두 사람은 다시 만났고, 수척해진 이레나는 조심스럽게 입을 열었다.

"병원에서… 임신했다고 하네요."

그녀의 목소리는 떨리고 있었다.

"도망간 그 남자가… 아이의 아버지예요."

이레나는 울먹이며 말했다.

"당신과 새로운 삶을 시작하려 했는데… 이렇게 되어 버렸어요. 이제 난 어떻게 해야 할지 모르겠어요."

성수는 그녀의 고백에 깊은 충격을 받았다. 여러 생각이 머리를 스쳤지만, 결국 그는 조용히 마음을 가라앉히며 다정하게 말했다.

"당신을 계속 지켜 주고 싶어요. 하지만 태어날 아이를 위해서라도, 그 남자를 꼭 찾아가서 만나 보세요."

이레나는 눈물을 흘리며 조용히 고개를 끄덕였다.

성수는 우크라이나 여성들에 대해 마치 러시아 마트료시카 인형처럼, 한 여자의 속을 들여다보면 또 다른 모습이 나오듯 한 사람 안에 여러 다른 모습이 존재할 수 있음을 깨달았다.

제20 장:

자기 최면을 건 마지막 결심

돈바스 살모사와 헤어진 지 하루 만에 성수는 그녀가 미치도록 다시 보고 싶어졌다. 더운 날 갑자기 콜라를 갈망하듯, 주변에서 한 사람 두 사람 차례로 쓰러져 가는 장면을 보면서 마치 삭막한 사하라 사막이 되어버린 현실에서 자신을 시원하게 구해 주던 그녀에 대한 그리움이 간절하게 몰려왔다. 그녀는 이미, 만나면 골치 아프고 만나지 않으면 미칠 것 같은, 자극적인 그리움의 대상이 되어 있었다. 그녀에게는 중독성이 있다.

호텔에서 마사지실로 여러 번 전화를 걸어 보았지만, 응답이 없었다. 결국 그의 발길은 마사지실로 향했다.

마사지실 앞에 도착한 순간, 성수는 불길하고 낯선 기운에 사로잡혔다. 지난 폭격의 여파로 건물은 여기저기 부서져 있었고, 입구에는 "임시 휴업"이라는 안내판이 덩그러니 걸려 있었다.

주변에는 추운 날씨에도 불구하고 나이 든 인부들이 공사 중이며 수리에 열중하고 있었다. 성수는 마치 돈바스 살모사와의 추억의 집이 파괴된 것처럼, 안내판을 천천히 읽으며 허탈하게 고개를 떨구었다.

"고객 여러분, '미안해요, 파리, 뉴욕, 런던'은 보수 공사로 일주일간 임시 휴업 중입니다. 죄송합니다."

성수는 아쉬운 듯 안내판을 다시 한번 바라보았다.

이제 그가 그녀를 찾기 위해 마지막으로 할 수 있는 일은, 처음 극적으로 만났던 것처럼 운명적인 우연이 다시 한번 돈바스의 살모사와 만나게 해 주기를 바라는 것이었다. 그는 시내의 카페, 오페라 극장, 옷 가게 등 그녀가 갈 만한 모든 곳을 찾아다녔지만, 그녀를 닮은 여자는 어디에서도 보이지 않았다.

이제 더는 차표가 없다는 핑계로 출발을 미룰 수 없었다. 그는 돈바스 살모사가 다른 성인 마사지실에서 일하고 있을 것이라고 추측하며, 아마 지금쯤 돈을 벌기 위해 혈안이 되어 자신을 이미 잊었을 것이라고 스스로를 달랬다.

시내의 모든 성인 마사지실을 뒤져 그녀를 찾아보고 싶다는 한국 남자 특유의 오기 같은 충동이 일었지만, 날씨가 너무 추워 실행할 용기가 나지 않았다. 게다가 그녀는 남자가 말이 많으면 싫어하는 성격이니, 그렇게까지 찾아간다면 오히려 절대 다시는 반기지 않을 것 같았다.

이레나에게서도 연락이 왔다. 도망간 아이의 아버지를 찾아 대화를 나누었고, 그가 아이의 아버지 역할을 하기로 했다는 좋은 소식이었다. 이레나는 이제 모성애에 사로잡혀 성수보다는 태어날 아이를 더 생각하고 있는 듯했다. 이제 이레나를 만날 이유도 없어졌다.

정말로 파리로 떠날 시간이 다가오고 있었다. 그곳에서는 지역 책임자로서 새로운 시작이 기다리고 있었다. 수수한 여자들, 안전한 환경, 그리고 회사에서 자신의 승진을 축하할 파티까지. 우크라이나에서의 오늘까지의 경험만으로도 그는 전 세계에 판매할 수 있는 새로운 성격의 화장품을 기획할 수 있을 것 같았다.

잠시 망설이던 그는, 차가운 바람 속에서 마음을 다잡고 다시 1안을 결심한 듯 고개를 끄덕였다.

"그래, 처음 생각이 옳아. 파리로 돌아가면 새로운 시작이 기다리고 있어. 이곳의 일은 모두 잊자."

그러나 발걸음을 돌리려는 순간, 그의 얼굴에는 엄마 젖을 떼는 아기처럼 떨쳐 내지 못하는 아쉬움과 미련이 스며들어 있었다.

돈바스 살모사와의 짧지만 강렬했던 만남, 우크라이나에서의 시간은 그에게 단순한 여행이 아니었음을 깨닫게 했다. 성수는 마음 깊은 곳에서 무언가가 여전히 남아 있는 것을 느끼며, 천천히 그곳을 떠났다.

제21 장:

아조브해, 별 아가씨

성수는 급히 떠나는 투숙객들로 혼잡한 호텔 로비에서 호텔 여직원의 전화 통화하는 표정을 주의 깊게 살피며 일이 잘 풀리기를 바라며 초조하게 서 있었다.

호텔 정문이 육중하게 열릴 때마다 차가운 겨울바람이 그의 두꺼운 외투 속으로 파고들어 살을 떨리게 했다. 바깥에서 들어오는 바람은 너무 강해, 문이 열릴 때마다 건장한 호텔 경비원이 두 손으로 힘껏 밀어야 겨우 닫을 수 있었다.

성수를 더욱 불안하게 만든 것은 모두가 적에게 포위된 이 도시를 떠나려 하며, 정상적인 교통편을 찾는 것이 거의 불가능해졌다는 점이었다.

키이우를 떠나야 할 시간이 다가오고 있었지만, 상황은 점점 그를 막다른 길로 몰아넣고 있었다. 그때, 호텔 데스크 여직원이 전화 통화를 마치고 미안한 표정을 지으며 그에게 다가왔다.

"열차표 브로커에게 부탁했지만, 입석조차 자리가 없다는 답변뿐입니다. 버스는 15시간 이상 걸리고, 국경을 통과하는 데 며칠이 추가로 소요될 수 있어요.

게다가 복도에 앉아가는 자리마저도 모두 매진된 상태입니다. 지금으로선 가장 확실한 방법은 비싼 렌터카를 이용하는 것인데, 그 비용은 새 차를 구입하는 것과 다를 바가 없어요."

성수는 깊은 한숨을 내쉬었다. 시간이 없다. 하지만 우크라이나를 떠나는 것은 결코 쉬운 일이 아니었다. 그는 애써 동요하는 감정을 다잡고 조용히 말했다.

"지금 떠나지 않으면 제가 회사에서 큰 문제가 생겨요. 비용이 많이 들더라도 폴란드까지 갈 수 있는 확실한 렌터카를 알아봐 주세요."

그는 간절한 표정으로 여직원을 바라보았다. 떠날 수 있을지, 떠나는 것이 옳은 선택인지에 대한 확신은 없었지만, 더는 머물러 있을 수 없었다.

여직원이 좋은 소식을 가져오기를 바라며 성수는 로비의 소파에 가서 무겁게 몸을 내려놓았다.

로비 구석에는 짧은 치마를 입고 돈 많은 남자 고객들의 시선을 끌기 위해 앉아 있는 젊은 여성들이 있었다. 그들은 성수가 우크라이나에서 보아온 여성들 중에서도 탁월하게 아름다웠으며, 얼굴에는 약간의 동양적인 면이 담겨 있었다.

서로 친구처럼 보였지만, 나이 차이는 꽤 나 보였다. 가장 어려 보이는 여자는 성수와 눈이 마주치자 수줍어했다.

돈바스 살모사를 만난 이후로, 성수는 이런 여자들에게도 각기 우리가 이해하기 어려운 사연이 있을 것이라며 긍정적으로 보려 했다. 다시 그녀들과 눈이 마주치자 성수는 먼저 편안한 눈인사를 보내며 미소 지었다.

성수는 화장실로 갔다. 누군가 안에 있어 기다리던 중, 그 중 가장 어려 보이는 소녀가 다가와 조용히 말했다.

"여자가 필요하신가요? 함께 이야기할 수 있을까요?"

성수는 순간 당황하여 잠시 침묵했다.

그가 말을 잇지 못하자, 그녀는 빛나는 큰 검은 눈동자를 천천히 깜박이며 부드럽게 말을 덧붙였다.

"여기서는 말할 수 없어요. 안전한 곳이 필요해요."

성수는 그녀의 말에 복잡한 감정을 느꼈다. 그 순간, 돈바스 살모사와의 만남이 떠올랐고, 성수는 그들에게 숨겨진 이야기가 있을 것이라는 생각이 들었다.

이곳에서 한 여자를 만나는 일은 마치 또 다른 별나라를 방문하는 것처럼, 수많은 신비로운 이야기를 마주하게 되는 일임을, 이제 성수도 경험으로 깊이 깨닫고 있었다.

특히 스스로 다가오는 여자의 경우, 그들의 이야기는 더욱 궁금증을 자극했다. 그래서 성수는 그 이야기에 시간과 돈을 투자할 충분한 가치가 있다고 느꼈다.

그는 잠시 망설이다가 결국 방 번호를 알려 주었다.

"500호로 와 주세요."

호텔 경비원이 눈치를 채고 다가오자, 그녀는 주변 사람들에게 연인처럼 보이려는 듯 성수의 팔짱을 가볍게 끼고 머리를 그의 어깨에 살짝 기대며 승강기 쪽으로 그를 이끌었다.

방 안에 들어선 두 사람은 남에게 보여 주기 위한 연극을 끝내고, 어색한 긴장감에 휩싸였다. 그녀는 태연한 척 미소를 지었지만, 옷을 벗으면서 몹시 추운 듯 온몸을 떨기 시작했다.

"추워요?"

성수가 걱정스러운 눈빛으로 물었다. 그녀는 억지로 미소를 유지하며 고개를 끄덕였다. 성수는 욕실에서 가운을 가져다가 입혀 주면서 물었다.

"어디서 왔나요?"

그녀는 조용히 휴대폰에 저장된 사진 몇 장을 보여 주었다. 사진 속에는 황토색 빛으로 물든 넓고 평범해 보이는 강이 있었다. 그러나 그곳은 강이 아니라, 파도가 없다고만 들었던 아조브해였다.

그녀는 그곳이 무척 좋았다고 말하며, 크림반도 점령 이후 배가 들어오지 못해 모든 산업이 전멸했다고 설명했다. 그곳은 농업, 어업, 그리고 중공업이 발달해 소련 시대에는 가장 부유했던 도시 중 하나로 알려져 있었다.

적의 침략으로 사람들은 살아남기 위해 고향을 떠났고, 로비에 있던 다른 여자들은 친구가 아니라 그녀의 친언니들이라고 했다.

큰언니가 먼저 이 일을 시작해 나머지 동생들을 데리고 와서 직접 가르쳤고, 어느 정도 여행 경비가 마련되면 매춘이 합법인 독일로 갈 계획이라고 했다.

그녀는 자기 마을의 모든 소녀들이 버스비 하나만 가지고 키이우나 오데사로 떠나와, 비슷한 일을 하며 돈을 벌고 더 나은 기회를 기다리고 있다고 덧붙였다.

그 지역에서는 가족들이 딸들이 보내 주는 돈으로 생계를 이어가고 있었다.

성수는 그녀의 이야기를 들으며 우크라이나 여성들이 생존을 위해 어떤 희생을 감수할 수밖에 없는지를 조금이나마 이해할 수 있을 것 같았다.

그녀는 어린 나이에 생활 전선에 뛰어들어야 했기에, 우크라이나 여성들은 30살이 되면 마치 10살은 더 나이 들어 보인다고 말했다. 그들은 노화를 감추기 위해 강한 화장품을 남용하다 보니 피부가 상하는 일도 빈번하다고 덧붙였다.

성수는 그녀에게 렌터카가 준비될 때까지 잠시 이야기를 나누며 시간을 함께 보낼 수 있는지 조심스럽게 물었다. 그녀는 잠시 고민하더니, 큰언니에게 전화를 걸어 허락을 받은 뒤 성수를 향해 고개를 끄덕였다.

처음에는 성수가 그녀와 함께 침대에 누워, 마치 클래식 음악을 감상하듯 조용히 그녀의 이야기에 귀를 기울였다. 그러나 어린 나이에도 험난한 인생을 살아온 그녀의 이야기가 사진과 함께 펼쳐지자, 성수는 일어나 앉아 그녀의 표정을 읽으며 잠시 전쟁의 공포와 떠나야 하는 불안감을 잊고, 사람들의 소중하고 신성한 삶에 다시금 깊이 공감하게 되었다.

가장 인상 깊었던 사진은 그녀가 세 살 무렵에 찍힌 것으로, 빠진 이를 드러내며 부모님 앞에서 천진난만하게 웃고 있는 모습이었다.

또 다른 사진에는 큰언니가 돈을 벌어 집에 돌아와 동생들을 위해 동네 아이들과 함께 생일 파티를 열고 환하게 웃고 있는 모습이 담겨 있었다.

무엇보다, 이런 일을 해서 번 돈이지만 가족이 함께 모여 행복하게 바비큐로 저녁을 준비하는 영상은 깊은 감동을 주었다.

그리고 한여름에는 온 가족이 아조브해의 밤하늘 아래 해변에 누워 별똥별이 떨어지는 모습을 지켜보는 아름다운 장면도 있었다.

크림반도 점령 이전에 풍족하고 화목했던 가족의 모습과 현재의 모습은 비교할 수 없을 만큼 큰 차이가 있었다.

점심시간이 되자 성수는 그녀가 좋아하는 음식으로 룸서비스를 주문했다. 하지만 그녀는 자신의 점심을 그대로 로비에 있는, 여동생이 돌아오기를 기다리는 두 언니들에게 보냈다.

이 장면을 보면서 성수는 묘한 감동을 받으며, 아조브해 지역에는 동양적인 면이 많다는 생각이 들었다. 사실, 그녀의 검은 눈동자와 매끄러운 피부, 그리고 윤기가 흐르는 검은 머리칼에는 신비롭게도 동양적인 분위기가 은은히 스며 있었다.

그녀는 목이 메인 듯 울먹이며 말했다.

"이 일도 악질적인 단속원들 때문에 쉽지가 않아요. 단속에 걸리면 그들과 잠자리를 할 건지, 아니면 유치장에 갈 건지를 선택하라는 요구를 받아요. 나는 언니들과 떨어지고 싶지 않아서 그들의 요구를 다 들어줄 수밖에 없어요. 심지어 호텔 경비원조차 로비에 앉아 있으려면 비슷한 요구를 해요."

돈바스 살모사가 자신의 몸이 만지는 것을 절대 용납하지 않는 모습이나, 세 자매가 죽어도 함께 이 일을 이어 가는 모습은 마치 그들만의 마지막 바리케이드처럼 보였다.

성수는 그녀가 떠나기 전에 자신의 연락처를 건네며, 혹시 큰 문제가 생기면 꼭 연락해 달라고 당부했다. 그는 진심으로 세 자매를 돕고 싶었고, 앞으로 그들의 삶이 어떻게 펼쳐질지 궁금하기도 했다.

우크라이나를 떠나며 성수는 그동안 만난 우크라이나 여성들에 대한 결론을 내렸다.

이곳에서는 아름답고 강인한 여자를 만나는 것이 어렵지 않다. 그러나 그들 모두는 끝없는 가슴 아픈 이야기를 품고 있다. 그중 몇몇은 어린 나이에도 불구하고 이미 삶의 무게를 감당하고 있었다. 그런 경험 속에서도 그들은 서로를 지탱하며 꿋꿋이 버티고 있었다.

성수는 생각했다. 이들이 보여 준 강인함은 단순한 생존이 아니라, 신이 인간에게 내린 운명에 대한 강한 저항이었다. 이제 더 이상 인간은 이런 방식으로 살아가서는 안 된다고 그는 느꼈다. 그렇지 않으면 수백만 년이 더 흘러도 우리의 역사는 변함없이 같은 모습을 반복할 것이라고 생각했다.

우크라이나가 벌이고 있는 전쟁은 단순히 적을 내몰기 위한 것이 아니라, 끊임없이 반복되는 그들의 업에서 벗어나기 위한 탈피이기도 했다. 그렇기에 그들은 적과 협상할 수 없었다. 그런 이유로 여성들 또한 전사가 된 것이다.

성수는 우크라이나 여성과 사랑에 빠지기 전, 마치 롤러코스터가 높은 출발 대기 위치에 올라서면 그 이후로는 멈출 수 없이 급격히 낙하하고 뒤집히며 종착지까지 달려가듯, 그들의 깊은 이야기를 받아들일 수 있는 마음의 각오가 필요하다는 것을 깨달았다.

이런 각오가 없다면 그는 감당하지 못할 충격에 뛰어내리다 크게 다치거나, 심장 마비로 열차 안에서 생을 마감하게 될지도 모른다.

그들은 단순히 아름다운 외면이 아니라, 그 안에 담긴 고통과 희망, 그리고 강한 의지를 지니고 있었다.

성수는 진심으로 세 자매와 그들과 같은 많은 이들이 신이 잘못 내린 운명을 극복하고 더 나은 미래를 맞이하기를 바랐다.

성수는 자신이 돈바스 살모사의 청룡열차를 끝까지 견뎌 낼 수 있을지 스스로에게 물었다. 잠시 생각하던 그는 이내 고개를 저었다.

제22 장:

미안해요 키이우, 떠나며 내려놓은 꿈들

성수는 호텔 입구에서 화장품 샘플로 가득 찬 여행 가방을 옆에 두고 렌터카를 기다렸다. 마음은 여전히 복잡했다. 분주히 떠나가는 젊은 여성들을 바라보며, 몰아치는 바람에 실려 오는 은은한 향수 냄새가 전해질 때마다, 돈바스 살모사와의 짧은 만남이 그의 머릿속을 떠나지 않았다.

머릿속에서 메아리처럼 울려 퍼지던 "오빠"라고 부르던 그녀의 작은 목소리, 자신을 단순한 화장품 판매원으로 여기는 듯 비웃는 가냘픈 웃음, 그리고 경고등처럼 반짝이던, 가늘게 뜬 눈가의 눈물 자국이 성수의 가슴 깊숙이 새겨져 있었다.

무엇보다, 그녀가 그를 구해 주며 함께했던 순간은 이미 성수에게 인생 최고의 기억으로 자리 잡고 있었다.

심지어 돈에 대한 욕망을 숨기지 않는 모습조차 이제는 매력적이고 귀엽게 느껴질 정도였다.

그녀를 이렇게 두고 떠나는 것이 옳은 일일까?

떠나기 전, 적어도 그녀를 한 번만 만날 수 있다면, 그녀의 행복을 위해 돈이라도 더 주고 가고 싶었다.

그렇게 그녀에 대한 많은 생각에 잠겨 렌터카를 한참 기다리던 중, 페인트가 벗겨지고 매연을 뿜는 낡은 승용차 한 대가 호텔 앞에 멈춰 섰다. 성수는 망설임 없이 빠르게 차 쪽으로 걸어갔다.

"김입니다. 제가 주문했습니다."

렌터카 직원이 성수에게 다급한 표정으로 서둘러 긴 설명을 늘어놓기 시작했다.

"늦어서 죄송합니다. 겨우 구한 차예요. 우크라이나 도로허스크 국경까지만 운행할 수 있고, 마지막 주유소에 주차하고 위치가 보이도록 사진을 찍어 보내 주세요. 국경은 차량이 길게 줄지어 있어 걸어서 넘으셔야 해요. 길이 험하니 지금부터 스페어 타이어 교체 방법을 잘 보세요."

성수는 차를 한 번 훑어본 뒤 난감한 표정을 지었다.

"운전 중에 고장이 나면 어디로 연락하나요?"

렌터카 직원은 한숨을 내쉬며 대답했다.

"수리할 사람이 없습니다. 그냥 버리고 가세요. 혹시 몰라 트렁크에 비상용 담요를 많이 넣어 뒀습니다."

성수도 더는 지체할 수 없다는 듯 지갑을 꺼냈다.

"여기 돈 받으세요."

렌터카 직원이 돈을 세는 동안 성수는 빠르게 짐을 트렁크에 싣고 운전석에 앉았다. 차 안은 히터가 고장 나 한기가 감도는 공기가 가득했고, 낡은 시트는 축축하고 딱딱했다. 그는 천천히 차를 출발시키며 답답한 숨을 토해 냈다.

호텔을 떠난 지 몇 시간이 흘렀지만, 성수는 여전히 출발과 망설임의 갈림길에서 벗어나지 못한 채, 키이우 순환 도로를 무의미하게 여러 바퀴나 돌고 있다는 사실을 문득 깨달았다.

문득 정신이 들어, 성수는 길가에 문을 닫은 만리장성 중국 식당의 넓은 입구에 차를 세우고, 넋이 나간 듯 요란한 창문 장식을 바라보며 잠시 쉬었다.

무의식중이었지만, 그가 이곳에 차를 세운 것은 결코 우연이 아니었다.

현지에서 보낸 추억들이 다시 밀려들었다. 몇 년을 지낸 타국 도시를 떠나는 것만으로도 이렇게 힘든데, 피난민들은 어떻게 고향을 떠날 수 있을까? 대부분의 지역은 적에게 점령되어 아마 다시는 돌아갈 수 없을 것이다. 그는 그들의 고통을 조금이나마 헤아릴 수 있을 것 같았다.

성수는 처음 돈바스 살모사나 이레나를 만났을 때 이곳에 데려오고 싶었다. 주말이면 이 식당에서 맥주를 주문하고 커다란 룸에서 혼자 식사를 하며, 언젠가 연인과 함께 이곳에서 노래와 이야기를 나누며 밥을 먹기를 고대했다. 그러나 이제 식당은 문을 닫았고, 그에겐 함께할 사람도 없는 처량한 신세였다.

식당의 정문은 지나치게 거대해, 마치 대학교 정문을 연상케 했다. 정문 앞에는 대형 버스 몇 대가 주차해도 충분할 만큼 널찍했다. 전쟁이 터지기 전, 일대일로 사업으로 대규모 투자금이 들어오면서 많은 중국인들이 이 지역에 몰려와 거대한 식당을 열기 시작했다.

그러나 시내 중심지나 상권이 발달한 구역에는 그들의 거대한 맘모스 식당을 세울 공간이 없었기에, 사람들이 식당을 열 생각조차 하지 않을 법한 장소에 개업했다.

이 식당 외에도 시내 중심지에는 창문 하나 없는 어두운 지하 2층에 위치한 중국 식당이 있었다. 그곳은 축구장처럼 넓고 음식도 맛있으며 가격도 저렴했지만, 환기가 되지 않아 하수도 냄새가 가시지 않았기에 중국 손님 외에는 찾는 이가 드물었다.

그리고 이 식당은 순환 도로와 지방으로 이어지는 고속도로 사이, 그리고 밤에는 인적이 끊기는 키이우 공동묘지 입구에 자리 잡고 있었다.

이곳 또한 아무도 식당을 열지 않으려 했으나, 어느 날 거대한 중국 식당이 들어섰다. 화장실은 웬만한 큰 식당 크기였고, 복잡한 구조 때문에 손님들이 종종 길을 잃기 일쑤였다.

그래서 직원 중 몇 명이 손님이 화장실에 갈 때 동행해야 했다. 성수는 그때 자신도 화장실에서 길을 잃었던 기억이 떠올라 피식 웃음이 나왔다.

그렇지만 이 식당은 넓은 공간과 훌륭한 서비스 덕분에 큰 인기를 끌었다. 식사 중, 그는 창문 너머로 묘지 앞에 세워진, 집채만 한 바위를 깎아 만든 죽은 자의 흉상을 바라보았다.

마치 미국의 러시모어산에 새겨진 대통령들의 얼굴처럼 거대했고, 살아 있는 듯 노래를 부르는 오페라 여가수들의 아름다운 몸매를 조각한 작품들도 많아 감탄이 절로 나왔다.

성수는 자신도 죽으면 이 넓은 묘지에 초가집만 한 돌에 사랑하는 연인과 함께 영원히 서 있는 모습을 조각해 두기를 상상하곤 했다.

키이우에서의 마지막 추억으로, 돈바스 살모사와 자신이 부부로서 다정하게 서 있는 흉상이 영원히 묘지에 남아 있는 모습을 떠올리며, 성수는 혼자 크게 웃음을 터뜨렸다. 이제 그 모든 것이 잃어버린 꿈이 되어 버렸다.

이제 더 이상 순환 도로를 맴돌 수 없었다. 이제는 묘지를 지나 고속도로로 나아가야 할 때였다.

성수는 모든 것을 진정으로 내려놓은 듯, 차에 시동을 걸고 르비우로 향하는 고속도로를 달렸다. 이미 수많은 차량이 줄지어 있어 도로 표지판조차 필요 없었다.

제23 장:

지옥 가는 길에도 꽃 가게가 있다

성수는 국경을 향한 긴 여정 속에서 점점 지쳐 갔다. 오래된 차는 사방이 움푹 파인 도로 위를 덜컹거리며 달렸고, 성수는 구멍을 피해 가려 눈을 부릅뜨고 운전에 집중해야 했다.

심지어 좌우로 피할 수 없는 다리 위 도로에는 큰 구멍이 나 있는 경우도 있었다. 마을을 가로지르는 도로의 사정도 마찬가지로 좋지 않았으며, 곳곳에 구멍이 뚫려 있었다. 이상하게도, 우크라이나 사람들은 이처럼 열악한 도로 상태에 전혀 신경을 쓰지 않는 듯 보였다.

어떤 사람들은 탱크가 자주 다녀서 도로가 이렇게 망가졌다고 하고, 또 다른 사람들은 부정부패로 정치가들이 공사비를 착복해서 이런 상황이 되었다고 말한다.

하지만 도로가 벌집처럼 구멍 나고, 가장자리가 엿가락처럼 휘어진 이 모습은 지구상 최악의 도로라는 평가를 피할 수 없었다.

주민들조차 자기 집 앞 구멍 난 도로를 고칠 생각이 없는 듯했고, 그저 모든 이들이 이 상태를 방치한 채 살아가고 있었다. 성수의 눈에 피로가 누적되어 서서히 감겨 오기 시작했다.

주유소들도 대부분 문을 닫은 상태였기에, 마침내 영업 중인 주유소 하나를 발견했을 때 성수는 안도의 한숨을 내쉬며 차의 속도를 줄였다. 차창 밖으로 보이는 주유소는 넓은 벌판에 홀로 서 있었고, 낡은 외관과 스산한 분위기가 어딘가 쓸쓸하게 느껴졌다.

주유소 아저씨가 차를 향해 손짓하며 주유할 자리를 가리켰다. 성수는 그의 지시를 따라 천천히 차를 그 자리로 몰아갔다.

“기름 있어요?”

성수는 피곤한 목소리로 물었다.

“네. 하지만 아주 비쌉니다.”

주유소 직원이 기름값 전광판을 가리키며 대답했다.

“괜찮습니다. 가장 비싼 휘발유로 국경까지 충분히 넣어 주세요. 그리고 창문도 좀 닦아 주시겠어요?”

성수는 초조한 눈빛으로 주위를 둘러보며 덧붙였다.

주유소 직원이 차에 기름을 넣기 시작하자, 성수는 그사이 주유소 안으로 들어가 잠시 숨을 돌리고 싶었다.

주유소 입구에는 남루한 차림의 할머니가 볼품없는 꽃다발을 들고 오가는 사람들에게 내밀었지만, 아무도 그 꽃을 사려는 사람은 없었다.

할머니 주위에는 힘없이 축 처진 배고픈 들개들이 마치 병원 공원을 산책하는 환자들처럼 천천히 무리를 지어 서성이고 있었다.

동물이든 사람이든 배가 고프면 약탈하거나 공격적으로 변하기 마련인데, 아니면 그런 힘조차 잃어버린 지 오래되었는지, 우크라이나에서는 모두가 온순해 보였다.

길들여진 것도 아닌데, 이들은 새로운 사람이 나타나면 절대적인 고통

속에서도 예의를 지키려는 듯 한 발짝 물러서서 거리를 유지했다.

그 남은 힘으로 악의가 없다는 듯 천천히 꼬리를 흔들고 있었다. 무엇이 이들을 이렇게 절제된 동냥꾼으로 만들었는지, 성수는 그 이유를 알아내기 위해 자신의 모든 지식을 동원해 생각에 잠겼다.

그들의 고개는 멍에에 짓눌린 듯 무거워 보였고, 힘겹게 머리를 쳐들고 있는 들개의 처량한 눈빛이 성수의 눈에 깊이 박혔다. 버려진 동물의 비참한 모습을 볼 때마다 마치 자신의 모습을 보는 것 같아, 성수는 가슴 한쪽이 먹먹해짐을 느끼며 한동안 그들을 가만히 바라보았다.

"조금만 기다려 줄래. 아빠가 먹을 것 사 올게."

성수는 혼잣말로 중얼거리며, 그들을 향해 온화한 미소를 지어 보였다.

그때, 허리가 구부러진 시골 할머니가 성수에게 다가와 들개들처럼 한 발자국 앞에서 멈춰 섰다. 그녀의 손에는 시든 작은 노란색 들꽃 몇 송이를 묶어 놓은 소박한 꽃다발이 하나 들려 있었다.

"젊은이, 나도 좀 생각해 주게. 이 아름다운 겨울꽃이라네. 돈은 자네가 주고 싶은 만큼만 주면 돼."

성수는 마치 동화 속 숲에서 막 걸어 나온 듯한 할머니의 남루한 모습과 사투리가 짙게 배인 우크라이나어를 한순간 이해하지 못해 움찔했지만, 곧 미소를 지었다.

성수는 그 꽃의 향기를 맡자마자, 그 향이 아주 드문 것임을 단번에 알아차렸다. 그는 망설임 없이 꽃을 사서 코 가까이 대고 오랫동안 그 향에 취해 보고 싶었다. 은은하게 밀려오는 들꽃 향기가 그의 복잡했던 생각들을 차분하게 정리해 주는 듯했다.

할머니는 성수가 자신의 꽃에 깊이 빠져 그 가치를 알아보는 모습을 보고 무척 기뻐하며 여러 번 감사의 인사를 건넸다. 그리고 할머니는 조용히 어둠 속 들판으로 사라져 갔다.

전쟁의 공포 속에서 꽃은 사람들에게 큰 위로와 희망이 되었기에, 키이우 곳곳에는 꽃을 파는 사람들이 자리를 잡고 있었다.

이곳 사람들은 유난히 꽃을 사랑하여 일상 속에서도 꽃을 자주 사용했다. 꽃무늬 자수가 새겨진 옷을 입고, 꽃을 모티브로 한 접시와 블랙 티, 꽃이 그려진 우표까지, 다양한 물건에서 꽃을 찾아볼 수 있었다.

키이우의 전통 기념품 가게에서 공통적으로 볼 수 있는 점은 거의 모든 상품이 꽃을 모티브로 제작되었다는 사실이었다.

키이우 시내와 변두리에 자주 보이는 지하도는 단순히 회색 시멘트로 마감되어 있을 뿐, 조명도 거의 없어 마치 어두운 골목으로 이어지는 길처럼 보였다. 그곳에서 희미한 푸른 조명 아래 꽃을 파는 사람들 옆을 지나칠 때면, 어딘가 묘하게 죽음의 냄새가 감돌았다. 마치 지옥으로 가는 길목에 놓인 꽃 가게처럼, 그 분위기는 이질적이면서도 슬픈 아름다움을 자아냈다.

지옥으로 향하는 사람들에게 꽃은 과연 어떤 의미일까? 내가 거기서 꽃을 산다면, 누구를 위해 사는 꽃일까? 나보다 먼저 떠난, 내가 사랑한 사람에게 주기 위해서일까? 혹은 나 자신을 위해 산다면, 그것은 무엇을 기념하는 꽃일까? 운명을 거스르며 살아온 내 자신을 위한 기념일까? 나는 이번 전쟁을 일으킨, 살아남아 승리의 피 잔치를 벌일 독재자에게 그 빛바랜, 어두컴컴한 색조차 잃어버린 꽃을 남기고 떠나고 싶다.

여자들은 가장 행복한 순간에 온갖 들꽃으로 왕관을 만들어 머리에 쓰고 다녔다. 특히 모란꽃은 그 아름다움과 귀함으로 인해 높은 가격에 거래되곤 했다.

성수는 할머니가 건넨 겨울 들꽃, 줄기는 코스모스를 닮았고 꽃은 미니 해바라기처럼 생긴 그 꽃을 바라보다가, 문득 키이우 시내에서 여러 번 보았던 미술 전시회 포스터가 떠올랐다. 전시회의 제목은 〈보이지 않는 정원〉이었다.

그 전시회에서는 각자의 마음속에서 피어난 실재하지 않는 상상의 꽃들이 그림으로 표현되어 모여 있었다. 사람들은 그 꽃들 속에 자신만의 꿈과 희망을 담아, 전쟁의 현실을 잠시나마 벗어나려는 소망을 담고 있었다.

성수는 문득 깨달았다. 사람들은 전쟁 속에서 자연이 빚은 아름다운 꽃 대신 자신만의 상상의 꽃을 그리며, 현실에서 잃어버린 통제와 자유를 되찾으려는 듯했다. 그들에게 그 꽃들은 단순한 상상이 아니라, 상처받은 영혼을 위로하고 치유하려는 간절한 소망의 표현이었다. 그렇게 그려진 꽃들은 너무나 아름다워 지나가던 이들이 모두 발걸음을 멈추고 감상에 잠기게 했다.

마치 아라비안 사람들이 상상의 새를 그리며 자유를 꿈꾸듯, 이들은 상상 속 꽃을 통해 자신만의 평화를 창조하고 상처받은 영혼을 치유하려는 간절한 소망을 담아내고 있었다.

제24 장:

배고픈 들개들의 침묵

성수는 주유소 안으로 들어가 화장실을 다녀온 후 카운터로 향했다. 그가 나오자마자 청소 아줌마가 물걸레를 들고 그의 발자국을 빠르게 닦아 냈다. 전쟁 중임에도 상점 내부는 반짝이며 청결을 유지하고 있었다. 카운터 뒤에 서 있는 주유소 여주인이 성수를 유심히 바라보며 조용히 인사했다. 성수는 주머니에서 현금을 꺼내 들며 주문을 시작했다.

"소시지 샌드위치 10개 하고 기름값이랑 같이 계산할게요."

주유소 여주인은 계산기를 두드리며 답했다.

"2,950흐리브냐입니다."

성수는 3,000흐리브냐를 건네며 가볍게 고개를 끄덕였다. 여주인이 거스름돈을 내밀었지만, 그는 이를 받지 않고 말했다.

"잔돈은 필요 없습니다. 대신 저 개들이 배고파할 때 팔고 남은 음식을 조금이라도 챙겨 주세요."

주유소 여주인은 미소를 지으며 감사의 인사를 건넸다.

"정말 고마워요. 요즘은 전쟁 때문에 사람들이 피난 가면서 개들을 데리고 가지 못해 들개가 많아졌어요. 하지만 걱정 마세요, 위험하지 않아요. 다들 온순하답니다. 그리고 다음 분리 길에서 빠지시면, 이곳 주민들만 아는 지름길로 들어서게 됩니다. 그 길로 가시면 국경에 매우 빠르게 도착하실 수 있어요."

그러면서 성수가 손에 들고 있던 꽃을 보며 설명을 덧붙였다.

"그리고 그 못생긴 꽃은 '아르니카 몬타나'로, 이곳 카르파티아 산 깊은 골짜기에서 눈 속을 뚫고 피어나는 꽃이에요. 산속 사람들은 약이 귀하니까 아플 때면 그 꽃을 약초로 쓰곤 하죠. 약초꽃이자 이곳만의 소중한 생명이에요."

성수는 그녀의 설명을 들으며 다시 한번 꽃을 바라보았다.

성수가 주유소 문을 열고 나오자 차가운 겨울바람이 그의 얼굴을 세차게 때렸다. 어둠 속에서 들개들은 여전히 무리를 지어 그의 출현을 기다리는 듯 가만히 서 있었다. 갈비뼈가 선명히 드러난 그들은 추위와 배고픔에 지친 모습이었다.

성수는 방금 산 소시지 샌드위치를 꺼내 들고 잠시 들개들을 바라보았다. 그들이 먹을 수 있을까 하는 생각에 조심스레 다가가 소시지를 내밀었다.

그러나 들개들은 소시지의 향기를 맡고도 다가오지 않았다. 마치 이미 위장이 망가진 듯, 소시지에 눈빛만 반짝일 뿐 아무도 입을 대지 않았다. 그들의 처량하고 힘없는 모습이 성수의 마음을 깊이 아프게 찔렀다. 배고픔에 지친 눈으로 그저 성수를 바라보는 들개들의 모습은, 더 이상 다가갈 힘조차 없는 그들의 삶을 그대로 보여 주는 듯했다.

성수는 한숨을 쉬며 혼잣말로 중얼거렸다. 마치 중환자에게 죽을 권하며 말하듯이.

"네가 먹지 못하겠다면 너를 사랑했던 사람들을 위해서 먹어 볼래…."

성수는 들개들의 무기력한 눈빛에 마음이 저릿했다. 그는 하나씩 소시지를 조심스럽게 땅에 내려놓았지만, 들개들은 마치 체념한 듯 그저 꼬리만 살짝 흔들 뿐이었다. 성수는 들꽃을 손에 쥔 채 차로 돌아갔다. 강풍 속에서도 꽃의 은은한 향기가 그의 코끝을 간지럽혔다. 그가 아는 바로는 이렇게 신비한 향을 내는 꽃일수록 대개 외모는 볼품이 없었다.

제25 장:

사라져 흙이 된 길 위에서

성수는 앞이 거의 보이지 않는 짙은 안개 속, 한적한 지름길을 천천히 달렸다. 드문드문 잘 포장된 도로가 나타나면 차가 마치 구름 위를 떠다니는 것 같았다. 도로 옆에는 중국 기업이 일대일로 사업으로 공사했다는 선전 간판이 눈에 들어왔다.

덜거덕거리던 소음이 사라진 차 안은 마치 창공을 지나가는 여객기처럼 고요해졌고, 그 침묵을 깨는 것은 그의 머릿속을 스치는 돈바스 살모사와의 혼란스러운 기억들뿐이었다.

성수는 마치 한 여인이 아니라, 히드라처럼 여러 얼굴을 가진 사람을 만난 듯 느껴졌다. 전투원처럼 강인했던 그녀, 유흥업소에 어울릴 법한 여자, 현실주의자이자 다정하면서도 사나웠고 때로는 연약했던 그녀는 지금 어디에 있을까?

성수의 머릿속에는 그녀가 또 다른 순진한 외국 남자를 유혹해 돈을 뜯고 있을지도 모른다는 생각이 스쳤다. 아니면 나체로 건장한 남성들을 마사지하며 시시덕거리고 있는 모습이 떠오르자, 견디기 힘든 질투심이 일었다. 그러나 이내, 전선에서 싸우고 있을지 모른다는 생각도 들었다.

혹여 심한 발작이 또 일어나면 누가 그녀를 도와줄까? 의문과 의심이 끊임없이 밀려들어, 성수는 도로에 집중하기가 점점 더 어려워졌다.

그의 머릿속에서는 그녀의 목소리가 귀신에 홀린 듯 끊임없이 맴돌았고, 성수는 마치 실제로 듣기라도 한 듯 희미하게 미소를 지었다. 차 안에 가득 찬 '아르니카 몬타나' 겨울꽃의 생기 넘치는 은은한 향기가, 환각 성분이 있는 것처럼 느껴질 만큼 그녀의 존재를 대변하는 듯했다. 그 향기는 그 순간을 더욱 선명하고 현실감 있게 만들어 주었다.

차창 너머로는 안개 속에 아무것도 보이지 않았고, 차의 불빛마저 안개에 흡수되는 듯했다. 성수는 한 손으로 운전대를 잡고, 다른 손에는 할머니가 건네준 작은 꽃다발을 쥐고 있었다.

꽃에서는 냉이와 비슷한, 부드러우면서도 매운 향이 났다. 그 향기는 그의 식욕을 은근히 자극했다.

"당신을 빙판 위에서 처음 만났을 때 나던 그 향기… 잊기 어려운 서로의 뺨이 맞닿던 그 순간도…"

성수는 조용히 중얼거리며 꽃잎을 천천히 입에 넣었다. 그 순간, 마치 그녀와 다시 이어지는 듯한 아련한 감정이 밀려들었다.

"아마도 그 산신령 같은 모습의 할머니께서, 당신을 잊지 말라는 뜻으로 이 꽃을 내게 주셨던 것 같습니다. 결국 모든 것은 인연이겠죠. 항상 좋은 일을 하고 베풀어야 좋은 인연이 생긴다고 믿어요."

성수는 매운 꽃잎을 씹으며 잠시 망설였지만, 위장 깊은 곳에서 그것을 삼켜 달라고 속삭이는 듯한 강렬한 전율을 느꼈다. 입안에 피지는 꽃의 강렬한 향기와 매운맛은 눈물을 자아내며, 그의 가슴속 깊은 그리움을 더욱 강렬하게 자극했다.

“내 가슴속에 남아 있는 당신에게 이 겨울꽃을 보냅니다.”

매운맛에 눈물을 흘리며 성수가 조용히 말했다.

“어쩌면 이런 꽃 중에도 독초가 있을지도 모르죠. 산신령 같은 할머니가 잘못 보아서 내게 독초를 주었다면, 이렇게 독이 퍼져 당신을 생각하며 죽는 것도 나쁘지 않을 것 같아요. 너무 아픕니다. 잠시 제가 이레나에게 한눈을 판 대가인가 봅니다.”

국경이 가까워지자 길가에 트럭들이 하나둘씩 늘어섰다. 차 안의 GPS가 “5킬로미터 앞에서 좌회전하세요. 곧 폴란드 국경입니다.”라고 안내했지만, 성수의 마음은 이미 먼 곳을 헤매고 있었다.

성수는 손에 든 못생긴 꽃잎을 유심히 바라보며, 이 꽃을 사랑의 고백과 함께 돈바스 살모사에게 건넨다면 그녀가 어떻게 반응할지 상상에 잠겼다.

아마 그녀는 말도 안 된다는 표정을 지으며 호탕하게 웃고, 그와 함께 이 꽃을 땅에 내던질지도 모른다.

하지만 혹여 그 웃음 뒤에 숨겨진 작은 감동이 있을 수도 있지 않을까? 그런 생각이 들자 그의 입가에 부드러운 미소가 번졌다.

성수는 가장 좋은 방법이 사랑 고백을 하며 꽃다발 속에 달러 지폐가 든 봉투를 슬쩍 넣는 것이라 생각했다. 그렇게 하면 그녀가 자신을 포옹해 줄 거라는 확신에 소리 내어 웃었다.

어쩌면 매일 저녁 화장품을 판 많은 돈을 그녀에게 가져다주기만 하면, 그녀가 자신을 최고의 남편으로 여기며 만족할 것이라고 단순하게 생각했다.

하지만 곧 그녀가 사랑하는 것은 자신이 아니라, 돈일지도 모른다는 의심이 스쳤다.

그녀는 여전히 그의 생각 속에서도 다루기 어려운, 복잡하고 알 수 없는 여자였다.

성수는 깊은 한숨을 내쉬며 차창 밖 안개 속을 응시했다.

"이 꽃… 정말 묘하네. 마치 팝콘처럼 계속 손이 가."

그는 입에 넣은 꽃잎을 천천히 씹으며 작게 중얼거렸다.

잠시 침묵이 흐른 뒤, 성수는 그녀의 말투를 흉내 내며 혼잣말로 읊조렸다.

"그래서 안 될 인연은 처음부터 만나지 않는 게 좋아요. 난 돈밖에 안 보였어요. 깔깔깔…"

그녀의 목소리를 따라 하며 그는 씁쓸한 미소를 지었다. 그리움과 후회의 감정이 얽혀 드는 가운데, 성수는 흐릿한 안개 속 도로 위를 지그재그로 천천히 나아갔다. 그의 마음은 이미 멀리 헤매고 있었다.

그러던 중, 현실이라기엔 믿기 어려운 영화 같은 장면이 펼쳐졌다. 마치 좀비가 등장하듯, 차 앞에 보드카 병을 쥔 청년이 비틀거리며 나타났다. 그의 얼굴은 분노로 일그러져 있었고, 성수의 차를 향해 손에 든 보드카 병을 망설임 없이 던졌다.

성수는 깜짝 놀라 핸들을 급히 꺾으며 날아오는 술병을 가까스로 피했다. 차는 크게 흔들렸고, 성수의 손은 핸들 위에서 떨렸다.

"좀비네!"

성수는 깜짝 놀라 가슴을 쓸어내린 뒤, 빠르게 그곳을 벗어났다.

성수는 조금 전 GPS 설명을 통해 이곳이 과거 전쟁 중 유대인 수용소가 있었던 장소라는 사실을 알게 되었다. 안개 속에서 희미하게 보이는 화장터 굴뚝은 여전히 당시의 참혹함을 증언하는 듯했다. 그 광경은 성수의 마음 깊숙이 두려움을 심어 주었고, 그의 온몸을 떨리게 만들었다.

인적이 드문 지름길로 들어선 것을 깊이 후회하며, 성수는 서둘러 이곳을 빠져나가야겠다고 결심했다.

외딴곳에서 이런 청년을 마주한 상황은 성수의 불안감을 더욱 증폭시켰다. 혹여 비슷한 청년들이 서너 명씩 몰려들기라도 한다면 어떻게 해야 할지, 그는 머릿속에서 급히 대안을 그려 보려 애썼다.

성수는 차 안을 서둘러 뒤지며 무기가 될 만한 것을 찾았다. 다행히 렌터카 주인이 준 스페어 타이어 공구가 눈에 들어왔고, 그는 그것을 손에 꽉 쥐었다. 한 손에는 공구를, 다른 손으로는 운전대를 잡으며 성수는 다시 도로로 나아갔다.

얼마 후, 계속 운전하던 성수는 안개 속에서 믿기 어려운 또 다른 인물을 목격했다. 이번에는 폭격의 잔해 속에서 기어 나온 것처럼, 회색 콘크리트 가루에 뒤덮인 채, 찢어진 핑크색 드레스를 입은 젊은 여자가 한 손에 곰 인형을 들고 서 있었다.

그녀는 성수의 차 앞으로 갑자기 뛰어들었고, 성수는 놀라 급히 브레이크를 밟아 간신히 차를 멈출 수 있었다.

안개 속에서는 바로 눈앞의 물체만 희미하게 보였고, 자동차 전조등 불빛이 물체에 반사되어 되돌아오면서 특유의 섬뜩한 분위기를 자아냈다. 특히, 빛에 반사되어 유난히 빛나는 눈동자는 공포감을 한층 더 증폭시켰다.

여자는 빠르게 운전석으로 다가와 힘겹게 말했다.

“날 데려다줘.”

그러나 그녀의 눈동자는 공허하고 생기가 없었다. 위협적으로 보이진 않았지만 성수는 긴장을 늦출 수 없었다. 다만 그녀가 자신을 헤칠 만한 힘이 없어 보이는 점에서 약간의 안도감을 느꼈다.

성수는 어찌할 바를 몰라 잠시 망설이다가, 창문을 조금 내리고 차 안에 있던 소시지 샌드위치를 내밀며 조심스럽게 말했다.

“이걸 드세요.”

그러나 여자는 샌드위치를 성수에게 던지듯 내팽개치며, 다시 차 앞을 막아섰다.

“제발, 우리 애들이 있는 곳으로 날 데려다줘.”

여자는 미친 듯이 자신의 옷을 매만지며, 마치 폭격 전 화려했던 파티에서의 아름다웠던 자신을 떠올리는 듯했다. 백미러에 비친 얼굴을 거울삼아 회색 먼지를 털어 냈지만, 그 눈빛에는 현실을 떠난 혼란과 상처가 가득했다.

그녀에게서 풍겨오는 지독한 악취가 바람을 타고 차 안으로 밀려들어 성수는 숨을 멈추고 고개를 돌렸다.

성수는 어쩔 수 없이 뒷좌석에 있던 짐 가방에서 향수병을 꺼내 들고, 차 안과 차창 너머로 그녀를 향해 향수를 세차게 뿌리며 말했다.

“냄새가 너무 심해서 당신을 태울 수가 없어요!”

여자는 향수 냄새를 맡고 마치 오래 기다려왔던 것처럼 손을 내밀며 성수에게 더 달라는 신호를 보냈다. 성수는 창문을 조금 더 내리고 향수를 차창 너머로 그녀를 향해 더 강하게 뿌리며 조심스럽게 말했다.

“길을 비켜 주시면 이걸 전부 드릴게요.”

그녀는 향수병을 향해 한 걸음 더 다가왔고, 손을 뻗어 향기 속에 얼굴을 깊이 묻었다. 여자가 향기에 완전히 몰입한 것을 확인한 성수는 심장이 빠르게 뛰기 시작했다.

'지금이야.'

그는 기어를 천천히 바꾸며 빠르게 움직일 준비를 했다.

여자가 천천히 길을 비켜 주자 성수는 창문을 더 내리고 향수병을 그녀에게 건넸다. 여자는 향수병을 코끝에 대고 한동안 멈춘 채 행복한 표정을 지으며 깊은숨을 들이마셨다.

"이 향기… 우리 애들이 가장 좋아하던 라벤더야. 지금도 저 끝없는 어둠 속에서 이 향기를 기억하며 날 부르고 있을 거야…."

그녀의 슬픔이 배어 있는 이 한마디는 예리한 창처럼 성수의 심장을 꿰뚫고 지나갔다. 성수는 그녀가 단순한 좀비가 아니라, 분명히 고통 속에서 살아 숨 쉬는 사람이란 걸 깨달았다.

그녀의 말에 성수는 순간 멈칫하며, 깊은 후회와 죄책감이 한꺼번에 밀려왔다. 마치 자신이 그녀의 가장 소중한 기억을 함부로 건드린 것만 같았다. 그는 자신의 머리를 양손으로 감싸며 고개를 숙였다.

"아! 이 가여운 여인에게 더럽다고 얼굴에 향수를 뿌려 대다니… 내가 대체 무슨 짓을 한 거야!"

한참을 절규하던 성수는 마침내 조심스럽게 입을 열었다.

"미안해요. 오늘은 당신을 애들에게 데려다줄 수가 없어요. 내일… 내일이면 애들이 친구 집에서 돌아올 거예요."

그의 말은 위로하려는 의도였지만, 오히려 자신에게조차 허망하게 들렸다.

성수는 남편처럼 말을 건네며 자신의 목소리가 한층 조심스러워짐을 느꼈다. 여자의 얼굴에 잠시 희망의 빛이 비쳤고, 그녀의 눈이 빛나기 시작했다.

"여기서 기다리면 우리 애들을 만날 수 있겠네?"

성수는 그녀의 기대 어린 눈빛을 바라보며 잠시 멈칫했다. 그 희망을 깨뜨리지 않기 위해 그는 부드럽게 고개를 끄덕이며 대답했다.

"당연하죠."

그의 마음은 무거웠지만, 적어도 지금 이 순간만큼은 그녀가 작은 위안을 느낄 수 있기를 바랐다.

성수는 차 트렁크에서 담요를 꺼내 조심스럽게 그녀의 어깨 위에 덮어주고, 몰려든 들개들에게도 조금씩 음식을 나눠 주었다. 그녀의 눈빛에는 잠시 안도의 빛이 감돌았고, 들개들조차 고요하게 그를 주인처럼 바라보는 듯했다.

그는 다시 차에 올라타고 천천히 숨을 고른 뒤, 구불구불한 안개 속 언덕길을 조심스럽게 운전하며 떠나갔다.

악취에 사람들의 코가 매우 빠르게 익숙해진다는 사실을 잘 알고 있던 그는, 그녀를 데리고 오지 않은 것을 벌써 후회하고 있었다.

차창 밖으로 짙은 안개가 내려앉아 그의 시야를 가렸고, 그가 내린 결심이 맞는지 스스로에게 묻는 듯 잠시 흔들렸다. 하지만 그는 속도를 늦추지 않고 길을 따라 조용히 사라졌다.

성수는 국경에 가까워질수록 도로를 메운 트럭들이 늘어나는 것을 보며 천천히 속도를 줄였다. 길가에는 트럭에 치여 죽은 검은 들개의 사체들이 이따금 눈에 들어왔고, 그는 그 끔찍한 광경에 더욱 조심스럽게 운

전했다. 오르막길을 느릿하게 올라가는 트럭을 추월하려던 순간, 트럭의 뒷바퀴에서 으깨진 검은 들개의 하반신이 튕겨 나와 그의 차 앞 유리창에 세차게 부딪혔다.

"아!"

성수는 소리치며 깜짝 놀라 핸들을 움켜잡았다. 차는 잠시 요동쳤고, 그의 손은 핸들 위에서 떨렸다.

앞 유리 너머, 길가에 남은 들개의 상반신이 하늘을 향해 고통스럽게 울부짖고 있었다. 그 절망적인 눈빛이 그의 시선과 맞닿는 순간, 성수는 자신의 무력함과 죄책감이 그대로 비치는 듯한 기분에 사로잡혔다.

차를 멈추고 문을 열려 했지만, 온몸이 두려움에 굳어 한동안 움직일 수 없었다. 짙은 어둠 속에서 그는 그 자리에서 꼼짝 못 한 채 들개의 절망 어린 울음소리를 온몸으로 받아들였다.

몇 분이 지나자, 전장에서 불타오르는 백리탄을 맞고 울부짖는 돈바스 살모사의 모습이 눈앞에 생생히 떠올랐다.

마치 타임머신을 타고 과거로 돌아간 듯, 주변에서 거대한 전투가 벌어져 수백만 명의 젊은 군인들이 들개처럼 몸통이 떨어져 나간 채 죽여 달라고 외치는 모습이 생생히 떠올랐다.

그 끔찍한 이미지는 떠나지 않았고, 결국 그는 차를 돌려 몸통이 잘려 나간 들개가 있던 곳으로 되돌아갔다. 트럭들은 길가에 버려진 들개를 피해 무심히 지나가고 있었다.

성수는 조심스럽게 차로 들개의 고통을 끝내 주었다. 차에서 내려 얼어붙은 손끝으로 들개의 흩어진 신체 부위를 하나씩 수습해 담요로 감싸는 동안, 그가 삼킨 죄책감과 슬픔이 그의 위장에서 거칠게 뒤엉켰다. 참으려 했던 감정이 한꺼번에 밀려오자, 결국 구토가 터져 나왔다.

삼켰던 노란 꽃잎들이 끈적한 침에 섞여 들개의 시신 위로 떨어졌다. 억지로 누르려 했던 죄책감과 슬픔이 한꺼번에 토해져 나온 듯, 성수는 몸을 부들부들 떨며 그 자리에서 고개를 들 수 없었다.

흩어진 꽃잎과 침이 마치 그의 내면 깊숙이 묻어 둔 고통의 잔해처럼 들개의 시신을 덮고 있었다.

마치 그 꽃잎들이 들개를 위한 그의 애도인 것처럼 보였다. 성수는 다시 가슴을 짓누르는 죄책감의 무게에 몸을 떨었다.

얼어붙은 겨울 땅을 어렵게 파헤치며 들개의 시신을 조심스레 구덩이에 눕힌 뒤, 그는 흙을 덮으며 숨을 고르려 애썼다.

여전히 그의 입에선 노란 꽃잎들이 위장 깊은 곳에서 쏟아져 나와, 작은 꽃비처럼 시신 위에 흩어졌다.

성수는 구토가 멎을 때까지 기다리며 천천히 들개의 무덤을 완성했다. 무덤 위에 마지막으로 한 줌의 흙을 덮으며 낮은 목소리로 속삭였다.

"세상이 조용해지면 다시 와서 더 좋게 묻어 드릴게요."

하늘을 올려다본 성수는 눈을 감고 떨리는 목소리로 속삭였다.

"그리고 제발, 내 꿈에는 나타나지 마세요. 돈바스 살모사… 당신도 내 꿈에는 더 이상 나타나지 말아 줘요."

그의 마지막 기도는 겨울바람 속으로 흩어져 사라졌고, 그 순간 그의 가슴속 깊은 곳에 묻어 둔 상처가 잠시 고요해지는 듯했다.

성수는 이 땅의 역사를 잘 알고 있었다. 지금 자신이 서 있는 이곳이, 수천만 명의 시체가 쌓여 흙으로 변한 곳이라는 사실을. 살아남은 사람들 또한 전사하거나 학살당한 이들을 묻기 위해, 그처럼 맨손으로 얼어붙은 땅을 파헤쳐 사랑하던 이들을 묻었으리라.

의식 없이 처참하게 훼손된 시신에서 풍겨 나오는 비린내를 참아 내지 못해, 침 외에는 아무것도 머금지 못한 빈속에서 구토를 반복하며 억지로 시신을 묻었을 그들의 모습이 성수의 눈앞에 생생히 그려졌다.

수많은 전쟁이 남긴 참혹한 흔적들이 지금 그의 손에 묻어 있는 이 흙이 되었으리라. 그 생각에 생의 허망함이 밀려왔다. 왜 이런 역사는 끝없이 반복되는가.

이번 전쟁으로도 또다시 수백만 명이 이곳에서 죽어 흙이 될 것이다. 인간의 운명이라는 것이 겨우 이 정도인가.

성수는 갑자기 자신이 모든 것을 결정해 보고 싶다는 충동을 느꼈다. 피와 흙이 묻은 손이 떨리는 것을 애써 다잡으며, 조심스럽게 호텔로 전화를 걸었다. 그의 목소리는 여전히 떨렸지만, 이번에는 결심한 듯 단호했다.

“여보세요? 어제 퇴실한 김입니다. 내일 도착할 거니 방 두 개 예약해 주세요. 오래 머무를 예정입니다.”

전화를 끊고 난 성수는 잠시 자신의 손을 내려다보았다. 피와 흙이 뒤섞인 손바닥에 조심스럽게 혀를 대며 죽음의 맛을 느꼈다.

운명이란 이런 맛, 아무것도 아니었다. 그녀의 마음의 빗장을 열고 그녀에게 돌아가겠다는 결심은 더욱 단단해졌다.

제26 장:

블랙 핑크와 들개들

키이우의 오페라 하우스 근처에 자리 잡은 고급 호텔 로비는 아침 햇살이 스며들었지만, 전쟁의 흔적이 곳곳에 묻어나 있었다.

깨진 창문은 판자로 임시로 막아 둔 상태였고, 깨지지 않은 창문은 여러 겹의 투명 테이프로 단단히 보강되어 있었다.

호텔 건물 주변에는 지하실 창문을 따라 방어용 모래주머니가 높이 쌓여 있었다. 로비 한쪽 구석에는 비상식량 상자들이 차곡차곡 쌓여 있었고, 몇몇 손님들은 군복 차림으로 바쁘게 통화하고 있었다. 로비 전체에는 긴장과 불안의 기운이 무겁게 드리워져 있었다.

그럼에도 불구하고, 로비 중앙은 놀랍게도 여느 때와 다름없이 화려한 생화들로 아름답게 꾸며져 있었다.

그렇다. 우크라이나에서는 어떤 경우에도 화려한 꽃 장식이 없는 호텔이나 레스토랑은 상상하기 어렵다.

러시아와 우크라이나의 가장 큰 차이점 중 하나는 바로 이 생명력의 차이다. 어두컴컴하고 생명력이 소실된 구소련의 잔재와 유사한 환경 속에서도, 우크라이나는 화려한 꽃으로 생명력을 되살리려는 노력을 멈추지 않는다.

호텔 데스크의 여직원은 가족과의 전화 통화에 온 정신이 쏠려 있었다. 겉으로는 차분해 보였지만, 그녀의 목소리에는 분노와 절망, 그리고 깊은 고통이 고스란히 스며 있었다.

우크라이나어는 다른 언어보다 함축적이고 짧으며, 평소에도 자음 발음이 강하다. 이런 상황에서는 그 소리가 더욱 날카롭고 가슴을 찌르는 듯하게 들렸다.

때로는 우크라이나어가 핵심 메시지만 남긴 채, 마치 동물이 물고 뜯으며 생존을 위해 싸울 때 내는 비명처럼 들리기도 했다. 사랑을 표현할 때조차 그들의 말은 마치 학이 상대를 유혹하며 내는 독특한 울음소리를 닮았다.

"부모님 두 분 모두 다리가 불편하셔서 이동이 불가능합니다. 우리를 피난 보내는 데 시간을 낭비하지 마시고, 그 시간에 적을 물리쳐 주세요."

그녀의 화난 목소리가 떨렸다.

설득해야 할 대상이 적이 아닌, 같은 나라 사람이라는 사실이 그녀를 더욱 고통스럽게 만들었다. 가족을 적의 위협 속에 남겨 둬야 하는 현실은 비정하고 무자비했다.

무엇보다, 그녀가 믿어 왔던 국가가 무너져 가는 모습을 지켜보는 일은 그녀의 마음속에 정치인들에 대한 깊은 배신감을 새겼다.

우크라이나에 만연한 부정부패는 세계에서도 금메달감이었다. 고속도로의 몇몇 구간은 공사 중에 사라지고 옛날 도로로 연결되었으며, 설계된 인터체인지 대신 고속도로에 신호등이 설치되어 있었다.

그렇게 흘러간 막대한 돈은 일부 권력가들의 손에 들어가, 그들은 지중해의 빌라와 요트를 사들이는 데 사용했다. 이러한 이유로 우크라이나의 도로 사정은 세계 최악 수준에 머물렀다.

소련에서 독립할 때부터 그들은 공기업이나 대지, 이권을 유착하는 정치인들로부터 헐값에 사들여서 너무 쉽게 부를 축적했다. 권력 있고 돈 많은 이들의 자녀들은 군 입대 대신 돈을 주고 면제를 받았다.

반면, 대부분 돈 없고 권력 없는 가정의 아들들이 노부모의 생계를 책임지는 일을 중단하고 군대에 갔다.

그들은 땅도, 빌라도, 공장도 소유하지 않은 사람들이었다. 그러나 해외로 도망친 이들이 버리고 간 땅과 호화 빌라를 지키기 위해, 적들로부터 도망친 부자들을 대신하여 그들의 재산을 지키기 위해서 전선에 나선 것이 바로 그들이었다.

사실은 이들은 도망친 게 아니었다. 전쟁이 끝날 때까지 가족 모두 지중해에 휴가를 간 것이다.

전화를 끊은 여직원은 눈물을 겨우 참아 내며 억지로 미소를 지었다. 그제야 성수가 그녀 앞에서 기다리고 있음을 알아차린 그녀는 미안한 듯 입을 열었다.

"손님, 무엇을 도와드릴까요?"

성수는 그녀의 절박한 목소리를 들으며, 자신이 요청하려는 일이 얼마나 사소하고 이기적인지 뼈아프게 느꼈다.

긴 설명이 필요할 것 같았지만, 전쟁과 생명의 위험 앞에서 자신과 같은 사랑 타령이 전혀 설득력을 가지지 못할 것이라고 판단했다. 결국 그는 망설임을 떨치고 단호히 입을 열었다.

"죄송합니다. 이해하시기 어려우시겠지만, 혹시 요가실 예약이 가능할까요? 이름은 'Sorry for Paris'입니다."

그의 말이 끝나기도 전에, 여직원은 마치 그곳을 잘 알고 있는 듯 곧장 요가실에 전화를 걸었다.

그녀는 요청받은 요가실이 성인 클럽이라는 사실을 알고 있었지만, 남자 혼자서 살다 보면 어쩔 수 없는 일이라고 여겼다. 게다가, 자국에서 도망친 부자들에 비하면 이 정도는 충분히 이해할 수 있다고 생각했다.

더불어, 외국인이면서도 도망치지 않고 이곳으로 돌아온 성수에게 묘한 감사를 느끼고 있었다.

성수는 여직원이 전화를 거는 동안, 로비 주변을 천천히 둘러보았다.

창가에는 한 여자가 벽에 등을 기댄 채, 유난히 긴 담배를 피우고 있었다. 그녀는 모든 걱정과 불안을 연기에 실어 날려 보내려는 듯, 거대한 흰 연기를 천장으로 내뿜었다.

성수는 그 장면에 잠시 넋을 잃었다. 지금껏 본 담배 연기 중 가장 큰 것이었다. 그녀의 가냘픈 몸과 대비되는 그 연기의 양은 믿기 힘들 정도였다.

그녀는 마치 무용수처럼 보였다. 역광에 비친 그녀의 손가락 동작과 담배를 들고 있는 우아한 실루엣은 전쟁 속에서도 어딘가 초현실적인 아름다움을 자아냈다.

그녀의 세련된 모습은 창밖 거리에서 채소를 팔기 위해 두꺼운 옷을 걸친 채 분주히 움직이는 사람들, 그리고 겨울바람에 흔들리는 앙상한 나뭇가지들과 묘하게 대비되면서도 어딘가 조화를 이루고 있었다.

그녀는 전쟁 속에서도 살아남은 카바레의 여주인공 같았다. 고급 호텔은 전쟁 한가운데 위치해 있음에도 불구하고 외부의 황량하고 척박한 분위기와는 전혀 다른, 세련되고 이질적인 공간처럼 느껴졌다.

"폭격 때문에 물이 나오지 않아 저녁 8시 이후에만 가능하대요."

"그럼 그때로 하죠."

"이건 예약 번호예요."

여직원이 전화를 끊으며 건넨 메모를 성수가 미안한 표정으로 받았다. 그녀가 내민 메모에는 숫자 6969가 적혀 있었다.

그 순간, 핑크색 옷을 차려입은 여자가 호텔 매니저와 함께 로비로 천천히 나타났다. 들개 두 마리는 어슬렁거리며 그녀의 뒤를 조용히 따랐고, 그녀는 전날 악취를 풍기며 떠돌던 걸인 같은 모습과는 완전히 다른 사람이 되어 있었다.

그럼에도 불구하고, 새 옷과 깨끗한 얼굴 뒤에는 여전히 지워지지 않는 불안의 그림자가 그녀를 감싸고 있었다.

그녀는 성수를 향해 천천히, 차가운 표정으로 부자연스럽게 입을 움직였다.

"헬로, BTS!"

그녀의 목소리는 여전히 다소 불편한 기색이 있었지만, 그 안에는 소통하고자 하는 의지가 담겨 있었다. 성수는 한 발짝 다가서며 미소를 지으며 응수했다.

"안녕, 블랙 핑크!"

그녀는 다른 것에는 전혀 관심이 없는 듯, 곧바로 그에게 물었다.

"우리 아이들, 언제 와?"

성수는 잠시 망설였지만, 차분히 대답했다.

"하룻밤 더 자고 내일 온다고 전화받았어요."

그녀의 얼굴은 서서히 안도의 빛으로 물들었다.

"내일은 꼭 오는 거지?"

"그럼!"

그때, 호텔 매니저가 성수를 구석으로 데리고 가서 조용히 속삭였다. 그의 얼굴에는 깊은 근심이 가득했다.

"저 여자분은 가족을 모두 잃은 충격으로 이름도, 주소도, 아이들 이름도 전혀 기억하지 못하고 있습니다. 오늘 아침 사회보호소 직원이 다녀갔는데, 그녀는 당신을 남편으로 믿고 있어서, 어떤 상황에서도 당신 곁을 떠나려 하지 않습니다. 당분간 그녀를 맡아 줄 수 있는지 물어보라는 요청을 받았습니다."

성수는 놀란 표정으로 그의 말을 들었다. 그동안 자신의 일에 몰두해 있던 그는 눈앞의 여자가 처한 상황을 충분히 이해하지 못했음을 깨달았다.

"호텔에서도 도움을 드릴 예정입니다. 하지만 문제가 있습니다. 여자분의 들개들이 밤새 계속 짖어서 다른 투숙객들로부터 불만이 들어오고 있습니다. 게다가 저렇게 큰 들개들은 호텔에서 받아들이기가 정말 어려울 것 같습니다."

성수는 매니저의 말을 들으며 순간적으로 망설였다. 자신에게 떠넘겨진 책임의 무게가 너무 크다고 느껴졌지만, 여자의 두 눈에 담긴 절박함과 들개의 헐벗은 모습이 그의 마음을 무겁게 눌렀다. 성수는 잠시 망설이다가 결심한 듯 말했다.

"곧 살 집을 찾아보겠습니다."

성수는 결단을 내렸지만, 마음속 깊은 곳에서 밀려드는 불안이 그를 조용히 잠식해 갔다. 마치 그가 짊어진 책임의 무게가 보이지 않는 족쇄처럼 그의 발목을 붙잡고 있었다.

매니저가 자리를 떠나자, 그녀는 천천히 성수에게 다가와 조용히 그의 손을 잡았다. 그녀의 차가운 손끝에서 전해지는 미세한 떨림은 반가움과 함께 지울 수 없는 불안을 고스란히 담고 있었다.

제27 장:

국제 여단 입대 생각

아침 태양이 강하게 빛나 기온이 오르자, 건물 지붕 위에 쌓여 있던 눈이 녹아 미끄러지며 노면으로 떨어졌다. 마치 포격을 받는 듯한 굉음이 울려 사람들을 깜짝 놀라게 했다.

여기저기서 쌀가마니만 한 큰 눈덩어리들이 주차된 차량의 지붕 위로 떨어지며 심하게 부서지기도 했다. 눈덩이가 행인들 머리 위로 떨어져 부상을 입는 사람들도 적지 않았다. 사람들은 이런 날에는 드론을 피하기 위해서, 동시에 떨어지는 눈 폭탄을 피하려고 더 자주 고개를 들어 하늘을 살피며 발걸음을 옮기고 있었다.

녹아내린 눈물이 홈통을 타고 인도로 흘러내리며 보도는 물바다가 되었지만, 이런 상황에 익숙해진 사람들은 전혀 개의치 않고 하던 일을 이어 갔다.

전기가 자주 끊기는 탓에 비상 발전기들이 사방에서 똑딱똑딱 소리를 내며 시끄럽게 가동되고, 매연을 뿜어 대고 있었다. 고층에 위치한 사무실은 발코니에 비상 발전기를 설치해 두었고, 복도에는 여러 사무실로 연결된 전선들이 어지럽게 깔려 있었다.

수도가 자주 끊겨, 사람들은 공원에 설치된 공동 물 펌프에 줄을 서서 물을 길어 갔다.

이제 피난 갈 사람들은 대부분 떠난 듯 큰 짐 가방을 들고 오가는 모습은 거의 보이지 않았고, 거리의 사람들도 눈에 띄게 줄어 있었다. 맥도날드를 포함한 많은 상점들은 문을 닫아 을씨년스러운 분위기가 거리 전체를 감싸고 있었다.

전 세계 군사 전문가들은 단 3일 만에 적군이 우크라이나 전역을 점령할 것이라 예상했고, 각국 대사관들도 철수했다.

그렇다면 이제 이곳에 남은 사람들은 누구일까? 성수가 이곳으로 돌아온 이유는 단지 여자 때문만은 아니었다.

국경을 넘기 직전, 그는 자신이 피신하는 것이 아니라 도망치고 있다는 느낌에 사로잡혔다. 사람은 피 냄새를 맡으면 현실을 직시하게 된다고 했던가. 그는 국경에서 죽어가던 개들의 피와, 역사적으로 수천만 명이 죽어 쌓인 흙을 맛보며 깨달음을 얻었다.

성수는 블랙 핑크와 개들을 데리고 근처의 작은 공원을 산책했다. 개들은 눈 속을 자유롭게 뛰어다니며 추위도 잊은 듯 즐거워 보였다. 마치 야생에서 벗어나 다시 애완견의 모습으로 돌아온 듯, 짖는 횟수도 눈에 띄게 줄어들었다.

블랙 핑크는 여전히 무표정했지만, 성수의 손을 꼭 잡은 채 개들이 뛰노는 모습을 지켜보며 어딘가 걱정스러운 눈빛을 띠고 있었다.

겨울의 낮은 몇 시간밖에 지속되지 않았다. 해가 지면 개들이 다시 호텔 안에서 짖기 시작할 것이고, 투숙객들의 불만이 이어질 것이 뻔했다. 성수는 조속히 해결책을 찾아야 한다는 압박감을 느꼈다.

"이제 개들은 밖에서 자야 해."

"그럼 나도 밖에서 잘래."

성수는 잠시 망설이다가 무언가 결심한 듯 블랙 핑크의 손을 잡고, 호텔 주차장에 세워 둔 고물차로 걸어갔다.

"호텔 옆에 개집을 지어 주면, 당신은 호텔에서 잘 거지?"

"내 방 창문에서 보일 수 있다면 좋겠어…."

"좋아, 해 지기 전에 빨리 연장하고 판자를 사러 가자!"

"고마워."

성수는 블랙 핑크와 개들을 차에 태우고 건자재 상점으로 차를 몰았다. 키이우 외곽으로 가기 위해 드니프로강을 건너야 했는데, 곳곳에 우크라이나 국기가 꽂힌 임시 초소가 세워져 있었다.

긴 탄창을 장착한 군인들이 무전기로 수시로 보고하며 삼엄한 표정으로 검문을 진행하고 있었다.

긴 다리를 건너자 녹지대가 펼쳐졌고, 숲속에서는 수많은 군인들이 참호를 파고 위장하며 적을 기다리는 모습이 눈에 들어왔다. 시내에서는 볼 수 없었던 광경이었다. 외곽 지역은 본격적인 수도 방어전을 준비하는 분위기로 가득 차 있었다.

성수는 시가전이 본격적으로 벌어진다면 자신이 무엇을 해야 할지 깊은 고민에 빠졌다.

우크라이나는 그의 조국이 아니었지만, 이곳에서 사랑했고 여전히 사랑하고 있는 모든 것을 지키기 위해 국제 여단에 합류해 싸울 생각을 하기 시작했다.

군 복무 경험도 있고, 우크라이나어에도 능통했기에 자신이 큰 도움이 될 수 있으리라 믿었다.

건자재 상점 안은 손님이 거의 없었다. 대신 시민들이 스스로 무장할 수 있도록 군복, 방탄조끼, 사냥총 같은 준무기류와 전투에 필요한 다양한 소도구들이 대단위적으로 진열되어 있었다.

성수는 개집을 짓는 데 필요한 자재를 서둘러 구입한 뒤, 곧바로 차를 몰아 호텔 근처 공터로 돌아왔다.

제28 장:

호텔 옆 공터, 두 개의 피난처

블랙 핑크가 선택한 장소는 호텔이 보이는 주택가에 위치한, 행인이 자주 지나다니는 작은 교차로 근처의 버려진 공터였다. 우크라이나 도심의 공원은 프랑스나 이탈리아처럼 정돈되지 않아, 언뜻 보면 공원인지 버려진 공터인지 분간하기 어려웠다.

특히 숲에서 흔히 볼 수 있는 포플러 같은 평범한 나무들이 제멋대로 자라나고 있었다. 공원의 중앙에는 동상이 있었지만, 세월이 흐르면서 폐허처럼 변한 모습이었다. 그러나 개들의 집을 설치하기에는 이곳만큼 적합한 곳도 없었다.

해가 저물기 시작하자, 하늘에서 내려온 차가운 냉기류가 지면을 감싸며, 방한복을 입고도 외부에 오래 머무르기 어려운 날씨가 되었다.

성수는 차 창문을 내리며 천천히 말했다.

“여기 괜찮겠네. 호텔에서도 잘 보이고, 당신도 걸어서 자주 올 수 있을 거야. 지나가는 사람도 많고, 개들 돌보면서 우리 애들 기다리면 좋을 것 같아. 마음에 들어?”

블랙 핑크는 그의 말을 조용히 듣고 더욱 슬퍼지는 듯했다.

성수는 차에서 내려 자재를 하나씩 공터로 옮기고, 톱과 망치를 꺼냈다. 거친 겨울바람도 아랑곳하지 않고 맨손으로 그는 작업을 시작했다. 망치를 내리칠 때마다 둔탁한 소리가 주택가 건물 벽을 타고 메아리쳤다. 블랙 핑크도 묵묵히 그의 곁에서 일을 도왔다.

시간이 흘러 어둠이 짙어질 무렵, 공터에는 잘 만들어진 개집이 모습을 드러냈다.

많은 비가 내릴 경우를 대비해, 개집 하부를 기둥으로 연결하여 지면과 충분한 간격을 두었다.

들개들은 성수가 만든 작은 개집에 들어가자마자 기분이 좋은 듯 꼬리를 흔들며 뒹굴며 어울려 놀았다.

블랙 핑크는 그 모습을 흐뭇하게 바라보다가, 남은 판자를 가리키며 손가락 두 개를 들어 보이며 힘겹게 말했다.

"두 개!"

성수가 웃으며 물었다.

"개 하나씩 만들어 달라는 거야?"

"아니."

"그럼 뭐?"

"내 것도 만들어 줘. 더 크게."

"그건 안 돼."

"해 줘."

블랙 핑크는 계속 졸랐다. 성수는 잠시 망설이며 생각에 잠겼다. 사람이 개집에 들어가 있는 모습은 이상하게 보일지도 모른다는 생각이 스쳤다. 하지만 그녀가 아이들을 기다리기 위해 추운 겨울 날씨 속에서 길가에 서 있는 것보다는 훨씬 나을 것이라고 판단했다.

그렇게 그들만의 작은 세계가 완성되었다. 크고 작은 두 개의 개집이 공터에 자리 잡았고, 블랙 핑크는 자신을 위한 큰 개집 안에 들어가 머리를 내밀고 지나가는 사람들을 물끄러미 바라보았다. 지나가는 사람들은 그녀에게 별다른 관심을 보이지 않았다.

그녀의 모습은 마치 이 작은 집이 자신의 새로운 피난처가 된 듯했다. 오랜 시간 방황하며 갈 곳을 잃었던 그녀가 마침내 쉴 곳을 찾은 것처럼 보였다.

성수가 다가가 웃으며 말했다.

"밤에는 호텔에서 자고, 낮에는 여기서 들개들이랑 아이들 기다리면 되겠다."

블랙 핑크는 그의 말을 조용히 듣고 눈물을 흘렸다. 그녀의 얼굴에는 만족스러운 기색이 떠올랐고, 주변을 천천히 둘러보았다. 그 순간, 성수는 그녀가 오랜만에 잠시나마 행복해 보였다는 생각이 스쳤다.

"여기 잠깐 있어. 나 바로 다녀올 데가 있어."

성수는 차로 걸어가며 말했다. 블랙 핑크는 두 손으로 턱을 괴고, 들개들과 함께 지나가는 사람들을 물끄러미 바라보았다.

제29 장:

멈추지 않는 전사 통지서의 행렬

새로 보수된 마사지실은 기존의 공동 대기실을 없애고 바로 객실로 들어갈 수 있는 구조로 변경되어, 고객들이 다른 고객에게 신분이 노출되지 않도록 더욱 은밀하게 개조되었다.

각 방마다 깨끗한 샤워 부스가 설치되었고, 자쿠지도 갖추어져 있었다. 발코니에 비상 발전기가 설치되면서, 도처에 있던 촛대가 사라지고 조명은 LED로 교체되어 색상과 밝기를 원하는 대로 조절할 수 있게 되었다.

예전에는 짙은 오일 냄새로 가득 차 숨이 막힐 듯 무거운 공기가 감돌았지만, 강력한 환풍기가 돌아가면서 객실에는 신선한 공기가 흐르고 있었다. 새로 추가된 설비들을 보니, 주인이 그동안 꽤 많은 돈을 벌어들인 듯했다.

성수가 새로운 시설들을 보며 감탄하자, 다샤는 주인이 전쟁이 곧 끝나고 많은 외국 남자들이 방문할 것을 예상해 미리 투자를 했다고 설명했다.

자정부터 통행금지가 시행되고 군인들이 순찰을 도는데도 마사지실은 새벽까지 고객이 끊이지 않아, 남자들이 어떻게 돌아다니는지 모르겠다며 이상하다고 말했다.

물론 여성 고객도 있지만 대부분은 남성 고객들이었고, 다샤는 남자들이 외로움에 더욱 약한 것 같다고 덧붙였다.

성수는 다샤에게서 받은 샤워용 수건을 건네며 조심스럽게 말을 꺼냈다.

"당신과 이야기를 나누고 싶어요."

그는 휴대폰을 꺼내 화면에 띄운 사진을 보여 주었다. 거기에는 낯익은 얼굴, 이른바 '돈바스 살모사'라 불리던 여자의 잠든 모습이 담겨 있었다.

"이 여자, 언제 와요?"

다샤는 사진을 힐끗 보더니, 마치 또 한 명의 순진한 남자가 그녀에게 사랑에 빠진 모습을 목격한 듯 피식 웃으며 말했다.

"원래 이런 건 알려 주면 안 되는데요.

스니자나, 제 절친이에요.

간호사였죠."

성수는 혼란스러운 표정으로 반문했다.

"소피아 아니에요?"

"아, 그건 워킹 네임이에요."

"그럼 당신 진짜 이름은 다샤가 아니고 뭐예요?"

다샤는 부드럽게 웃으며 대답했다.

"여기선 가족들이 알까 봐 다들 이름을 바꿔요."

그녀는 친절하게 미소를 지으며, 매니저 몰래 친구의 스케줄을 확인하겠다며 복도로 나갔다가 이내 돌아왔다.

"당분간 스니자나는 안 올 것 같아요."

다샤의 무심한 말에 성수는 어깨를 떨구며 낙담한 표정으로 말했다.

"절친이라면서, 전화 한번 해 보세요."

다샤는 바로 전화를 걸었지만, 곧 실망한 표정으로 대답했다.

"전화기가 꺼져 있어요. 어떡하죠?"

성수는 잠시 고민하다 팁을 더 주며 진심을 담아 물었다.

"그녀에 대해 더 얘기해 줄래요?"

다샤는 망설이다가 입을 열었다.

"스니자나는 병원에서 일하다가 가끔 여기 와요. 우리나라 월급이 너무 적어서 여자들은 두세 가지 일을 하면서 집세를 내고, 동생들 학비를 대고, 부모님 생활비까지 책임져야 하죠. 저도 초급 변호사지만 마찬가지예요."

"그럼, 스니자나도 부모님을 위해 이 일을 하는 거예요?"

다샤는 고개를 저으며 대답했다.

"아뇨. 스니자나는 전선에 약을 보내기 위해 여기서 일해요. 서방의 지원이 부족해서 돈이 필요할 때만 여기에 나타나죠."

성수는 그녀의 대답에 고개를 끄덕였다.

"그녀는 지금 누구랑 살아요?"

다샤는 미소를 띠며 말했다.

"없어요."

성수는 자신의 번호를 적은 종이를 다샤에게 건네며 말했다.

"이게 제 번호예요. 꼭 그녀에게 연락해 주세요. 그러면 100달러는 당신 겁니다. 그리고 그녀가 저를 만나면 1,000달러를 받을 거라고 전해 주세요."

다샤는 성수의 돈을 받아 들고 잠시 기뻐하는 듯했지만, 그때 휴대폰에 들어온 메시지를 확인하던 그녀의 얼굴이 순식간에 차갑게 굳었다.

"무슨 일이에요?"

다샤는 깊이 숨을 몰아쉬며 간신히 입을 열었다.

"방금 아버지가 전사하셨대요… 지난주엔 삼촌이, 그전에 내 동생이, 그 전엔 남자 친구가… 매주 전사 통지서를 받아요. 더는 견딜 수 없어요. 숨이 막혀요…."

다샤는 두 손을 꽉 쥐고 떨리는 몸을 억누르려 애썼다. 억눌렀던 숨을 한꺼번에 뱉어 내듯, 그녀는 깊은숨을 고르며 감정을 삼키려 했다.

그러나 그녀의 감정은 언제 터질지 모르는 뜨거운 화산처럼 안에서 끓어올랐다. 참지 못한 그녀는 주먹으로 벽을 내리쳤고, 그 충격으로 손끝에서 터진 핏방울들이 객실의 어둠 속으로 흩어졌다.

그 순간, 성수의 얼굴에도 그녀의 피가 튀었지만 그는 아무 말 없이 그저 지켜볼 뿐이었다. 손을 내밀어 도울 수도 있었지만, 다샤는 아무것도 요구하지 않았다. 그녀는 자신의 고통을 스스로 이겨 내려 안간힘을 쓰고 있었다.

성수는 조용히 리모컨으로 조명을 모두 껐다. 죽음 같은 어둠이 그녀의 절망을 잠재울 수 있을 듯했다. 아무것도 보이지 않는 객실 안, 다샤의 억눌린 숨소리와 힘없이 벽을 치는 작은 주먹 소리만이 고요를 찢으며 울려 퍼졌다.

제30 장:

전쟁의 외로운 자식들

꺼진 가로등 대신 눈빛이 희미하게 주택가 공터를 비추는, 한적한 키이우의 밤. 성수의 차가 천천히 쌓인 눈을 밟으며 공터에 나타나자, 개집 속에서 잠들어 있던 들개들이 일제히 뛰쳐나와 미친 듯이 짖어 대기 시작했다.

그 소리는 정전으로 고요했던 주택가의 적막을 산산조각 내며 사방으로 울려 퍼졌다.

블랙 핑크는 자신의 큰 개집 속에서 어둠 속 거리를 주시하고 있었다. 그녀는 하루 종일 지나가는 사람들을 지켜보며, 애들이 오길 기다리는 중이었다.

성수가 차에서 내리는 모습을 본 블랙 핑크는 개집 밖으로 나와 그의 곁으로 다가왔다.

그녀의 눈빛은 몽롱해 보였지만, 애들을 기다리며 하루를 보냈다는 만족감이 얼굴에 가득했다.

"개집에서 종일 기다리느라 고개 아프지 않아?"

성수는 걱정스러운 표정으로 조심스럽게 물었다.

"아니, 애들이 올 듯 말 듯해서!"

블랙핑크는 미소를 띠며 대답했다.

성수는 차에서 가져온 큰 개 사료 통조림을 열어 들개들에게 나눠 주었다. 들개들은 허겁지겁 먹어 치웠고, 성수는 그 모습을 묵묵히 바라보았다. 그의 손에는 미세한 떨림이 느껴졌고, 얼굴에는 피로의 그림자가 드리워져 있었다.

블랙 핑크는 조용히 성수의 옆에 앉아 그의 얼굴과 손에 묻은 피를 발견했다. 걱정스러운 표정이 그녀의 얼굴을 스쳤다.

"미안해… 늦었어. 친구 아버지가 전사하셨대."

성수가 낮은 목소리로 말했다.

블랙 핑크는 말없이 그의 머리카락을 부드럽게 쓰다듬었다. 그 작은 손짓에는 말로 다 표현하지 못할 위로의 감정이 담겨 있었다.

성수는 깊은 한숨을 내쉬며 말했다.

"우리 둘 다 기분이 별로인데… 호텔로 들어가기 전에 드라이브나 할까?"

"네."

"그럼… 신나는 음악이 나오는 카페에 가 보자! 사람들 있는 곳에 가서 크게 떠들며 기분 좀 풀어 보자! 이렇게 살다가는 나도 곧 미쳐 버릴 것 같아…."

성수는 개집 안에 담요를 조심스럽게 넣은 뒤, 개집 앞에 '주인이 있는 불쌍한 개들입니다. 치우지 말아 주세요. 문제가 있으면 이 번호로 연락해 주세요.'라는 쪽지를 붙였다.

그리고 그는 마치 파티에 가는 듯한 마음으로 즐겁게 블랙 핑크를 차에 태웠다. 차는 어둠 속 텅 빈 강변도로를 조용히 달리기 시작했다.

차 안은 침묵으로 가득 찼다. 답답한지 성수는 창문을 열어 차 안으로 찬 공기를 들이마셨다.

그는 신나는 음악을 듣기 위해 라디오를 켰다. 그러나 라디오에서는 온통 전쟁 속 사람들의 공포와 슬픔, 그리고 불안에 사로잡힌 사연만이 흘러나왔다. 성수는 이내 라디오를 껐다.

오늘만큼은 전쟁의 슬픈 자식들의 이야기를 더는 듣고 싶지 않았다.

밤은 점점 깊어 갔고, 차는 신나는 음악이 흘러나오는 카페를 찾아 키이우의 어둠 속을 조용히 달렸다.

제31 장:

지랄강 변에서의 살풀이 굿

키이우 드니프로강 가에 자리 잡은 한 미국 대학의 키이우 분교 건물 옥상에는 대형 미국 국기가 강바람을 타고 힘차게 휘날리고 있었다.

가벼운 반투명 나일론으로 만들어진 우크라이나 국기와 달리, 두꺼운 면 재질로 제작된 거대한 성조기는 서부 개척 시대의 누런색 우편 행랑을 연상시키는 독특한 질감 덕분에 더욱 위엄 있어 보였다. 그 깃발은 주변 풍경을 마치 미국 영토처럼 느끼게 했다.

그 뒤로는 강변을 따라 늘어선 작은 선술집들이 각기 다른 노래를 확성기로 틀어 대며 소음을 경쟁하듯 밤공기를 채우고 있었다.

이곳은 계절에 상관없이 젊은이들이 몰려드는 장소였지만, 이름 없는 공간이었다. 성수는 이곳에 나름대로 '지랄강 변'이라는 이름을 붙여 주었다.

이곳은 성수가 이레나와 처음 만났던 자리에서 멀지 않은 곳이었다. 북극에 온 듯한 강변에서 얼어붙은 몸을 녹이며, 함께 노천 커피를 나누었던 꿈 많던 추억의 장소였다.

그곳에서 그녀와 미래를 약속했지만, 지금 그녀는 도망친 전 애인과의 사이에서 생긴 아이의 출산 준비로 바쁜 일상을 보내고 있을 것이다.

그는 애와 이레나의 마지막 자산을 들고 또다시 누구도 찾지 못할 곳으로 도망칠 거라는 확신이 들었지만, 어쩌면 그런 것이 사랑이고 인생이라는 생각에 쓴웃음을 지을 수밖에 없었다.

여자들과의 미래에 대한 언약이 이렇게 허망하게 끝나는 일이라는 것을 깨달을 때마다, 그것이 단지 시간 낭비였다는 씁쓸한 생각이 스쳐 지나갔다.

그러나 죽어서도 지워지지 않을 것 같은 스니쟈나의 영상은 여전히 그의 마음을 괴롭혔다.

여름 저녁이 되면 이곳은 주로 커플들로 붐볐다. 길바닥에는 도처에 다채로운 색상의 깨끗한 매트리스가 깔려 있었고, 사람들은 강바람을 맞으며 더위를 식히고 누워 저렴한 새우구이와 모히또 칵테일을 즐겼다.

매트리스 위에 앉은 사람들은 강 너머 하얀 백사장과 숲을 감상하거나, 물놀이를 하는 아이들의 장난을 보며 웃음을 터뜨리거나, 연인과 함께 음악을 들으며 서로를 끌어안고 잠이 들곤 했다.

우크라이나 사람들은 이유 없이 드니프로강을 하염없이 바라보는 버릇이 있다. 그들이 즐거울 때나 절망에 빠질 때, 모두 언덕에 올라 어머니 강을 바라보는 모습을 볼 수 있었다.

그들에게 드니프로강은 단순한 강이 아니었다. 미래가 불확실할 때마다, 그들은 강물을 통해 지나온 역사를 되새기며, 어머니 강이 주는 위로와 용기로 버텨 냈다.

일상생활에서도 드니프로강은 그들의 삶에서 떼어 낼 수 없는 존재였다. 강은 수도와 전기, 농업용수를 제공하며, 풍부한 어류로 단백질까지 안겨 주었다.

'지랄강 변'에서는 식사 시간마다 전 세계의 유명한 거리 음식들이 만들어졌고, 각 요리에서 풍겨 나오는 냄새들은 마치 음악처럼 뒤섞여 정체를 알 수 없는 독특한 향기를 만들어 냈다.

항상 도심보다 훨씬 차가운 강바람은 눈보라를 몰아치며 몸을 파고들었지만, 발전기의 요란한 소음과 깜박거리는 불안정한 오색 조명이 이곳의 분위기를 압도하고 있었다.

징집의 공포에 휩싸인 젊은이들은 음악에 몸을 맡긴 채, 눈발이 흩날리는 강변에서 겁에 질린 사랑하는 여인과 담요를 함께 두르고 춤을 추며, 술병을 기울이며 전쟁의 현실을 잠시나마 잊고 있었다.

소변이나 구토를 위해 굳이 화장실에 갈 필요조차 없었다. 어머니 강은 마치 모든 인간의 몸에서 터져 나오는 오물마저도 받아 주는 듯했다. 이곳은 전쟁의 흔적이 닿지 않는, 오아시스 같은 공간이었다.

극도의 외로움에 빠진 사람들은 누구에게나 말을 걸었고, 상대가 듣든 말든 가장 가까운 친구처럼 큰 소리로 대화를 이어 갔다.

그렇다, 이곳의 큰 음악 소리는 멜로디보다도 상대의 표정과 입 모양만 보이게 만들었다. 그래서 좋았다. 내용은 중요하지 않았다.

누군가가 나에게 온 힘을 다해 크게 말을 걸어 준다는 사실만으로도, 이야기가 무엇인지와는 상관없이 그 장면을 지켜보는 즐거움이 싫증을 걷어 내고 극도의 외로움을 따스하게 녹여 주고 있었다.

무엇을 기억하거나 기념하려는 것인지 알 수 없었지만, 그들은 끊임없이 서로를 껴안고 사진을 찍었다. 아마도 사라져 버릴지 모르는 자신의 존재에 대한 두려움 때문이었을 것이다.

기력을 모두 소진하며 지랄 떨듯 춤을 추다 지쳐 버린 젊은이들이, 이미 술에 취한 채 강가에 쓰레기 더미처럼 아무렇게나 흩어져 나뒹굴고 있었다.

그들의 모습은 마치 전쟁에서 살아남은 길 잃은 영혼들이 이끄는 무도회 같았다. 살아남았지만, 갈 곳 없고 괴로우며 외로워 보이는 얼굴들.

성수와 블랙 핑크도 그곳에 있었다. 그들 역시 현실을 잊기 위해 음악 속으로 뛰어들었다. 성수는 춤을 추며 블랙 핑크와 함께 노래를 따라 부르고 고함을 질렀지만, 표정 속 깊은 무거움은 여전히 가시지 않았다.

성수가 그녀를 연인처럼 가볍게 끌어안으며 말했다.

"오늘, 우크라이나 블랙 핑크 춤과 노래 실력 좀 볼 수 있을까?"

블랙 핑크는 고개를 끄덕였지만, 얼굴에는 여전히 아이들에 대한 걱정이 서려 있었다.

그녀는 조용히 몸을 흔들며 춤을 추기 시작했다. 하지만 그것은 경쾌한 리듬의 춤이 아니었다.

블랙 핑크의 느린 춤은 처음에는 마치 무당의 살풀이 굿 같았다. 그녀의 움직임은 죽은 아이들의 혼이 어머니의 몸에 환생해 이 더러운 세상을 통곡하는 듯 애처롭고 억울한 기운으로 가득했다.

곧 표정을 바꾼 그녀는 죽은 아이들의 혼을 달래는 듯한 넋 춤을 추기 시작했다. 그녀의 움직임은 한없이 부드러웠고, 슬프게 아름다웠다.

성수는 그녀가 탈진한 듯 춤을 멈추고 매트리스 위에 쓰러져 아이들의 이름을 부르며 신음 소리를 내자 안타까운 눈빛으로 말했다.

"내일, 당신의 마음을 조금이라도 즐겁게 해 줄 선물이 떠올랐어."

성수는 그녀의 특이한 춤을 보며, 블랙 핑크의 몸속에는 아이들을 모두 잃고도 죽지 못해 살아가는 한 어머니의 애절한 육신만이 아니라, 이번 전쟁에서 억울하게 죽은 모든 아이들의 혼이 떠돌다 마침내 그녀 안에 모여 깃들어 있는 듯한 느낌을 받았다.

그리고 그런 그녀와 그녀 안에 깃든 모든 아이들의 혼을 조금이라도 위로하고, 즐겁게 해 줄 방법이 머릿속에 떠올랐다.

성수는 강가로 다가가, 눈보라가 그의 눈 속을 파고드는 가운데 블랙핑크가 혼을 불러내듯 보고 싶은 사랑하는 이들의 이름을 한 번씩 불렀다.

그의 목소리는 드니프로강 위를 타고 멀리 퍼져 나갔고, 고함은 마치 슬픔과 그리움을 강물에 흘려보내려는 절박한 몸부림처럼 들렸다.

밤은 깊어 가고, 드니프로강은 묵묵히 그의 목소리를 삼키듯 조용히 흘렀다.

제32 장:

핑크빛 개집에서의 기다림

숨이 얼어붙는 겨울 아침, 키이우 주택가의 공터에는 두 개의 크고 작은 개집이 희미한 아침 햇빛에 드러나 있었다.

눈에 덮인 공터 한가운데, 개집들은 화려한 핑크색 꽃들로 장식되어 있었다. 이 꽃들은 성수가 이른 아침 호텔 매니저에게 부탁해 장식한 것으로, 마치 잃어버린 희망을 상징하는 듯 차가운 겨울 속에서도 고요히 빛났다.

전쟁 중 화려한 꽃이 주는 강렬한 생명의 이미지가 그곳을 더욱 특별하게 만들었다.

개집 중 더 큰 한 곳에는 블랙 핑크가 앉아서 뜨개질을 하며 음악을 듣고 있었다. 작은 휴대용 스피커가 개집 안에 설치되어 있었고, 부드러운 멜로디가 잔잔하게 흘러나오고 있었다.

그녀는 음악에 맞춰 노래를 불렀지만, 애써 감추려 해도 어쩔 수 없이 드러나는 깊은 그리움이 담겨 있었다.

그녀의 마음은 죽은 아이들을 향한 무한한 사랑으로 가득 차 있었다. 그 사랑은 그녀의 삶을 무겁게 짓누르면서도 꺼지지 않는 불꽃처럼 타오르고 있었다.

블랙 핑크는 아이들이 돌아올 수 없다는 것을 알고 있었다. 하지만 엄마로서 그들을 향한 사랑은 현실을 초월한 집념처럼 여전히 그녀의 가슴 속에 남아 있었다.

블랙 핑크는 개집 밖을 지나가는 사람들을 하루 종일 바라보았다. 그녀의 시선은 마치 지나가는 사람들 속에서 잃어버린 아이들을 찾으려는 듯했다.

그녀는 손을 내밀거나 말을 걸지 않았다. 그저 눈으로만 그들을 따라가며, 아이들이 그들 속에서 나타날 것이라고 믿었다.

지나가는 사람들은 개집 속에 있는 블랙 핑크를 보며 각기 다른 반응을 보였다. 어떤 이들은 그녀를 안타깝다는 듯 바라보았고, 또 어떤 이들은 의아한 눈길을 던졌다.

누군가는 개집 앞에 개 먹이와 돈을 조용히 놓고 갔다. 한 아이는 도화지 위에 크레파스로 그린 그림을 두고 갔는데, 그림 속에는 봄날 아름다운 정원에서 블랙 핑크가 많은 아이들과 함께 웃으며 노는 모습이 담겨 있었다.

개들은 그녀 곁에 조용히 자리 잡고 앉아 있었다. 블랙 핑크는 개들의 머리를 쓰다듬으며, 그들에게서 잃어버린 아이들의 흔적을 찾으려는 듯했다.

개들과 함께하는 시간은 그녀에게 많은 위로를 주었다. 개들이 과거에 집착하지 않고 묵묵히 현재의 삶에 순응하는 모습을 보며, 그녀도 그렇게 살고 싶다는 생각이 들곤 했다.

개들은 가족에 얽매이지 않고, 잊어야 할 것들을 쉽게 잊어버린다. 때로는 개들의 밥을 나눠 먹으며, 사람으로서 짊어진 무거운 삶을 잠시 내려놓고, 생명이 짧지만 단순하게 살아가는 개들처럼 되는 것이 더 나은 삶이 아닐까 하는 상념에 잠기곤 했다.

블랙 핑크는 이 개집 안에서 하루 종일 세상을 바라보며, 특히 개집에서 보이는 사람들의 바쁘게 움직이는 발걸음만을 지켜보다가, 문득 깨달았다.

세상은 얼마나 부질없는 것인가. 지나가는 사람들은 무엇을 위해 그렇게 바쁘게 움직이며, 끝없는 영욕과 욕망 속에서 서로를 짓밟고 전쟁을 일으키는 것일까.

그녀의 시선에서 세상의 삶은 너무도 하찮고 우스워 보였다. 개집 속에서 바라본 세상은 아이들의 죽음 앞에서 더욱 초라해 보였다.

그녀 안에 깃든 전쟁에서 죽은 아이들의 혼은 또 다른 질문을 던졌을 것이다.

'왜 우리는 이렇게 억울하게 사라져야 했는가? 우리의 죽음은 무엇을 남겼는가?'

그 질문들은 블랙 핑크의 몸을 통해 조용히 울려 퍼졌다.

블랙 핑크는 이 작은 개집 안에서 자신만의 세계를 지키며, 잃어버린 아이들과의 추억을 떠올리고 있었다.

그녀에게 이 개집은 단순한 피난처가 아니었다. 그것은 그녀가 세상을 비웃고, 아이들을 기억하며, 고통을 애도하는 하나의 성소였다.

제33 장:

티베트 병사와 원초로의 귀환

아침부터 잿빛으로 덮여 있던 하늘은 하루 종일 내리던 큰 눈이 멈춘 뒤에야 맑아졌다. 밤이 되자 푸른빛을 머금은 겨울 하늘이 달빛과 함께 모습을 드러냈다.

이렇게 맑은 하늘에서는 드론이 쉽게 식별될 수 있어, 드물게 공습경보마저 울리지 않는 조용한 밤이 이어졌다.

드니프로강 가의 하얀 백사장에는 투박한 자작나무 목재로 지어진 작은 나무 별채들이 드문드문 서 있었다. 여름이면 낚시나 보트를 즐기려는 사람들로 붐비지만, 겨울에는 차가운 바람이 벽 사이로 스며들어 대부분의 별채는 텅 빈 채 방치되어 있었다.

그 겨울밤의 고요함을 깨며, 한 별채의 문이 세차게 열렸다. 잠옷 차림의 스니자나가 거친 숨을 몰아쉬며 뛰쳐나왔다.

문은 벽에 부딪혀 금방이라도 부서질 듯 쾅 하는 소리를 냈고, 그녀는 발에 힘을 잃은 듯 문 앞 계단에서 그대로 굴러떨어져 바닥에 쓰러졌다.

고통으로 일그러진 얼굴과 허공을 헤매는 눈동자는 그녀의 혼란과 절박함을 그대로 드러냈다.

떨리는 손으로 바닥을 더듬던 그녀는 작은 촛불을 찾아 쥐었다. 다행히 꺼질 듯하던 불꽃은 그녀의 손안에서 다시 활활 타올랐다.

마비된 다리는 서서히 감각을 되찾기 시작했고, 스니쟈나는 본능에 이끌리듯 손과 무릎으로 땅을 짚으며 기어가기 시작했다. 그녀가 향한 곳은 드니프로강이었다.

강가에 다다른 스니쟈나는 차가운 물 속에 발을 담갔다. 얼음처럼 차가운 강물은 그녀의 화상 입은 발을 감싸며 일시적으로나마 고통을 달래주었다.

물살의 차가움 속에서 그녀는 잠시 고통을 잊는 듯했다. 손에 쥔 촛불은 그녀가 붙잡고 있는 마지막 끈이자, 자신을 지켜 주는 희미한 불빛처럼 보였다.

스니쟈나는 마침내 결심한 듯 촛불을 모래 위에 거꾸로 꽂았다. 불꽃은 잠시 흔들리다 이내 사그라졌다. 그녀는 속으로 말을 이어 갔다.

'티베트 적군 친구, 당신 말이 맞아.'

'고통은 끝도 없고, 영원하지도 않아. 운명도 아니야. 내가 받는 고통은 내가 선택하는 거야.'

그 말은 스니쟈나가 최전선에서 간호하던 적군 병사에게서 자주 들었던 말이었다. 그는 러시아 군복을 입고 있었지만, 티베트 출신의 용병이었다. 돈에 팔려 전쟁터로 끌려온 그는 운이 나쁘게도 포탄에 사지를 잃고, 남은 몸은 검게 그을린 채 병원에 실려 왔다.

그는 청각과 시각이 모두 흐릿해져 병원 입원실에서도 자신이 홀로 있는 줄 알고 계속 비명을 질러 댔다. 스니쟈나는 그의 고통스러운 울부짖음을 가라앉히기 위해 그를 참호로 데려와 따로 간호를 하기 시작했다.

그는 쉽게 죽지 않았다. 시간이 멈춘 듯 더디게 흐르는 동안, 상처와 고통은 사라지지 않았다. 오히려 시간이 지나며 상처는 점점 썩어 들어갔고 통증은 더욱 깊어졌다.

그는 “시간이 전혀 흐르지 않는 것 같다”고 한탄하며, 차라리 죽여 달라고 스니쟈나에게 절망 섞인 목소리로 호소했다.

스니쟈나는 그와 대화를 나누며 그가 스스로 터득한 고통을 극복하는 여러 방법을 들었다. 그의 이야기 중 많은 부분은 불교적 가르침에 바탕을 두고 있었는데, 이는 그의 티베트 출신 배경에서 비롯된 것이었다. 그는 용병이 된 것을 깊이 후회하며 자신의 선택을 끊임없이 비난했다.

그의 마을은 용병으로 생계를 이어 가는 곳이었다. 친구들은 더 많은 돈을 벌기 위해 영국으로, 러시아로, 더 높은 보수를 제시하는 곳을 향해 떠났다.

그는 러시아군에서 자신과 같은 세계 최빈국의 젊은이들이 단돈 몇 푼을 벌기 위해 사람을 죽이는 일에 몰려들었다고 말했다.

“이번 전쟁은 단순히 사람만 많이 죽인 게 아니라, 인류 자체를 타락시켰어. 그래서 더 이상 인류에게 희망이 없게 됐어.”

그가 쓰디쓴 목소리로 말하던 순간이 스니쟈나의 머릿속에 선명히 남아 있었다.

죽음을 앞둔 그는 마지막으로 이렇게 말했다.

“내가 다시 팔과 다리를 가질 수 있다면, 내가 저지른 죄를 속죄하기 위해 삼보일배를 하며 세상을 돌고 싶어.”

그의 말은 깊은 회한과 속죄를 향한 간절함을 담고 있었다.

그의 마지막은 의외로 고통스럽지 않았다. 비명을 지를 힘조차 잃은 그의 몸은 모든 신경이 서서히 썩어 가며 고통을 넘어 무감각해졌다. 그는 조용히, 그리고 마치 긴 여정을 마친 사람처럼 평온하게 생을 마감했다.

수면에 비친 자신의 모습을 본 스니쟈나는 무릎과 손으로 기어가는 자신의 모습이 태초의 인간같다고 생각했다. 맨손과 맨발로 땅과 물에 닿으며, 차가운 강물을 혀로 끌어 올려 몸속 깊이 밀어 넣는 그녀의 모습은 생존을 향한 원초적 투쟁 그 자체였다.

스니쟈나는 온몸으로 고통을 받아들이며, 마치 자연의 일부가 된 듯 흙과 물속에서 스스로를 시험했다. 나무껍질에 몸을 비비고 손과 무릎으로 땅을 짚으며, 그녀는 본능적으로 자신을 치유하려는 투쟁을 이어 갔다.

탈진한 그녀는 차가운 땅 위에 누워 헐떡이며 숨을 고르다가, 점차 마음속 깊이 얽혀 있던 무언가가 서서히 풀려나가는 듯한 해방감을 느꼈다.

죽음에 이른 자들의 마지막 행위처럼, 따뜻한 오줌이 흘러나오며 마치 몸 안에 쌓였던 모든 오물이 함께 배출되는 듯했다. 그것은 단순한 생리적 반응을 넘어, 삶과 죽음의 경계에서 이루어진 마지막 정화의 순간처럼 보였다.

스니쟈나의 시선은 겨울 하늘 위로 천천히 떠오르는 붉게 물든 태양에 향했다. 달빛을 대신해 모습을 드러낸 태양빛이 그녀의 눈동자에 반사되자, 스니쟈나는 깊은 깨달음의 감격에 눈물을 흘리며 조용히 숨을 내쉬었다. 그 눈물은 고통과 해방이 뒤섞인 순수한 감정의 결정체처럼 반짝였다.

사방이 밝아지자 숲속의 새들이 기다렸다는 듯 하늘로 날아올라 먹이를 찾아 분주히 움직였다. 강물 속의 물고기들 역시 수면 위로 뛰어오르며 먹잇감을 낚아챘다. 스니쟈나는 자연이 아침을 맞이하며 활기를 되찾는 그 장면을 바라보며, 마음 깊은 곳까지 평온이 스며드는 것을 느꼈다.

"삶이란 고통과 불쾌함을 수반하는 것이구나. 하지만 그것을 받아들인다면, 고통이 내게 미치는 영향도 줄어들겠지."

"중요한 것은 균형이야. 고통에 맞서 싸우지도, 그렇다고 끌어안지도 않으면, 부차적인 고통에서 벗어날 수 있어."

스니샤나는 더 이상 몸을 움직이지 않았다. 흙과 물, 그리고 차가운 겨울 공기가 그녀를 감쌌지만, 그 속에서 오히려 따뜻함을 느꼈다.

고통은 여전히 존재했으나 이제는 그녀를 억누르지 않았다. 스니샤나는 하늘을 바라보며 천천히 눈을 감았다.

에피소드 3:

흰 눈과 물의 만남

제34 장:

멀어지는 인연, 흔들리는 선택

성수는 블랙 핑크와 함께 호텔 식당에서 아침 식사를 하고 있었다. 넓은 식당 안에는 몇몇 테이블만 손님이 차 있었고, 흰 앞치마를 두른 젊은 여종업원들이 입구에 줄지어 서 있었다.

그들은 하나같이 눈에 띄는 순수한 미모와 뛰어난 체격 조건을 자랑하며, 손님의 작은 동작 하나까지 주시하고 있었다. 필요한 것이 생기면 즉시 달려갈 태세로 긴장된 자세를 유지하고 있었다.

키이우, 오데사, 르비우의 고급 호텔 서비스는 파리, 런던, 뉴욕을 훨씬 능가한다고 해도 과언이 아니었다.

북극의 한파가 몰아쳐도 직원들은 문밖에서 언제 올지 모를 고객을 기다리며, 추위에 겁먹은 외국인 고객들이 지체 없이 육중한 문을 열고 들어올 수 있도록 준비하고 있었다.

미국과 달리 팁을 주지 않아도 직원들은 최선을 다해 서비스를 제공했다. 호텔 데스크에 요청하면 거의 모든 서비스가 가능했으며, 심지어 갑작스럽게 생긴 특별한 요청에도 최고급 맞춤형 지원을 받을 수 있었다.

성수가 가장 높이 평가한 것은 다채로운 아침 식사였다. 싱싱한 과일과 채소로 만든 천연 주스가 풍성하게 준비되어 있었고, 특히 토마토와 당근 주스의 맛은 세계 최고 수준이었다.

더욱 놀라운 점은 샴페인이나 위스키를 포함한 다양한 술이 아침부터 무료로 제공되었다는 점이었다. 성수는 아침부터 울적한 기분이 들 때면 샴페인 한 잔에 의지하며 전쟁의 의미를 되새기곤 했다.

심지어 성수가 지나치게 외로워 보일 때는 여종업원이 매니저의 허락을 받아 그의 말 상대가 되어 주기도 했다. 그녀들은 고객의 기분을 맞추기 위해 과한 농담이나 가벼운 신체 접촉도 미소로 대응하며 상황을 부드럽게 넘겼다.

호텔은 전쟁이라는 특수 상황 속에서 현지에 남은 고객들의 어려움을 깊이 이해하며, 이를 해소하기 위해 최선의 노력을 다하고 있었다.

한 번은 술에 심하게 취해 기억이 끊긴 채로 깨어났을 때, 그는 언제나 침대에 반듯하게 눕혀져 있었고, 소지품은 책상 위에 가지런히 정리되어 있었다. 방 안은 마치 아무 일도 없었던 듯 깔끔하게 정돈되어 있었다.

이렇게 우크라이나 호텔의 서비스는 파리, 뉴욕, 런던과 비교해도 미안할 정도로 높은 수준을 자랑했다. 고객들은 이곳의 매력을 잊지 못해 항상 그리워하며 다시 찾곤 했다.

성수는 예전에 베니스의 최고급 호텔에 머물렀을 때를 떠올렸다. 그곳의 서비스는 엉망이었고, 지배인은 객실에 걸린 비싼 원본 그림을 자랑하는 데만 열중했다.

파리의 호텔에서는 루이 15세 시대에 지어진 유서 깊은 건물임을 강조했지만, 직원들은 불친절하기 그지없었다.

런던의 호텔도 크게 다르지 않았다. 유명한 왕이 묵었다는 명성을 내

세웠지만, 오래되고 협소한 시설은 실망스러웠다.

뉴욕 호텔은 팁을 주지 않으면 문도 스스로 열어야 할 만큼 기본적인 서비스조차 기대하기 어려웠다.

이에 비해 우크라이나의 호텔은 단순히 머무는 장소를 넘어, 마치 고향의 어머니 집처럼 따뜻하고 세심한 배려로 가득한 곳이었다.

이미 이 호텔은 성수에게 고향집처럼 익숙해진 공간이 되었다. 고객은 거의 없었지만, 성수와 블랙 핑크는 허공을 응시하며 느릿하게 아침 식사를 하고 있었다.

접시에 놓인 토마토수프는 거의 손대지 않은 채 그대로 남아 있었고, 성수는 숟가락을 몇 번 들었다가 이내 내려놓았다. 그의 생각은 온통 다른 곳에 가 있었고, 식사는 무미건조했다.

성수는 대기하던 여종업원을 불러 샴페인을 요청했다. 여종업원은 다섯을 세기도 전에 잔 두 개와 얼음통에 담긴 샴페인 병을 들고 다가왔다.

또다시 다섯을 세기도 전에, 성수는 서너 잔을 빠르게 비웠다. 샴페인의 기포가 뱃속에서 역류하며 목구멍을 뚫고 올라오자, 답답했던 가슴이 한순간에 뚫리는 듯한 해방감을 느꼈다.

옆 테이블의 외국인 고객도 위스키를 들이켜며 성수에게 잔을 들어 보이며 건배를 청하듯 웃었다.

“전쟁이 끝나야 제대로 아침을 먹을 수 있을 것 같아요. 지금은 술잔에 행운을 비는 것밖에 할 수 없네요.”

미국인 억양이 느껴지는 그는 어젯밤부터 그 자리에서 계속 술을 마시고 있다고 했다. 그러면서 모든 근심 때문에 머리카락이 다 빠졌다며 자신의 민머리를 보여 주었다. 성수도 하얗게 변한 자신의 머리카락을 손으로 쓰다듬으며 쓴웃음을 지었다. 두 사람은 말없이 잔을 비우며 서로의 고단함을 공유했다.

바로 그때, 성수의 휴대전화가 울렸다. 그는 재빨리 전화를 받았다.

"어떻게 그렇게 갑자기 사라질 수 있었나요?"

벅찬 감정을 억누르려는 듯 성수의 목소리는 다급하고 조심스러웠다. 스니자나의 목소리는 차분하지만 냉정하게 들려왔다.

"미안해요. 병이 다시 도져서 집에서 치료받고 있어요. 그런데…."

그녀는 잠시 말을 멈추더니 차가운 어조로 이어 갔다.

"내 친구를 돈으로 매수하려고 했죠? 그런 건 남자답지 않아요."

성수는 숨이 턱 막히는 듯 순간적으로 당황했다.

"그건…."

그는 한동안 말을 잇지 못하다가 겨우 물었다.

"지금 누구랑 있어요? 누가 도와주나요?"

스니자나는 단호하게 말했다.

"혼자 있어요. 하지만 이제 당신 필요 없어요."

그녀의 대답은 냉정했고, 성수의 걱정을 무색하게 만들었다.

"곧 전선에 복귀할 거예요."

그 말을 듣는 순간, 성수는 그녀와의 시간이 얼마 남지 않았음을 직감했다.

"주소를 보내 주세요. 제가 바로 갈게요."

성수의 목소리는 떨렸다. 그녀를 붙잡으려는 간절함이 가득했지만, 스니자나는 아무 대답도 하지 않은 채 조용히 있었다.

전화기 너머로 들리던 그녀의 차분한 숨소리마저 끊기고, 성수는 손에 쥔 전화기를 내려다보며 깊은 한숨을 내쉬었다.

그의 마음속에서는 복잡한 감정들이 뒤섞이고 있었다. 그녀를 다시 만나지 못할 수도 있다는 불안감과 그녀의 상태를 직접 확인하고 싶은 갈망이 얽혀 있었다. 그 짧은 침묵 속에서 스니자나가 그의 말을 듣고 있었는지조차 알 수 없었다.

그러다 마침내, 그녀의 목소리가 다시 들려왔다. 이번에는 이전보다 훨씬 가벼운 어조로, 마치 마지막 인사를 건네는 듯했다.

"약속한 돈, 잊지 말고 가져오세요."

곧이어 전화가 끊겼다. 성수는 천천히 휴대전화를 내려놓았다. 로비의 고요함이 다시 그를 둘러쌌다. 블랙 핑크는 여전히 그를 지켜보고 있었지만 아무 말도 하지 않았다. 대기하던 여종업원들조차 그의 시선을 피하며 조용히 자리를 지켰다.

성수의 머릿속은 스니자나와의 짧지만 강렬했던 대화로 가득했다. 그녀가 전선으로 돌아가겠다는 말을 듣자, 그는 그녀와의 시간이 얼마 남지 않았음을 직감했다.

'약속한 돈을… 그녀는 여전히 내게서 멀리 있구나.'

그는 쓴웃음을 지으며 또 한 번 깊은 한숨을 내쉬었다. 그녀의 말투는 마치 맡겨 둔 돈을 돌려 달라는 것처럼 차갑게 들렸다.

문득, 성수는 우크라이나 여성들의 또 다른 특징이 떠올랐다. 그들은 남자에게 도움을 받는 것을 너무나 당연하게 여겼다. 감사의 말을 듣는 일은 드물었고, 오히려 그것이 당연한 권리처럼 느껴졌다.

'아마도 옛 소련의 공산주의 때문일 거야.'

그는 그렇게 생각했다. 모두가 평등하다는 이념 속에서 개인적인 감사나 사적인 관계의 중요성은 사라졌을지도 모른다고, 그 흔적이 여전히 남아 있는 듯했다.

그는 자연스럽게 눈길이 간 여종업원을 바라보았다. 술병을 재빠르게 가져다주던 그녀는 마치 사랑하는 남자를 위해 무엇이든 할 수 있을 것 같은 분위기를 풍겼다. 키와 얼굴, 흰 피부와 풍만한 몸매는 스니자나보다 훨씬 뛰어났다.

무엇보다도 그녀는 돈을 요구할 것 같지 않았고, 남자의 말을 잘 들을 것처럼 보였다. 지난번 그가 술에 너무 취했을 때 그를 돌봐 준 것도 바로 그녀였다.

여종업원들은 아침 식당에서부터 밤늦은 시간까지 술 바에서 손님을 응대하며 긴 시간을 쉼 없이 일했다.

성수는 이 사실을 잘 알고 있었고, 블랙 핑크가 잠든 밤이면 주로 호텔 바에서 시간을 보내곤 했다. 그곳에서 그녀와 마주칠 일이 잦았고, 그녀의 친절한 태도와 미소는 그에게 점점 위안을 주고 있었다.

성수는 고급 호텔의 많은 여종업원들이 돈 많은 남편감을 찾기 위해 은밀히 기회를 엿본다는 이야기를 들어 알고 있었다. 그런 점에서 그녀는 그가 원한다면 쉽게 손에 넣을 수 있는 상대처럼 보였다.

'차라리 이런 여자와 사는 것이 나에게 더 행복하지 않을까?'

그는 복잡한 관계와 감정을 정리하고 더 단순한 삶을 선택하는 것이 나을지도 모른다고 생각했다.

결심한 듯, 그는 그녀를 불렀다. 그리고 자신의 전화번호를 건네며, 일이 끝나면 전화해 달라고 부탁했다.

여종업원은 살짝 미소를 지으며 "꼭 전화하겠다"고 대답했다. 그녀의 밝은 웃음과 약속의 말은 잠시나마 그의 마음에 위안을 주는 듯했다. 성수는 빼앗겼던 자존심을 조금 되찾은 듯한 기분이 들었다.

하지만 희미한 희망은 오래가지 않았다.

휴대전화에 새로운 메시지가 도착했다. 여종업원으로부터 온 것이었다.

"미리 말씀드리지만, 제가 당신을 만나는 것도 제 일의 연장선에 있는 겁니다."

그녀의 메시지는 명확했다. 성수를 만나는 일조차 그녀에게는 돈이 오가는 업무의 일부라는 뜻이었다.

우크라이나 여자들이 자신을 단지 돈뭉치로만 여긴다는 생각에 맥이 풀린 성수는, 마치 임종을 앞둔 환자처럼 텅 빈 마음으로 눈앞의 식사를 바라보았다. 여전히 손대지 않은 토마토수프와 빈 술잔만이 그의 앞에 남아 있었다.

블랙 핑크는 성수가 우크라이나 여자들에 대해 너무 모른다고 생각하며, 그를 애처로운 눈빛으로 바라보고 있었다.

그 순간, 스니쟈나의 주소가 메시지로 도착했다. 그러나 기쁨보다 두려움이 그를 엄습했다.

'이제 정말 그녀를 만나야 하는 걸까?'

머릿속은 복잡한 생각들로 가득 찼다. 더 이상 맨정신으로 그녀를 마주할 용기가 없었다. 그녀의 차가운 말투와 자신이 저지른 실수를 떠올릴 때마다, 그의 마음은 점점 무겁게 가라앉았다.

그는 술잔을 내려놓으며 고개를 숙였다. 지금 이 상황을 뒤집을 무언가가 필요했다. 단순히 그녀를 만나는 것으로는 부족했다. 그녀의 마음을 되돌릴 방법, 그녀를 설득할 강력한 이유가 절실히 필요했다.

성수는 다시 술잔을 들며 고민에 잠겼다. 그러나 아무리 생각해도 이 상황을 완벽히 해결할 해답은 좀처럼 떠오르지 않았다.

제35 장:

오볼론 호숫가의 냉랭한 대화

제2 차 세계 대전 이후, 나치에 의해 파괴된 수많은 주택을 대신하기 위해 드니프로강의 지류를 막아 조성된 주택 단지와 함께 형성된 수많은 호수들. 그런 역사를 간직한 키이우의 오볼론 구역, 그 잔잔한 호숫가에 성수의 차가 조용히 멈춰 섰다.

그는 차에서 내리자마자 헝클어진 머리에 아무렇게나 걸친 옷차림으로 팔짱을 낀 채 담배를 신경질적으로 피워 대는 스니자나를 향해 빠른 걸음으로 다가갔다. 오랜만에 그녀를 마주하니 복잡한 감정들이 밀려왔지만, 그 순간만큼은 반가움이 가장 먼저였다.

그러나 스니자나는 그를 보자마자 피우던 담배를 호수에 내던지고 한 걸음, 두 걸음 뒤로 물러섰다. 두 사람 사이의 거리는 그대로 유지되었고, 그들 사이에는 차가운 겨울 공기가 가득했다.

호숫가는 고요하고 한산했다. 주변엔 아무도 없었고, 바람이 불어와 잔잔한 물결을 흔들고 있었다. 둘은 마치 아무도 없는 세상 속에서 멀리 떨어져 마주 보고 서 있었다.

스니자나의 목에는 살모사의 문신이 선명히 드러나 있었다. 그녀의 얼굴에는 냉소가 서려 있었고, 매서운 시선이 성수를 겨눴다.

"당신은 돈을 이용해서 우크라이나 여성을 개처럼 훈련시키고 있어요. 이런 어색한 상황에서는 거리를 두고 대화하는 게 나아요."

그녀의 목소리에는 경멸이 담겨 있었다.

성수는 잠시 머뭇거리다가 솔직하게 입을 열었다.

"안타깝게도, 나는 당신에게 조금 관심이 생기기 시작했어요."

그의 목소리는 두려움과 진심이 뒤섞여 있었다. 하지만 그는 곧 자신의 감정을 왜곡된 방식으로 표현하고 말았다.

"그런데, 세상에 너처럼 술 좋아하고, 성인 마사지나 하는 여자를 좋아할 남자가 어디 있겠니? 너는 나 같은 사람이 필요해. 아니면 주인 없는 들개처럼 길에서 죽을지도 몰라."

스니자나는 그의 말을 듣고도 전혀 위축되지 않았다. 오히려 더욱 당당하게 말했다.

"들개? 전쟁 전에는 난 퀸이었어!"

그녀의 목소리에는 자신감과 자부심이 가득했다.

성수는 눈치를 살피며 비아냥거리듯 말했다.

"퀸 출신 들개?"

스니자나는 말없이 가방에서 사진 한 장을 꺼내 그에게 내밀었다. 사진 속에는 흰 가운을 입고 실험실에서 남학생들 사이에 행복하게 웃고 있는 젊은 스니자나가 있었다. 성수는 사진을 보고 잠시 침묵했다. 사진 속 그녀는 지금과 너무 달랐다.

"너 혼자 여학생이었구나? 그러니 못생겨도 당연히 퀸이었겠지,"

그는 비아냥거렸다.

스니쟈나는 잠시 말문이 막힌 듯했지만, 곧 담담히 설명했다.

"다들 임시 군의관으로 돈바스로 갔다가 죽었어. 이 남자는 내 남자 친구였는데, 지금까지 실종 상태야. 다들 20, 21살밖에 안 됐어. 의대에 학생이 더 이상 없어서 학교가 문을 닫았고, 난 간호학과로 전과했어."

그녀의 목소리에는 사라진 동료들에 대한 깊은 그리움과 아픔이 묻어났다.

"내 병도 많이 나아지고 있어서 다시 전장으로 갈 거야. 그러니까 더 이상 나에 대해 캐묻지 마. 난 전쟁 난 나라에서 화장품 파는 남자랑 말하고 싶지 않아."

성수는 그녀의 말에 물러서지 않았다.

"화장품을 파는 내가 얼마나 버는지 너는 전혀 모를 거야!"

그의 목소리에는 억울함이 묻어났다.

"하지만 원하면, 다른 것도 팔면 되잖아. 세상에 팔 게 얼마나 많은데."

스니쟈나는 냉소적으로 대꾸했다.

"전쟁 중인 나라에서 또 무엇을 팔고 싶어? 혈액이 부족하니 네 피나 좀 팔고 가라."

그녀의 차가운 말투는 성수를 당황하게 만들었다.

"뭐 더 알고 싶은 게 있어? 너, 내가 실신했을 때 내 몸 다 뒤적였잖아. 약속한 돈이나 주고 가. 가서 세상이 어떻게 개판이 되든지 너만 부자가 되도록 화장품이나 팔아!"

그녀가 깨어 있었고, 그가 밤새 한 짓을 모른 척하고 있었고, 사실은 모든 것을 알고 있었다는 사실에 성수는 부끄러움을 느꼈다. 그는 미안한 기색을 띠며 주머니에서 돈을 꺼내 조심스럽게 내밀었다.

"여기 당신의 1,000달러!"

그가 말을 마치기도 전에 스니쟈나는 그의 손에서 돈을 낚아챘다. 그녀의 손끝은 차가웠고, 성수의 마음도 차갑게 식어 갔다.

그러나 성수는 이렇게 끝낼 수 없었다. 그는 가져온 고급 술병들을 꺼내 보이며 말했다.

"대신 오늘 저녁에 나랑 술 한잔하자. 한 잔당 10달러 줄게. 어때, 오케이?"

스니쟈나는 잠시 성수를 바라보았다. 그리고 경멸 어린 미소를 지으며 대답했다.

"좋아! 밤새워 마셔 줄게. 따라와!"

제36 장:

돈바스 살모사와 돈의 가치

조용한 숲속에 자리 잡은 작은 호수는 겨울 특유의 날카로운 냉기로 가득 차 있었다. 얼어붙은 호숫가에는 얇은 얼음이 깔려 있었고, 그 가장자리 물속에 테이블과 의자가 놓여 있었다. 스니쟈나는 테이블 위에 소시지 안주를 내려놓으며 말했다.

"바람 새는 내 집 안이나 여기나 온도가 같으니, 그냥 여기서 마시자."

스니쟈나는 의자에 걸터앉아 차가운 물 속에 발을 담그고 있었다. 성수는 그녀 맞은편에 앉아 술병을 꺼내며 담요를 몸에 두르고 있었다. 냉기가 두 사람의 몸을 파고들었지만, 술잔을 주고받으며 묵직한 대화를 이어 갔다.

스니쟈나는 술잔을 들고 종이에 무언가를 표시하며 말했다.

"내가 밤마다 정신 공황으로 비명을 질러서, 시내에서는 도저히 살 수 없었어. 그래서 이렇게 외진 곳으로 왔지."

그녀의 목소리에는 여전히 공황의 흔적이 남아 있는 듯했다. 성수는 조심스럽게 물었다.

"가족은 어디 있어?"

그녀는 잠시 침묵했다. 침묵은 얼어붙은 호숫가의 공기처럼 무겁고 길었다. 그리고 그녀는 술잔을 비우며 종이에 적었다.

"벌써 10잔이다. 드디어 100달러다!"

그녀는 마치 승리라도 한 듯 크게 웃었다. 성수는 지갑에서 돈뭉치를 꺼내며 비꼬듯 말했다.

"몇 시간 후에는 전부 네 거야. 너도 다른 우크라이나 여자들처럼 돈에 환장했구나!"

스니쟈나는 잠시 그의 말을 곱씹더니 피곤한 표정으로 대답했다.

"맞아. 내가 병원에서 밤새워 마사지해서 10달러 받거든. 네 돈에 환장했지."

그녀의 목소리에는 피로와 냉소가 뒤섞여 있었다. 성수는 야릇한 미소를 지으며 농담을 던졌다.

"우크라이나에서는 병원에서도 성인 마사지 해?"

스니쟈나는 어이가 없다는 듯 검지손가락을 들어 성수의 가슴을 세차게 찌르며 말했다.

"내가 해 줄 수 있는 건 마사지뿐이야! 환자들이 잠들고 싶어도 수면제가 없으니까 내가 손으로 재워."

그녀는 검지손가락을 성수의 가슴에 돌리며 장난스럽게 외쳤다.

"러시아 총알이다! 피웅! 피하라!"

그녀의 손가락이 성수의 가슴을 찔렀지만, 그 말은 성수의 마음에 깊은 상처를 냈다.

"이게 진짜 총알이었다면, 네 몸뚱이는 완전히 걸레짝이 됐을 거야!"

그녀의 목소리는 점점 차갑게 가라앉았다.

“우크라이나 여자들은 네가 파는 화장품 따위 필요 없어. 그 화장품으로 도대체 뭘 지킬 수 있겠어?”

그녀는 성수의 눈을 똑바로 바라보며 말했다.

“우린 가슴이 총알이 아니라 포탄에 맞아 날아갔어. 화장품으로는 그 상처를 가릴 수 없어.”

스니자나는 고개를 돌리며 덧붙였다.

“여기선 아름다워지려고 화장하지 않아. 슬픔을 가리려고 화장해. 아름다움을 위한 게 아니라, 숨기기 위해서.”

그녀의 말은 단지 그녀 자신만을 위한 것이 아니었다. 그녀는 이 전쟁 속에서 살아가는 수많은 여성들의 목소리를 대신하고 있었다.

성수는 잠시 말을 잇지 못하고 그녀를 바라봤다.

“나 소원이 하나 있어. 들어줄래?”

스니자나는 약간 경계하며 물었다.

“뭔데? 한국 노래는 안 불러.”

성수는 조심스럽게 대답했다.

“내 돈을 받아 줘. 십만 불을 줄게.”

스니자나는 그의 진지한 표정을 보고 어색하게 웃으며 말했다.

“너 술 취했구나.”

성수는 핸드폰을 꺼내며 말했다.

“계좌 번호 줘. 나 너한테 지쳤어. 돈 다 주고 이곳을 떠나고 싶어. 이 돈으로 마사지 같은 거 하지 말고, 행복하게 살아.”

스니자나는 잠시 망설이다 핸드폰을 꺼내 번호를 읊기 시작했다. 하지만 그녀의 목소리는 점점 떨리더니, 결국 공황 상태에 빠졌다. 그녀는 숨을 가쁘게 몰아쉬며 성수를 바라보았다.

"네가 충격을 줘서 발작이 시작됐어. 라이터로 지난번처럼 지져 줘."

성수가 라이터를 가져가려는 순간, 그녀는 물 위로 쓰러졌다. 성수는 깜짝 놀라 다가가 그녀의 심장에 귀를 대었다. 그 순간, 그녀는 갑자기 그를 강하게 껴안았다.

"장난이다."

스니쟈나는 여우 같은 미소를 지으며 말했다.

"성수, 난 네 돈을 받고 싶지 않아. 그런데도… 지금은 필요해."

그녀는 차가운 물방울이 묻은 손으로 얼굴을 쓸어내렸다.

"돈에 지배당하는 내가 싫어. 하지만 돈 없이는 이 전쟁 속에서 살아남을 수 없어."

스니쟈나는 담요를 단단히 두르며 말했다.

"술 먹고 번 돈만 가져갈 테니까, 날 불쌍하게 보지는 마."

성수는 오락가락하는 스니쟈나의 말을 전혀 이해하지 못했지만, 적어도 이제 그녀가 다시는 자신에게 돈을 달라고 하지는 않을 것이라고 확신했다.

제37 장:

고양이 엄마의 길

성수의 차는 하늘 높이 치솟은 푸른 소나무 숲속을 달리며 아침 햇살을 뚫고 나아가고 있었다. 차창 밖으로 스쳐 지나가는 풍경은 여전히 혹한기의 냉랭함을 머금고 있었지만, 차 안은 새끼 고양이들의 존재로 인해 묘한 온기와 웃음이 번지고 있었다.

스니쟈나는 자신의 손 가방을 뒤적이더니 마스카라를 꺼냈다. 작은 손거울을 손에 들고 거울 속에 비친 자신의 얼굴을 집중해서 바라보았다.

그녀의 손끝은 마치 화가가 캔버스 위에 붓질을 하듯 섬세하게 움직이며, 눈가를 다듬어 나갔다. 그녀는 고양이의 눈매처럼 자신의 눈을 길고 날카롭게 그려 냈다.

성수는 웃음을 참지 못하고 장난스럽게 물었다.

"이제 화장도 해요?"

스니쟈나는 거울 속에서 자신을 바라보며 고양이처럼 날카로운 표정을 지어 보였다.

"나 고양이 엄마 같아?"

그녀의 눈매는 정말로 고양이를 닮아 있었다.

성수는 웃으며 대꾸했다.

"멋지네. 나도 해 줘."

그러면서 차를 잠시 길가에 세웠다.

차 안에는 두 사람의 웃음소리가 울려 퍼졌고, 잠시 동안 전쟁과 모든 무거운 감정을 잊은 듯했다.

스니쟈나는 고양이 케이스에서 작은 새끼 고양이를 꺼냈다. 부드러운 털을 가진 고양이는 그녀의 손길에 몸을 살짝 비비며 편안한 모습을 보였다.

스니쟈나는 고양이를 애정 어린 손길로 어루만지며 휴대전화로 사진을 찍었다.

성수는 고양이를 바라보며 조용히 물었다.

"이 고양이들 다 네 거야?"

스니쟈나는 잠시 고양이를 쓰다듬다 고개를 끄덕이며 대답했다.

"아니, 사진 속 사람들이 원래 주인들이었어. 내가 마지막 주인이 됐지."

그녀의 목소리는 담담했지만, 손끝에서 전해지는 애정은 깊었다. 작은 생명에게서 위로를 찾고 있는 듯 보였지만, 그 위로는 짧았다. 그녀의 눈에 이내 눈물이 고이기 시작했고, 마스카라가 번져 눈가에 검은 자국을 남겼다.

스니쟈나는 창밖을 바라보며 작게 말했다.

"쉘터에 도착하면 날 좀 도와줘. 이 지역은 너무 위험하니까, 빨리 끝내고 돌아와야 해."

차창 밖으로 이어지는 숲을 바라보는 그녀의 눈빛은 점점 초조해졌다. 스쳐 지나가는 풍경을 따라가던 그녀의 시선은 끝없이 멀어졌다.

스니쟈나의 눈가에 맺힌 눈물을 보며 성수는 이 아름답고도 차가운 소나무 길을 '고양이 엄마의 길'이라고 속으로 명칭을 붙였다.

그들이 향하는 길은 끝이 보이지 않는 숲속으로 깊게 이어지고 있었고, 길 곳곳에는 철수하는 군인들의 모습이 보였다.

제38 장:

동물 쉘터의 생각하는 개들

성수의 차는 포트홀로 크게 파손된 도로를 따라 살을 에는 차가운 바람을 뚫고, 작은 강과 늪으로 둘러싸인 황량한 저지대를 지나고 있었다. 목적지는 벨라루스 국경 근처, 체르노빌 핵 발전소에서 멀지 않은 곳이었다.

길가에는 노란색과 푸른색으로 도색된 투박한 콘크리트 버스 정류장이 있었지만, 그곳엔 아무도 없었다. 교차로에 위치한 작은 마을 역시 사람의 흔적이라곤 보이지 않았다.

도로 옆에는 빛바랜 군청색 외투를 입고 장바구니를 든 한 할머니가 서 있었다. 그녀는 표정도, 움직임도 없이 마치 동상처럼 보였다.

마을 입구의 묘지에는 갓 파헤쳐진 황토색 흙이 덮인 무덤 몇 기가 있었고, 그 위로 깨끗한 우크라이나 국기가 조용히 나부끼고 있었다. 이 마을에서 보이는 유일한 인간의 흔적은 새로 만든 무덤뿐이었다.

이곳은 마치 버려진 땅 같았다. 성수와 스니자나가 쉘터에 가까워지자, 긴장한 개들의 짖는 소리가 차창 너머로 점점 커지며 그곳의 팽팽한 분위기를 고조시켰다.

쉘터는 마치 동화 속에 나올 법한 거대한 나무 성처럼 우뚝 서 있었다.

통나무로 얼기설기 쌓아 만든 방어용 벽은 바람과 비를 막기에 부족했지만, 그 규모는 작은 마을을 연상시킬 정도였다.

스니샤나는 조용히 속삭였다.

"동물들이 차 소리에 놀라고 있어. 여기서 멈추는 게 좋겠어."

성수는 그녀의 말에 따라 차를 멈추고, 그녀가 짐을 챙기는 동안 함께 고양이 케이스와 접종 약 가방을 들었다. 두 사람은 무거운 통나무 대문이 열리기를 기다렸다.

한 노인이 낡은 대문을 밀어 열자, 그들 앞에는 낡고 초라한 시설과 추위 속에서 무언가를 기다리는 수천 마리의 동물들이 모습을 드러냈다.

웅크린 채 몸을 떨고 있는 동물들, 힘이 남아 보이는 들개들은 철창을 빠르게 오가며 긴 송곳니를 드러내고 크게 짖었다.

한 마리가 짖기 시작하자 나머지도 함께 짖었다. "우리를 데려가 달라"고 외치는 듯한 호소로 느껴졌다.

그 소리는 귀가 멍해질 정도로 컸고, 그 장면은 마치 더는 견딜 수 없는 절규 그 자체였다.

정문 근처에는 입양을 기다리는 강아지들이 작은 우리 안에서 꼼지락거리고 있었고, 자원봉사자들이 머무는 작은 집과 사무실이 자리 잡고 있었다.

구석에는 동물들의 식사를 준비하기 위해 커다란 가마솥들이 놓여 있었고, 그 옆에는 식당에서 수거해 온 코를 찌르는 냄새의 음식물 찌꺼기와 장작이 산처럼 쌓여 있었다.

쉘터의 냄새와 규모는 하루에 동물들에게 필요한 먹이의 양이 얼마나 방대한지 짐작하게 했다.

통나무 구조물과 대조적으로, 창문도 없는 현대식 2층 건물이 눈에 띄었다. 전쟁으로 중단된 듯한 이 건물은 동물들의 잃어버린 낙원처럼 보였지만, 사나운 한겨울의 바람 속에서 더욱 무거운 현실을 드러냈다.

쉘터의 개들 중 유독 날씬하고 짖지 않는 들개들이 있었다. 그들은 영리해 보였고, 몇몇은 우리 지붕 위에 올라가 쉘터와 밖의 세계를 조용히 관망하며 마치 모든 것을 이해하는 듯한 눈빛을 보냈다. 그들의 모습은 마치 이곳에 있는 동물들의 운명을 통찰하고 있는 "생각하는 개들"의 상징처럼 보였다.

스니자나는 익숙한 광경을 무덤덤하게 바라보았지만, 성수는 이곳이 동물 보호소라기보다는 버려진 동물들의 마지막 대기소, 마치 지옥의 대기실처럼 느껴졌다.

성수는 국경 근처에서 본 들개들을 떠올렸다. 먹거리를 찾다가 트럭 바퀴에 깔려 고통스럽게 죽어 가던 개들이 지금 눈앞의 개들과 닮아 있었다.

보호소의 개들은 대부분 혈통을 알 수 없는 검은색 또는 황갈색 중간 크기의 들개들로, 야생적인 외모와 위협적인 송곳니가 인상적이었다.

"여기가 언제부터 이렇게 거대한 수용소가 되었나요?"

성수가 무겁게 물었다.

스니자나는 짧게 대답했다.

"전쟁이 시작된 후, 건강기록이 있는 소형견들은 주인과 함께 떠날 수 있었지만, 그렇지 않은 동물들은 피난 버스나 기차에 탈 수 없었고, 국경에서도 거부당했어. 결국 남겨질 수밖에 없었지. 주인을 기다리던 동물들은 먹거리를 찾아 떠돌다 이렇게 들개가 되었어."

그녀의 목소리에는 오래된 슬픔이 담겨 있었지만, 이제는 그 슬픔조차 일상이 된 듯 차분했다.

“그래서 내가 이렇게 개들 접종에 중요성을 두는 거야.”

스니쟈나는 쉘터 원장에게 고양이를 맡긴 뒤 흰 가운으로 갈아입고 예방접종을 준비했다.

“이 아이들부터 시작하자.”

그녀는 자원봉사자들이 강아지들을 데려오는 것을 보며 주사기를 들었다.

“여기 있는 아이들, 모두 한때는 누군가의 가족이었을 텐데… 이제는 잊혀진 채 버려진 운명을 기다리고 있어.”

그녀의 담담한 말은 성수의 마음을 무겁게 만들었다.

성수는 조심스럽게 말했다.

“도와줄 일이 있으면 말해 줘.”

스니쟈나는 그를 보며 미소를 지었다.

“그럼, 이 아이들을 다루는 법부터 배우는 게 좋겠어. 가볍게 몸을 잡아 안정시키고 부드러운 눈짓을 보내. 내가 주사를 놓을 때 움직이면 다칠 수 있으니까.”

그들은 점차 함께 일의 리듬을 찾아갔다. 스니쟈나는 능숙하게 동물들을 진찰했고, 성수는 그녀의 지시에 따라 움직였다.

그 속에서 성수는 스니쟈나의 헌신적인 모습을 보며 그녀를 향한 감정을 점점 더 숨길 수 없었다. 동물들을 돌보는 매 순간, 그는 그동안의 죄를 속죄하는 듯한 가벼움을 느꼈다.

접종이 끝나자, 스니쟈나는 곧바로 청진기를 들고 병든 개들을 진단하기 시작했다. 큰 암캐 한 마리의 배를 진찰하던 스니쟈나는 신중하게 큰

종기를 눌러 짜낸 뒤, 붕대를 조심스럽게 감으며 성수에게 말했다.

"이 아이는 빨리 시내의 큰 병원으로 보내야 해. 암에 걸려서 수술을 받지 않으면 살 수 없어."

성수는 그녀 옆에서 동물들을 부드럽게 안정시키며 움직이지 않도록 도왔다. 두 사람의 손동작은 어느새 하나의 리듬을 이루기 시작했고, 성수는 동물들을 대하는 스니쟈나의 헌신적인 태도와 깊은 책임감에 점점 더 빠져들었다.

쉘터의 뼛속까지 스미는 얼어붙은 공기 속에서도 두 사람은 말없이 조용히 함께 일하며 서로의 마음을 나누었다. 그들이 주고받는 눈빛에는 많은 말을 대신할 깊은 감정이 담겨 있었다. 서로의 존재를 느끼는 것만으로 충분했다.

시간이 흐르며, 그들의 손끝에서 작은 희망의 씨앗이 움트는 듯한 기분이 들었다. 그러나 그들의 하루는 아직 끝나지 않았다.

제39 장:

어둠 속 쉼표

저녁이 되자 노천 동물 쉘터는 점점 어둠에 잠겨 갔다. 쉘터 주변의 황량한 들판에는 얼음 같은 바람이 거세게 휘몰아치고, 희미한 노을이 사라진 하늘은 서서히 검은빛으로 물들었다.

적들이 몰려온다는 소식에 출발을 더는 지체할 수 없었다. 그러나 동물들을 두고 모두 떠날 수는 없었기에 원장을 비롯한 자원봉사자들은 남기로 결심했다.

스니쟈나와 성수는 자원봉사자들과 간단히 작별 인사를 나눈 뒤 서둘러 쉘터 밖으로 나왔다.

하루 종일 동물들을 돌보느라 지친 몸이었지만, 그들의 마음속엔 여전히 아쉬움이 남아 있었다. 아직 돌봐야 할 동물들이 너무 많았고, 접종약도 턱없이 부족했다.

쉘터를 떠나면서도 스니쟈나는 한참 동안 뒤를 돌아보며 눈길을 떼지 못했다. 떠나야 한다는 현실과 남고 싶다는 마음이 끊임없이 갈등했지만, 시간은 그들을 기다려 주지 않았다.

스니쟈나는 무거운 숨을 내쉬며 시선을 아래로 떨구었다. 성수는 그녀의 옆에서 조용히 그녀의 고통을 느꼈다. 그 역시 쉘터를 떠나는 것이 쉽지 않았다.

하지만 성수는 스니자나와 함께 이 하루를 보낸 것이 내심 자랑스럽고 기뻤다. 그녀와 나란히 서서 그들만의 전쟁을 함께 치른 것처럼 느껴졌다.

스니자나는 계속해서 쉘터를 돌아보며 작은 목소리로 웅얼거렸다.

"접종 약이 더 있었으면… 하루만 더 있었으면…."

그녀의 목소리는 미련과 안타까움으로 가득했다.

성수는 그녀의 어깨에 손을 얹으며 체온을 느꼈다. 아무 말 없이 동의의 뜻을 보냈지만, 그 작은 제스처만으로도 그녀에게 위로가 되는 듯했다.

성수는 스니자나의 순수한 심성(心性)이 전해지는 것 같았다. 화장품 회사에서 수많은 멋진 여자를 만났지만, 지금처럼 누군가가 이렇게 멋지게 보인 적은 없었다.

그는 자신이 스니자나를 사랑하고 있음을 깨달았다. 의심도, 후회도 없는 절대애(絶對愛)이었다.

멀리서 포연 소리가 점점 더 크게 들려왔다.

성수는 차에 올라 시동을 걸려 했다. 그러나 엔진은 전혀 반응하지 않았다. 다시 시도해 보았지만 차는 여전히 조용했다. 계기판에는 연료가 부족하다는 빨간불이 들어와 있었다. 뭔가 이상했다.

차에서 내려 연료 탱크를 확인하려는 그때, 성수는 차창에 꽂혀 있는 쪽지를 발견했다.

"피치 못할 사정으로 기름을 전부 가져가게 되어 죄송합니다."

성수는 쪽지를 바라보며 불안해하는 기색을 감추지 못했다. 스니자나는 잠시 말없이 그를 바라보다가 가볍게 고갯짓을 했다. 그녀도 이런 상황을 예상하고 있었던 듯했다.

"이 국경 동네는 원래 기름이 부족해,"

스니자나는 담담하게 말했다.

"피난 갈 때 남은 기름을 전부 가져갔거든. 우리보다 더 필요한 사람들이 썼다면 기쁘게 받아들여야지."

"걸어가야 하나? 아니면 쉘터 원장님께 차를 부탁해 볼까?"

"쉘터 차도 벌써 기름이 다 떨어졌어. 이 근처엔 다 똑같아. 그냥 기다리자. 운이 좋으면 지나가는 차가 있을 거야."

두 사람은 조용히 차 옆에 앉았다. 겨울 들판의 적막함 속에서 별들이 하나둘 나타나기 시작했다.

두 사람은 가끔씩 길을 바라보며 차가 오길 기대했지만, 아무런 인기척도 없었다. 그들은 그렇게 조용히 기다릴 수밖에 없었다.

스니자나는 지친 얼굴로 담배를 깊게 들이마시며 말했다.

"이런 순간이 가장 힘들어. 아무것도 할 수 없을 때."

"너무 걱정하지 마. 지금은 기다리는 것밖에 방법이 없어."

그는 속으로 그녀와 함께 있는 지금의 순간이 어쩌면 더없이 좋다고 느꼈다.

스니자나는 성수의 말을 듣고 잠시 침묵하다가 다시 길 위를 바라보았다. 그들의 사이에는 오랜 침묵이 흘렀다. 어쩌면 이 침묵은 그들이 서로에게 필요한 시간이었을지도 모른다.

시간이 흐른 뒤 스니자나는 입을 열었다.

"전쟁 전엔 이런 적막한 순간들이 싫지 않았어. 사람들과 어울리기보다는 혼자 있는 걸 더 좋아했거든. 그런데 이제는… 이 적막함이 무섭게 느껴질 때가 많아."

성수는 조용히 고개를 끄덕이며 말했다.

"미사일 한 방이면 모든 게 바뀌잖아."

그 순간, 멀리서 갑작스러운 발포음이 들려왔다. 두 사람은 즉시 일어나 주위를 둘러보았다.

총탄 소리는 처음엔 멀리서 들렸지만 점점 가까워지는 듯했다. 스니자나는 불안한 표정으로 속삭였다.

"가까워지고 있어."

제40 장:

동물 쉘터의 밤, 포화 속에서

꽁꽁 얼어붙은 눈으로 덮인 하얀 대지 위, 그날 밤의 하늘은 유난히 맑고 투명했다. 티 하나 없는 별과 달이 고요히 빛을 뿜어내며 하얀 눈 위에 창백한 푸른빛을 반사시켰고, 그 빛은 대지 곳곳을 은은하게 물들이며 밤을 환하게 밝혔다. 밤이었지만, 모든 풍경이 뚜렷하게 드러날 만큼 신비롭고 평화로웠다.

간혹 행복한 꿈속에 빠진 듯한 야생동물들의 낮은 잠꼬대 소리가 들리긴 했지만, 그마저도 고요를 깨지 못했다. 적막한 평화는 그대로 이어지는 듯 보였다.

그러나 그 고요는 고막을 찢는 전투기의 굉음이 저공으로 스치듯 지나가는 순간, 산산이 부서지고 말았다.

이어 멀리서 대지를 울리는 진동과 함께 작렬음이 들려왔고, 쉘터는 긴장감으로 가득 찼다.

실제로 적들의 행렬은 단 하루 만에 벨라루스 근처에 위치한 쉘터를 지나쳐 이미 키이우로 향하고 있었다.

지붕 위에서 평화로운 밤하늘을 감상하던 '생각하는 들개' 무리가 가장 먼저 날카로운 울음소리를 냈다. 그러자 다른 개들도 격렬하게 몸부림치며 동시에 짖기 시작했다. 그 소리는 마치 생존 본능의 마지막 외침 같았고, 점점 격렬해지며 쉘터 전체를 혼돈 속으로 몰아넣었다.

충격에 질린 동물들은 스스로 감정을 억누르지 못하고 압력을 견디지 못해 터져 버릴 것만 같았다. 쉘터는 생존에 대한 공포가 한순간에 폭발하며 아수라장이 되었다.

잠을 설치던 나이 든 자원봉사자들이 잠옷 차림으로 뛰쳐나와 먹을 것을 던져 주며 동물들을 진정시키려 했지만, 동물들의 수는 많고 쉘터는 너무 넓었다. 자원봉사자 수는 원장을 포함해 고작 서너 명뿐이었다. 혼란은 갈수록 커졌고, 공포는 쉘터 구석구석까지 퍼져 갔다.

스니쟈나와 성수도 떠나기를 포기하고 서둘러 쉘터 안으로 들어와 자원봉사자들을 돕기 시작했다. 스니쟈나는 쉘터에서 오래 활동한 경험 덕분에 빠르게 대처했지만, 이상하게도 그녀가 다가갈수록 들개들은 더욱 공격적으로 짖어 댔다.

성수는 이유를 알아채고 그녀에게 말했다.

"목에 새겨진 살모사 문신 때문일 거야."

스니쟈나는 성수의 조언에 따라 목을 가렸고, 손으로 들개들의 목덜미를 부드럽게 쓰다듬으며 지나가자 들개들이 조용해졌다.

"내가 하는 것처럼 저쪽 우리에 있는 애들 좀 봐줘!"

스니쟈나가 소리쳤다. 그녀의 손길은 침착했고, 고함 소리는 마치 들개들과 교감하는 듯했다. 그녀가 지나갈 때마다 동물들은 차츰 진정되었다.

반면 성수는 겁에 질려 몸이 떨렸지만, 곧 들개들에게 다가갔다. 그는 송곳니를 드러내고 침을 흘리며 위협적으로 짖는 큰 들개들 앞에서 멈춰 섰다. 비록 자신의 존재가 동물들에게 어떻게 비칠지 알 수 없었지만, 그들을 진정시키기 위해 가까이 있어야만 했다.

그러나 성수의 머릿속에는 그날 도로에서 자신이 죽였던 들개의 마지막 순간이 떠올랐다. 당시에는 어쩔 수 없는 선택이라며 자신을 설득했지만, 시간이 지나면서 다른 방법은 없었을지 끊임없이 자신에게 되묻곤 했다.

그는 조용히 중얼거렸다.

“고통도 삶의 일부라면, 우리는 그 고통 속에서 진정한 의미를 찾아야 하는 걸까?”

스니자나의 모습을 바라보던 성수는 자신이 던진 질문의 답이 그녀에게 있을지도 모른다는 생각이 들었다. 그녀는 동물들을 진정시키며 흔들림 없이 일에 집중하고 있었다. 그녀의 손끝에서 전해지는 헌신은 성수에게 깊이 다가왔다.

그 순간, 가까운 곳에서 아군인지 적군인지 분간할 수 없는 포성이 크게 울렸다. 하늘에서는 전투기의 파편이 떨어져 내렸다.

스니자나는 즉시 주변을 둘러보며 물었다.

“다들 괜찮아?”

다행히 자원봉사자들은 무사했지만, 그들의 눈빛 속에는 말로 다할 수 없는 두려움이 서려 있었다. 성수는 쉘터의 혼란스러운 광경을 조용히 응시했다.

곧 지붕 위의 ‘생각하는 들개’ 무리가 낮은 소리로 짖기 시작하자, 다른 개들의 울음소리도 서서히 잦아들었다. 성수는 숨을 돌리며 스니자나에게 조용히 다가갔다.

"이제 조금 괜찮아진 것 같아."

성수가 낮게 말했다.

스니자나의 눈 속에는 여전히 불안이 가득했다. 그녀는 작게 웃으며 말했다.

"언제 다시 시작될지 모르는 게 인생이야."

제41 장:

무너진 다리, 고립된 쉘터

동이 트기 시작한 새벽, 병든 동물들로 가득 찬 동물 쉘터의 초라한 원장 사무실은 깊은 침묵에 잠겨 있었다.

쉘터 원장은 자원봉사자들 앞에 서 있었지만, 밤새 쌓인 걱정과 피로가 그녀의 얼굴에 고스란히 드러나 있었다.

그럼에도 불구하고, 그녀를 버티게 하는 강인한 사명감이 목소리에 묻어났다. 자원봉사자 서너 명이 그녀를 둘러싸며 다음 지시를 기다리고 있었다.

"밤새 이 지역으로 들어오고 나가는 유일한 다리가 폭파됐다는 소문이 있어."

쉘터 원장은 침울한 목소리로 말을 꺼냈다.

"게다가 이제 통신까지 완전히 끊겼어. 우리 모두 고립됐어."

그녀의 말은 무겁게 내려앉았고, 어쩔 수 없는 체념이 목소리에 짙게 배어 있었다.

"그동안 전쟁 중에도 불구하고 동물들을 위해 많은 기부금을 받을 수 있었지만, 이제는 그 돈도 아무런 소용이 없게 됐어. 여기에는 천 마리의 개들이 있어….”

그녀는 잠시 말을 멈추고 창밖을 바라보았다.

“그리고 우리가 가진 건 고작 감자 다섯 바케스뿐이야.”

그녀의 마지막 말이 끝나자, 사무실 안에는 다시 깊은 침묵만이 흘렀다. 마치 시간마저 멈춘 듯한 정적 속에서, 자원봉사자들은 쉘터 원장의 말을 들으며 서로를 바라보았다.

아무도 상황이 이토록 절망적일 줄은 예상하지 못했기 때문이다.

스니쟈나는 원장을 바라보며 단호한 목소리로 조언했다.

“시간이 없어요. 지금 당장 움직여야 해요. ”

스니쟈나의 말이 떨어지기가 무섭게 원장의 지시에 따라 자원봉사자들은 서둘러 움직이기 시작했다. 손수레를 준비하고, 삽을 챙겨 들며 땅에 묻힌 감자들을 캐기 위해 쉘터 밖으로 나섰다.

이제 그들에게 전쟁과 적군은 더 이상 가장 두려운 존재가 아니었다.

이제 가장 시급한 일은 바로 눈앞에 있는, 아무 죄 없는 동물들을 먹이고 살리는 것이었다.

제42 장:

부서진 댐과 차오르는 물

동물 쉘터 인근, 전쟁의 공포 속에 사람들이 오래전에 떠난 마을의 버려진 텃밭은 황량하게 남아 있었다.

라스푸티차로 인해 대부분의 땅은 물에 잠기거나 질퍽한 진흙탕으로 변해 있었다.

발을 옮기는 것조차 쉽지 않은 그 척박한 땅 위에서 자원봉사자들은 차디찬 흙을 맨손으로 파헤치며 감자를 캐고 있었다.

흙 속 깊이 묻혀 있는 감자를 찾아내기 위해 손끝은 얼고, 손톱 아래로 진흙이 파고들었지만, 그들의 움직임에는 단호함과 절박함이 엿보였다.

그러나 캐낸 감자들의 대부분은 물에 젖어 썩어 있었고, 기대를 품었던 노력은 허무하게 돌아왔다.

자원봉사자들은 끊임없이 삽질을 했지만, 감자는 좀처럼 나오지 않았다. 대신 겨울잠에서 깨어난 지렁이들이 꿈틀거리며 흙 속에서 모습을 드러냈을 뿐이었다.

사람들이 떠나 척박해진 땅은 더 이상 아무것도 내어줄 기색이 없었고, 이곳에서는 희망마저 서서히 사라져 가는 듯했다.

스니쟈나는 캐낸 몇 개의 감자를 바라보며, 온몸의 기운이 빠진 듯 두 손으로 머리를 감싼 채 조용히 서 있었다.

"이대로 두면 개들은 굶주림에 서로 물어뜯다가 모두 죽을 거예요."

주변을 둘러보았지만, 동물들의 먹이가 될 만한 것은 어디에도 보이지 않았다. 절망감이 쉘터를 가득 채운 가운데, 자원봉사자들의 얼굴에는 점점 어두운 그림자가 드리웠다.

멀리서 희미하게 들려오던 폭음 소리는 점점 더 가까워지며, 그들의 공포와 불안감을 한층 더 고조시켰다. 마치 시간이 그들을 조여 오는 듯, 쉘터 안의 분위기는 더욱 무겁게 내려앉았다.

"그리고…."

스니쟈나는 잠시 머뭇거리며 말을 이어 갔다.

"댐이 무너졌다는 소식도 있어요. 물이 점점 차오르고 있다고 합니다."

그녀의 말은 마치 폭풍의 전조처럼 무겁게 울렸다.

물이 차오르면, 이 저지대는 더 이상 안전하지 않을 것이다.

"아!"

성수의 입에서 감탄 섞인 탄성이 흘러나왔다. 그는 비로소 '생각하는 들개'들이 왜 지붕 위에 머물고 있었는지 그 이유를 깨달았다.

쉘터 원장은 결연한 표정으로 주변을 둘러보며 침착하게 말했다.

"시간이 얼마 남지 않았어. 지금 이곳을 떠날지, 아니면 버틸 방법을 찾아야 해. 다행히 우리 쉘터는 물에 잘 뜨는 목재로 만들어졌고, 동물들이 지붕 위로 피신할 수 있도록 설계되었어. 먹이만 충분하다면 웬만한 수위 상승은 견뎌 낼 수 있을 거야."

그녀의 목소리에는 냉철함 속에서도 동물들을 반드시 지켜내겠다는 강한 의지가 배어 있었다.

"더 지체할 시간이 없어!"

그녀가 단호하게 말했다.

"강폭이 그렇게 넓지 않아. 어릴 적엔 내가 이 강을 여러 번 헤엄쳐 건넜었지. 이번에도 헤엄쳐서라도 강을 건너 도움을 요청할게. 시내 식당이나 가정집에서 나오는 음식물 쓰레기라도 가져올 수 있다면, 우리 개들에게 큰 도움이 될 거야."

상황이 아무리 절망적이어도, 그녀는 포기하지 않았다.

마지막 한 줄기의 희망이라도 붙잡고, 무언가를 해야 한다는 책임감이 그녀를 움직이고 있었다.

쉘터 원장은 망설임 없이, 그녀만큼 세월의 흔적이 묻어나는 낡은 자전거에 올라탔다.

건너갈 다리가 없다는 사실을 알고 있었지만, 혹시나 하는 마음으로 소문이 사실이 아니길 바랐다.

작은 쪽배라도 운행되고 있기를 바라는 희미한 기대를 품은 채, 설령 적군이라도 마주친다면, 그들을 아들처럼 설득하겠다는 대담한 결심으로, 뼛속까지 스며드는 차가운 바람을 가르며 내달렸다.

앞으로 나아가는 것만이 그녀의 유일한 선택지였다.

마침내 도착한 다리는 소문 그대로였다. 허망하게 폭파된 다리가 그녀의 앞을 가로막아 섰다.

그녀는 자전거에서 내려 다리 반대편에 보이는 마지막 피난민 무리들을 향해 두 팔을 힘껏 흔들며 절박한 목소리로 외쳤다.

"아이들 먹이가 필요해요! 제발, 우리 메시지를 시청에 전달해 주세요!"

그녀의 목소리는 찢어질 듯한 절박함으로 가득했지만, 다리 건너편의 피난민들은 떠나기에 급급해 누구도 그녀의 외침에 귀를 기울이지 않는 듯했다.

이처럼 자신과 가족의 생명 보존이 최우선인 전쟁터에서, 대다수의 사람들에게 동물의 존재는 단지 불편하고 하찮은 존재로 치부되었다.

그러나 이곳의 자원봉사자들처럼, 자신의 생명보다 동물들을 더 소중히 여기는 특별한 사람들도 있었다.

물론, 그들에겐 성수처럼 각자의 긴 사연이 존재했다. 그들은 살아오며 겪은 경험을 통해 동물이 결코 하등한 존재가 아니라는 사실을 몸소 깨달아 온 사람들이었다.

쉘터 원장에게는 천일 밤을 다 바쳐도 다 설명할 수 없을 만큼 깊은 동물 사랑의 이야기가 있다.

겨울철 가장 밝게 빛나는 별, 시리우스에서 이름을 따온 이 쉘터에서 그녀는 평생 동안 이곳을 거쳐 간, 별처럼 셀 수 없이 많은 동물들의 이름을 하나도 잊지 않고 모두 기억하고 있다.

그녀에게 동물들의 이름은 단순한 호칭이 아니라, 우주의 별자리처럼 각자의 자리에서 빛나며 서로 연결된 존재들이었다.

그녀는 모든 생명이 마치 별처럼, 저마다의 빛을 내며 우주의 한 조각을 이루고 있다고 믿었다. 비록 눈에 보이지 않을지라도, 그리고 언젠가 사라질 운명일지라도, 이름을 기억하는 것은 그들의 빛이 꺼지지 않도록 우주의 지도 위에 새겨 두는 일이었다.

그 이름들은 그녀의 기억 속에서 서로 연결되어 하나의 별자리가 되었고, 동물들의 고통과 희망이 이 별자리 속에서 영원히 살아 숨 쉬었다.

그녀의 사랑은 단지 지구라는 한정된 공간을 넘어, 무한히 확장된 우주로 뻗어 나가는 철학적 메시지와도 같았다.

그녀에게 동물들의 존재는 하찮은 것이 아니라, 우주를 이루는 거대한 질서와 조화를 완성하는 필수적인 조각들이었다. 이처럼 그녀는 동물 한 마리 한 마리를 기억함으로써, 그들이 남긴 삶의 흔적과 의미를 우주라는 거대한 무대 위에서 영원히 빛나게 하고자 했다.

그녀가 기억하는 이름들은 결국 우주의 심연 속에서도 결코 사라지지 않는 작은 빛줄기들이었고, 그것은 쉘터 원장이 동물들에게 바친 사랑이 우주적인 질서 속에서 새로운 생명과 연민으로 연결되길 바라는 소망의 표현이기도 했다.

전쟁과 파괴로 얼룩진 세상 속에서도, 그녀의 사랑은 별빛처럼 어두운 하늘에 흩어져, 모든 생명이 연결된 하나의 우주적 평화를 꿈꾸게 했다.

쉘터 원장은 한동안 그 자리에 멈춰 서서, 끊어진 다리와 멀어져 가는 사람들의 등을 바라보았다. 그녀는 홀로 남겨진 채, 절망과 고립감 속에 잠시 발걸음을 떼지 못했다.

포기할 수 없는 그녀는 강물 위로 점점 거세지는 물살을 응시하며, 마치 어릴 적 강을 건널 때처럼 신발을 벗고 천천히 물에 발을 담갔다.

그러나 얼음처럼 차가운 물이 피부를 감싸는 순간, 전신을 마비시키듯 극심한 고통이 밀려왔다. 그녀는 심장이 저릿해지는 것을 느끼며, 본능적으로 한 발 뒤로 물러섰다. 떨리는 손으로 가슴을 누르며 숨을 고르려 애썼다.

다리 너머를 바라보는 그녀의 눈에는 막막한 비탄이 가득했다. 모든 염원이 무너져 내린 그 순간, 쉘터 원장의 주름진 얼굴에는 좌절과 무력감, 그리고 천지에 대한 원망이 고스란히 드러났다.

셸터는 철저히 고립되었고, 동물들을 구할 시간은 빠르게 줄어들고 있었다.

통신은 두절된 상태에서 그녀는 절박한 심정으로 주변 사람들에게 전화를 걸고 메시지를 보냈지만, 모든 시도는 마치 허공으로 흩어지는 메아리처럼 아무런 응답도 돌아오지 않았다.

결국, 그녀는 생애 처음으로 땅바닥에 무릎을 꿇었다. 떨리는 손을 맞잡고 간절히 기도하던 그녀는 이내 더욱 절실한 마음에 몸을 완전히 땅에 엎드렸다.

온몸으로 절망과 간구를 담아내며 마지막 희망을 하늘에 맡겼다.

허탈한 눈빛으로 주변을 바라보던 그녀의 시선이 강물 위를 유유히 떠다니는 페트병들에 멈췄다.

순간, 그녀의 머릿속에 번뜩이는 아이디어가 스쳤다. 곧바로 몸을 일으킨 그녀는 강가로 달려가 떠다니는 페트병 몇 개를 집어 들었다.

페트병을 끈으로 단단히 묶고, 그 안에 작은 돌을 넣어 무게를 더한 후, 강 중앙을 향해 힘껏 던졌다.

페트병은 물속으로 가라앉는 듯하더니 이내 다시 떠올라 물살에 안정적으로 실려 멀리 흘러갔다. 물의 흐름을 가만히 지켜본 그녀는 페트병이 강을 따라 하류로 무사히 떠내려갈 수 있다는 확신을 가졌다.

그녀는 휴대전화를 비닐에 단단히 감싼 뒤, 짧고 간절한 메시지를 입력했다.

“동물들이 굶어 죽어 가고 있습니다. 셸터의 고립을 깨기 위해 국제적인 도움이 절실합니다.”

이 메시지는 국내외 동물보호협회에 전해지길 바라며… 그녀는 휴대전화를 페트병에 묶고 강 중앙을 향해 온 힘을 다해 던졌다.

페트병은 물살에 실려 점차 멀어져 갔다. 그녀는 그것이 강물을 따라 키이우를 지나 더 먼 곳까지 흘러가길 간절히 바라며, 최후의 희망을 담아 기도했다.

드니프로강이 흐르는 모든 곳에서 누군가 이 작은 메시지를 발견하고 도움의 손길을 내밀어 주기를 간절히 염원했다.

멀어져 가는 페트병을 바라보며, 떨리는 손끝으로 물살을 향해 작별의 손짓을 보내며, 속으로 마지막 기도를 되뇌었다.

"부디 누군가 이것을 발견하고 우리의 절박한 외침을 들어주길…"

그녀의 지친 눈에서 솟아난 뜨겁고 생생한 눈물방울이 차가운 겨울 공기 속에서 미세하게 흔들리며, 얼어붙은 대지 위로 성수(聖水)처럼 하나 둘 고요히 떨어졌다.

제43 장:

시리우스 별자리와 함께 죽음의 물살을 넘다

오늘 아침, 맑은 태양이 떠오르며 기온이 올라가 주변의 눈이 녹았다.

평소 같았으면 동물들이 겨울 햇살을 즐겼겠지만, 노천 동물 쉘터에는 허기진 동물들이 빈 밥그릇 주위를 서성이고 있을 뿐이었다.

아침 준비로 분주했을 쉘터의 노천 주방도 장작을 패거나 가마솥에 불을 지피는 이가 없어 고요하기만 했다.

자원봉사자들은 이른 새벽부터 밀차를 밀며 강가로 나와 쉘터 원장의 긴급 메시지가 잘 전달되었기를 바라며 강 건너편을 지켜보았다. 그러나 시간이 흐르며 오전이 거의 다 지나갈 무렵, 절망감이 서서히 쉘터를 뒤덮었다.

그 순간, 강 건너편에서 국제구호단체의 커다란 백색 깃발이 보였고, 커다란 트럭과 몇 대의 작은 승용차가 다가와 멈췄다.

차에서 내린 자원봉사자들은 손을 흔들며 강가로 다가왔고, 그들의 손에는 무거운 개 먹이 자루들이 들려 있었다.

쉘터의 자원봉사자들은 환호했지만, 곧 또 다른 문제가 닥쳤다. 강을 건널 방법이 없었던 것이다.

젊은 자원봉사자들은 이미 입대하거나 더 위험한 지역의 동물을 구하러 떠났고, 남은 사람들은 대부분 나이 든 봉사자들이었다.

강물은 밤새 녹은 눈으로 인해 불어나 물살이 거칠어졌고, 강을 건너는 일은 목숨을 걸어야 할 만큼 위험했다. 쉘터 원장은 손을 눈가에 대고 멀리 물살을 바라보며 고뇌에 잠겼다.

"강이 깊진 않지만, 물살이 너무 세고 차갑다. 그냥 건너려다간 모두 떠내려갈 거야."

그녀의 목소리에는 체념이 짙게 묻어났다.

사람들은 어쩔 줄 몰라 하며 물가에서 서성거렸다.

그때 성수가 결연한 표정으로 입을 열었다.

"나 말고는 이곳에 젊은 남자가 없네. 내가 로프를 가지고 건너가겠어."

그의 눈빛에는 흔들림 없는 결의가 담겨 있었다.

망설임 없이 로프를 어깨에 걸치고, 원장이 준비해 온 긴 장대를 손에 쥔 성수는 얼음처럼 차가운 강물 속으로 결연히 몸을 내던졌다.

거친 물살이 그의 몸을 휘몰아쳤지만, 그는 장대로 균형을 잡으며 한 발 한 발 앞으로 나아갔다.

저체온증의 공포가 온몸을 엄습했지만, 성수는 굳은 정신력으로 이를 견뎌 냈다.

강가에서 이를 지켜보던 스니자나는 피우던 담배를 조용히 돌 위에 올려놓고, 그의 뒤를 따르기로 결심했다.

그녀는 물속으로 들어가 로프를 잡고 성수의 뒤를 조심스럽게 따르며 그를 돕기 시작했다.

차가운 물살 속에서 두 사람은 서로 협력하며 장대를 이용해 한 걸음

한 걸음 앞으로 나아갔다. 그 모습은 마치 산악인들이 설원의 크레바스를 넘는 듯했다.

두 사람이 강 건너편에 도착했을 때, 지켜보던 자원봉사자들은 안도의 한숨을 내쉬며 환호했다. 그들은 로프를 트럭에 단단히 묶었고, 이 로프는 두 강가를 연결하는 희망의 다리가 되었다.

자원봉사자들은 망설임 없이 먹이 자루를 어깨에 짊어지고 로프를 붙잡은 채 천천히 강을 건너기 시작했다. 차가운 물이 목까지 차올랐고, 자루의 무게는 그들의 어깨를 짓눌렀지만, 누구도 멈추지 않았다.

성수는 강물의 가장 깊고 물살이 거센 중간 지점에서 끊임없이 오가며, 자루를 받아 들고 다시 반대편으로 전달하는 작업을 묵묵히 반복했다.

그의 팔은 점점 무거워졌고, 물살에 얼어붙은 그의 몸은 한계에 가까워졌다.

"강물이 너무 차서, 더는 못 하겠어…"

그는 지친 숨을 몰아쉬며 중얼거렸다.

그때 스니자나가 다가와 그와 함께 자루를 들어 올렸다. 두 사람은 마지막 자루를 함께 옮겼고, 마침내 모든 자루가 강을 건넜다.

자원봉사자들은 차가운 물살과 싸운 피로에 지쳐 바닥에 쓰러졌다.

그러나 잠깐의 휴식도 끝이 났다. 쉘터 원장은 병든 동물들을 손수레에 조심스럽게 태운 채 나타나, 절박한 목소리로 호소했다.

"이 병든 동물들을 큰 병원으로 보내지 않으면 모두 죽습니다. 지금 당장 옮기지 않으면 희망이 없어요."

지친 몸에도 불구하고, 자원봉사자들은 다시 일어섰다. 병든 동물들을 조심스레 광주리에 태우고 로프를 잡으며 강을 건넜다. 모든 동물들이 강을 건넜을 때, 그들은 서로를 바라보며 작은 미소를 지었다.

강 건너편 사람들은 손을 흔들며 내일 아침 다시 오겠다는 약속을 남기고 차를 몰아 멀어져 갔다.

한겨울의 짧은 해가 서서히 저물어 가며, 차가운 강바람이 젖은 몸을 파고들어 얼려 가고 있었다.

자원봉사자들은 서로를 의지하며 덜덜 떨며 쉘터로 돌아갔다. 그 길은 끝이 보이지 않을 만큼 멀게만 느껴졌다.

제44 장:

개밥 속에서 고백과 키스

많은 눈이 내리는 겨울밤, 캄캄한 노천 동물 쉘터의 안마당은 여느 때와는 달리 희미한 온기가 감도는 밤공기에 휩싸여 있었다.

오랜만에 따뜻한 죽을 맛보는 동물들은 고요한 평화 속에 잠겨 있는 듯 보였다.

자원봉사자들은 옷과 신발을 벗어 아궁이 곁에 말리고, 담요만 두른 채 커다란 가마솥에 동물 먹이를 계속 끓이며 불 옆에 모여 앉았다.

오늘 하루의 험난한 여정 속에서도 그들은 조용히 몸을 녹이며 서로의 감동을 나누고 있었다.

그들의 얼굴은 동상에 걸린 듯 붉게 상기되어 있었고, 간간이 들려오는 기침 소리가 대화를 방해했지만, 동물들을 살려 냈다는 묵직한 기쁨이 은은히 퍼져 있었다.

불꽃이 타오를 때마다 서로의 얼굴에 어둠과 빛이 번갈아 드리웠다. 마치 현재 그들의 안도와 미래의 긴장이 아슬아슬하게 뒤섞여 있는 것처럼.

스니쟈나는 가마솥에서 동물용 죽을 한 주걱 담아 맛을 보았다. 만족한 듯 다시 몇 주걱을 퍼서 성수에게 건넸고, 성수는 의아한 표정으로 거리낌 없이 죽을 받아먹었다.

그 후, 스니쟈나는 처음으로 그의 손을 가만히 잡았다. 그들의 손끝에서 퍼져 나오는 따뜻함은 긴 대화 없이도 두 사람 사이의 깊은 연대를 느끼게 했다.

그녀는 수줍은 미소를 지으며 말했다.

"내 몸은 이런 때만 만질 수 있는 거야…."

스니쟈나는 미소를 지으며 뱀처럼 성수에게 다가가 입을 맞추었다. 자원봉사자들도 접시를 들고 와 동물용 죽을 함께 먹으며 웃음을 나눴다.

그때 쉘터 원장이 나타나 자원봉사자들의 얼굴을 천천히 훑어보았다. 그녀의 목소리에는 깊은 감격이 묻어 있었다.

"내 평생 이곳에서 일하면서 개밥을 함께 먹는 자원봉사자들은 처음 봅니다. 대부분 자원봉사자들은 음식물 냄새를 싫어하며 가까이 오지도 않거든요. 하지만 이런 여러분 덕분에 우리 아이들이 살아남을 수 있었습니다."

그녀는 말을 마치고 모닥불을 바라보며 잠시 생각에 잠겼다. 불꽃 소리와 자원봉사자들의 숨소리 사이로 평화롭게 잠든 동물들의 모습이 떠올랐다. 쉼 없이 울던 개들의 짖음도 이제는 잠잠했다. 마치 쉼 없이 흐르던 시간이 멈춘 듯한 그 고요함 속에서 모두가 잠시나마 평화를 느끼고 있었다.

스니쟈나는 비밀을 억누르지 못한 듯한 웃음을 지으며 들개처럼 네발로 기어와 성수에게 또 한 번 혀로 핥듯 입을 맞추었다.

다른 자원봉사자들은 대화를 멈추고 그녀의 동물적인 행동을 지켜보았다. 스니쟈나는 불꽃 너머로 동물들을 바라보며 말했다.

"화장품 아저씨, 내 입맞춤의 의미를 알아?"

성수가 의심스러운 말투로 대꾸했다.

"그게 입맞춤이었어? 좀 지저분하잖아… 나를 그렇게 지저분하게 좋아해서 그런 거야? 아니면 약 사게 또 지저분한 돈 달라고?"

스니자나는 그의 말을 무시하며 더욱 간절한 목소리로 대답했다.

"아니야! 지난번 나 마사지실에서 실신했을 때 네가 했던 그 지저분한 짓이잖아."

그녀는 그의 얼굴을 조심스레 만지며 속삭였다.

"아직도 엄마 개 화장이 남아 있네. 내가 주사 놓을 때 애들이 아프지 말라고 한 거야."

그러고 나서 그녀는 성수에게 간절히 말했다.

"내 소원 하나 들어줄래?"

성수는 자신이 그녀의 최면에 걸리고 있음을 느끼며 물었다.

"뭔데? 너랑 술은 더 이상 안 마셔."

스니자나는 애원하듯 대답했다.

"저 아이들 중 몇 마리만 데려가서 잘 키워 줄 수 있겠어?"

성수는 잠시 머뭇거리다 고개를 끄덕였다.

"그래. 그리고 네 고양이들도 다시 집에 데려갈게."

자원봉사자들은 환호성을 질렀고, 스니자나는 고마운 듯 그를 안아 주었다. 성수는 그녀의 눈 속에서 수많은 감정이 뒤얽혀 있음을 느꼈다. 장난도, 고마움도, 유혹도 아닌, 깊은 상처가 숨어 있었다.

스니자나는 불꽃을 바라보며 성수의 귀에 조용히 속삭였다.

"나는 강물에서 네가 얼어 죽을 수도 있겠다고 생각했어. 그 순간, 우리 인연이 여기서 끝날 수도 있겠다는 생각이 들었어. 네가 자주 말하던 인연… 그 끝은 어디일까? 다시 만나지 않는 거야? 아니면 우리 둘 다 사라지는 순간이야?"

성수는 그녀의 심리를 잘 알고 있었기에 바로 반응하지 않고 생각에 잠겼다. 그녀가 진정으로 갈구하는 것이 무엇인지 고민하며, 나직하게 대답했다.

"아니야. 우리의 인연은 여기서 끝나는 게 아니야. 설령 끝난다 해도, 다른 세상에서 다시 시작될 거야."

스니자나는 그의 말을 듣고 크게 웃었다. 불꽃의 춤을 바라보며 또 다른 인연을 상상했다.

쉘터 원장은 모든 상황을 조용히 지켜보다가 입을 열었다.

"내일 국제동물보호협회 트럭이 다시 올 겁니다. 두 사람은 그 차를 타고 나가세요. 다른 사람도 원하면 같이 가세요. 그것이 이곳을 떠날 유일한 기회입니다."

제45 장:

우크라이나는 영원히 하나이다

전쟁으로 인해 이용객이 급증한 키이우 중앙 버스 터미널은 이른 새벽부터 들어오고 나가는 버스들로 혼잡했다.

서로 경적을 울려대는 소리에 터미널은 혼란스러웠고, 주변 열병합 발전소에서 내뿜는 흰 연탄가스 연기가 바람을 타고 몰려와 안개처럼 짙게 깔려 있었다.

새벽이었지만, 돈바스에서 적군이 퍼붓는 수만 발의 포탄 가루가 서풍을 타고 날아들었고, 매일 키이우 상공에서 터지는 미사일과 드론, 그리고 요격 미사일의 화약과 잔해가 내려앉으며 사람들의 폐를 죽이고 있었다.

그로 인해 대기는 한밤처럼 어두웠으며, 눈과 목을 찌르는 듯한 따가움이 가득했다.

낮인지 밤인지 모를 어스름한 조명 아래, 전선으로 떠나는 군인들과 피난민들이 뒤섞여 자신들의 운명을 태울 버스를 찾느라 분주하게 움직였다.

르비우나 오데사로 가는 대형 버스와 폴란드 등 유럽으로 나가는 최신식 이층 버스들 속에서, 최전선으로 떠나는 버스는 모두 낡은 소형 버스

뿐이었다.

성수는 스니쟈나의 무거운 더플백을 어깨에 메고 버스 창에 붙어 있는 행선지를 확인하며 돌아다녔다.

군복 차림의 돈바스 살모사는 구석에 주차된 작은 하르키우 행 승합차를 한눈에 알아보고 성수를 손짓으로 불렀다.

주변은 오랫동안 이별을 나누는 연인들로 가득했지만, 성수와 스니쟈나는 마치 방금 만난 사이처럼 보였다.

성수는 돈바스 살모사가 감정을 축적하지 못한다는 것을 잘 알고 있었다. 세상의 많은 아픔을 겪은 그녀는 마치 충전되지 않는 배터리처럼, 감정이 매번 방전될 뿐이었다.

그에게 그녀의 감정은 늘 처음 만나는 것처럼 느껴졌다. 이렇게 폐허에 가까워진 스니쟈나의 영혼을 성수는 처음 만났을 때부터 안타까워했다. 그리고 자신이 그녀에게 해 줄 수 있는 것이 아무것도 없다는 사실에 아쉬움을 느꼈다.

성수가 예상한 대로, 스니쟈나는 마치 잠시 도움을 받은 사람에게 고맙다는 듯이 갑자기 웃으며 말했다.

"이제 내 더플백 줘. 고마웠어."

그녀의 웃음은 이 상황과 동떨어진 감정처럼 느껴졌다. 성수는 순간, 그녀가 초상집에서도 이렇게 웃을 수 있겠다는 생각이 스쳤다.

전쟁이 그녀를 이렇게 무감각하게 만든 것일까? 성수는 많은 생각이 스쳐 지나가는 중에도, 그녀의 요구에 잠시 멈칫했다가 고개를 끄덕이며 더플백을 건넸다.

그녀는 더플백을 받아 승합차 뒤에 싣고, 무감정으로 탑승을 기다리고 있었다.

그는 이별의 순간을 긴 키스로 마무리하는 연인들을 힐끗 보았다. 성수는 씁쓸한 미소를 지으며 돈바스 살모사의 손을 세게 잡아 끌며 항의하듯 천천히 말했다.

"이별 키스는 바라지도 않아… 그런데, 마지막으로 한번 손이라도 잡아 줄 순 없겠어?"

돈바스 살모사는 가볍게 웃으며 대답했다.

"내가 말했잖아. 내 가슴은 이미 전쟁터처럼 풀 한 포기 자랄 수 없는 폐허야."

그녀의 말은 농담처럼 들렸지만, 그 속에는 깊고 쓰린 상처가 배어 있었다.

성수는 여전히 화가 나서 말을 더듬으며 다시 물었다.

"그럼 네 이름, 주소, 생일만이라도 알려 줄래?"

돈바스 살모사는 웃으며 고개를 갸웃거렸다.

"그걸 왜? 경찰이야?"

성수는 감정을 억누르지 못하고, 마치 싸움을 시작하듯 목소리를 높였다.

"제기랄, 정말 마지막 순간까지도 모르겠어? 만약 네가 다치거나… 소식이 끊기면… 내가 널 찾아야 하잖아."

스니자나는 그의 말을 듣고 웃음을 터뜨리며 고개를 저었다.

"불타고 썩어 갈 내 시체를 찾아서 뭐 하게?"

성수는 어이없어 잠시 말을 잃었다. 한참 뒤, 그는 조용히 말했다.

"네 몸의 일부분은 너를 사랑한 사람의 것이니까."

그 순간, 스니자나는 놀라움을 숨길 수 없는 듯 그의 눈을 깊이 응시했다. 그리고 가볍게 웃으며 군용 백팩에서 일기장을 꺼냈다.

“나도 너한테 한 방 먹일 게 있어. 나 그렇게 나쁜 여자 아니야.”

그녀는 일기장의 마지막 장을 펴서 천천히 써 내려갔다.

“당신 이름이 뭔가요?”

성수는 어이가 없었다. 서로 안 지 몇 주가 지났는데, 이제 와서 자신의 이름을 묻고 있었다. 그는 잠시 망설이다가, 약간 짜증 섞인 목소리로 대답했다.

“성수. 맑고 성스러운 물이라는 뜻이지. 그걸 알아서 뭐 하려는 건데? 불타고 썩어 갈 내 시체랑 무슨 상관인데?”

스니자나는 고개를 끄덕이며 조용히 일기장에 글을 적어 내려갔다.

“내 이름은 스니자나, 우크라이나의 흰 눈이야. 1994년 1월 22일, 우크라이나의 흰 눈이 한국의 맑은 물과 만나, 불타고 썩어 갈 시체 대신 하나의 커다랗고 찬란한 물방울로 태어났어.”

그녀는 별 감정 없이 일기장을 덮고 성수에게 건넸다.

“여기 네 이야기가 담겨 있어. 내가 돌아오지 않으면, 날 찾지 말고 읽어 봐.”

성수는 스니자나의 일기장을 보고 조금 화가 풀리자, 분위기를 바꾸려 웃으며 물었다.

“이제 네 생일날을 드디어 알았으니, 생일엔 솔직하게 뭘 하고 싶어?”

스니자나는 잠시 머뭇거리더니, 쑥스럽게 웃으며 입을 열었다.

“핑크빛 드레스 입고 춤추며 멋진 곳을 돌아다니고 싶어. 밤에는 친구들하고 나이트 클럽도 가고!”

두 사람은 그 말에 갑자기 웃음을 터뜨렸다. 잠시 그들의 슬픔을 덮어

버릴 만큼 맑은 웃음소리가 터미널을 가득 채웠다.

그러나 웃음이 가라앉자, 스니쟈나는 승합차에 오르려다 기사에게 조금만 더 기다려 달라고 부탁한 뒤, 성수에게 다가가 그를 꽉 껴안았다.

그녀의 한 손이 성수의 머리를 강하게 감싸며, 입술을 그의 귀 가까이 대고 깊고 진지한 목소리로 속삭였다.

주변 사람들이 그녀의 말을 듣고자 귀를 기울였지만, 그저 그녀의 눈동자와 성수의 눈동자만 보일 뿐이었다.

모든 승객이 탑승을 마친 뒤, 기사는 출발을 위해 그녀를 기다리고 있었다. 시간이 오래 걸리고 있었지만, 사람들은 이 이색적인 국제 연인들의 이별이 마치 자신의 아픔인 양 조용히 공감하며 이해하는 듯했다.

스니쟈나는 오랫동안 속삭이다가, 가끔 성수가 듣고 있는지 고개를 돌려 그의 반응을 살폈다. 성수는 간간이 고개를 끄덕이며 그녀의 말을 조용히 받아들였다.

잠시 그의 얼굴을 바라보던 스니쟈나는 가볍게 미소를 지으며, 밝고 단호한 목소리로 외쳤다.

"굿바이, 성수."

그리고 그녀는 단 한순간의 망설임도 없이 승합차에 몸을 실었다. 성수는 그 자리에 우두커니 서서, 승합차가 먼 길을 달려 점점 시야에서 사라져 가는 모습을 끝까지 바라보았다.

비록 승합차는 보이지 않게 되었지만, 스니쟈나, 아니 돈바스 살모사의 강인한 목소리와 결연한 결의는 그의 곁에 여전히 무겁게 남아 있었다.

성수는 돈바스 살모사와의 마지막 장면을 잊지 않기 위해, 마치 기록영화를 찍듯 자신의 뇌리 속에 선명하게 각인했다.

그녀가 떠난 후, 텅 빈 그 자리에 홀로 선 성수는, 전쟁터에서 날아든 화약 잔해로 가득한 허공을 극장의 스크린처럼 상상하며, 그들의 마지막 순간을 머릿속에 다시금 영사했다.

그 장면은 마치 멈춰 버린 시간 속에서 영원히 반복되는 한 장의 필름처럼 그의 마음에 깊이 새겨졌다.

우크라이나 전쟁의 작은 기록 영화의 하이라이트는 이렇게 시작되었다.

승합차 안의 탑승객들은 스니자나를 기다리고 있었고, 운전기사는 시동을 켠 채 차 문을 닫을 준비를 마쳤다.

차 밖에서는 두 사람이 승합차 앞에서 얽혀진 채 마지막 이별의 말을 나누고 있었다. 성수는 아무 말도 하지 않았지만, 그녀의 입술이 그의 귓불 가까이에서 작은 목소리로 움직이는 것을 느꼈다.

탑승객들은 이들의 깊은 사연을 헤아리려는 듯, 창문 너머로 두 사람의 눈빛과 입술의 움직임을 주의 깊게 지켜보았다. 그 누구도 성급히 재촉하지 않았다.

그 순간, 먹구름 속 스크린에서 돈바스 살모사의 입이 크게 확대되어 보였다. 그녀의 목소리는 마침내 맑게 재생되었고, 그녀의 숨소리 하나까지도 똑똑히 들려왔다. 그 목소리에는 전쟁 속에서도 잊지 못할 결의와 사랑의 울림이 담겨 있었다.

"왜 내가 지금 떠나야 하는지 꼭 말해 주고 싶어… 나도 너와 함께 조용한 카르파티아로 가서 평범하게 살고 싶어."

돈바스 살모사는 깊은숨을 들이쉬었다. 그녀의 눈가에는 고인 눈물이 반짝였다.

"하지만 우크라이나가 한국처럼 분단국가로 남는 건 싫어."

돈바스 살모사는 잠시 말을 멈추고, 떨리는 숨을 고르며 차분히 이어갔다.

"분단이 되면 형제끼리 다시 총을 겨누게 될 거야. 우리가 그 고통을 되풀이할 순 없어. 그래서 나는 떠나고 있는 거야."

돈바스 살모사는 성수가 자신을 이해하고 있는지 잠시 그의 눈을 뚫어지게 바라보았다. 그리고 다시 그의 귀에 가까이 다가가, 둘만이 공유하는 비밀을 속삭이듯 말했다.

"우리에게 전쟁은 단순히 영토를 지키는 싸움이 아니야. 이건 우리의 존재와 존엄을 지키는 싸움이야."

성수는 그녀의 말에 조용히 고개를 끄덕이며, 그 진심을 받아들이는 듯했다.

"이 땅이 하나로 남고, 우리 민족이 하나로 남을 수 있도록 나는 끝까지 싸울 거야. 그것이 내가 살아 있는 이유야."

돈바스 살모사는 시선을 성수에게서 천천히 떼며, 멀리 보이지 않는 어딘가를 응시했다.

"난 이 전쟁에서 나 자신을 잃었어. 친구도, 가족도… 그리고 나의 존엄까지."

그녀의 목소리는 낮고 담담했지만, 그 속에는 깊은 상처와 체념이 담겨 있었다.

"여자로서 돈 때문에 감당해야 했던 치욕적인 일들… 그들을 위해 내 몸 하나쯤이야 아무것도 아니었어."

돈바스 살모사는 다시 고개를 돌려, 성수의 눈을 마주하며 단단한 결의를 전했다.

"하지만 내가 그 모든 걸 견딜 수 있었던 건, 이 나라가 하나로 남아야 한다는 신념 때문이었어. 우크라이나가 분단된다면 내가 겪은 모든 고통은 아무 의미도 없어질 거야. 내가 살아남기 위해 했던 모든 순간들이 헛된 것이 되겠지."

그녀의 입술이 미세하게 떨리며, 마지막 말을 덧붙였다.

"분단된 나라에서는 희망이 없어. 그 상처는 세대를 넘어 계속 이어지게 돼. 그걸로 충분해. 난 그 끝을 보고 싶지 않아."

그녀는 성수를 향해 옅은 미소를 지었지만, 그 미소 속에는 차가운 결단이 엿보였다.

"내가 죽더라도, 넌 나를 찾지 않아도 돼. 난 내가 선택한 이 길에서 이미 답을 찾았으니까."

그녀의 말은 강렬하게 울려 퍼졌고, 성수는 그녀의 결심과 무게를 고스란히 느낄 수 있었다.

영화 장면은 점차 흐려지며, 먹구름 속 스크린에는 승합차 창문에 머리를 기대고 멀어져 가는 돈바스 살모사의 모습이 떠올랐다. 그녀는 김이 서린 창문에 손가락으로 천천히 무언가를 썼다.

카메라는 그녀의 손끝을 따라가고, 이어 지구의 먹구름 위로 그녀가 남긴 글씨가 선명하게 드러났다.

"우크라이나는 영원히 하나이다."

그 메시지는 영화의 화면을 가득 채우며, 먹구름 사이에서 점점 더 빛을 발했다. 돈바스 살모사의 결의와 신념이 글씨 속에 응축되어 화면을 장식한 채, 그것은 지켜보던 전 세계 자유 민주주의 시민들의 마음 깊은 곳을 강렬하게 울렸다.

에피소드 4:

우크라이나, 문밖에 핀 아름다움

제46 장:

아름다움에 대한 마지막 편지

성수는 키이우 오페라 하우스 앞 아파트의 응접실에 앉아 있었다. 책상 위 흩어진 사진들 사이에서 스니자나의 일기장을 손에 들었다. 그녀가 떠난 지 2년이 지났지만, 흔적은 여전히 그의 삶에 남아 있었다.

아파트는 생기 넘치는 꽃들로 가득했지만, 마음속 빈자리는 여전히 채워지지 않았다. 그는 창밖을 바라보거나, 장식용 도자기 대신 핑크 드레스를 넣어 둔 유리 옷장을 보며 그녀를 기다렸다.

이곳을 선택한 이유는 단 하나였다. 그녀가 무사히 돌아와 좋아하는 드레스를 입고 발코니에 서서 오페라 하우스를 바라보는 행복을 선물해 주고 싶었기 때문이다.

"모두 보고 싶다. 열차에서 만났던 순수하고 다정한 사람들… 그들이 내 목소리를 들을 수 있을까? 나도 갈 길이 있다면, 당신들처럼 운명에 휘둘리지 않을 힘을 주세요."

성수는 펜을 들어 조용히 글을 써 내려갔다.

그는 문득 창밖을 내다보았다. 눈 덮인 밤거리에는 어딘가로 향하는 사람들로 가득했다. 하지만 그 속에서 그는 여전히 길을 잃은 채, 그녀를 기다리고 있었다.

그녀가 전사했다는 소식도, 부상을 입었다는 소식도 들을 수 없었다. 그는 그저 가끔 그녀의 집을 찾아가거나, 포로 교환 명단을 확인할 뿐이었다.

새살이 돋아 가려운 왼손의 붕대를 만지작거리다, 차가운 공기가 가려움을 덜어 줄 것 같아 그는 발코니로 나갔다.

얼음장 같은 기운이 얼굴을 훑고 지나가자, 늘 얼음물 속에서 고요히 다리를 담그고 흐르는 물결을 바라보던 그녀의 순수한 모습이 문득 떠올랐다. 아래로는 폭격을 견딘 건물들 사이로 살아남은 영혼들이 움직이는 모습이 보였다.

성수는 긴장 속 적막한 바깥 풍경을 응시하며 생각에 잠겼다.

"대부분이 여자들이다. 그중에서도 생기 가득한 어린 소녀들이 눈에 띈다.

발코니에서 그녀들의 모습을 기록하고, 아래 와인 바에서는 밤이 깊어질수록 술에 취한 천사들을 지켜본다. 전쟁이 그녀들의 아름다움을 더욱 강렬하게 만들고 있다."

그가 찍은 사진들이 눈앞에서 아련히 떠올랐다. 사진 속에는 눈부시게 아름다운 우크라이나 여성들이 담겨 있었다. 전쟁의 상흔이 어렴풋이 스민 얼굴들이었지만, 그 고통 속에서도 그들은 빛나고 있었다.

성수는 자문했다.

"나는 매일 아름다운 여자들을 보며 스스로 묻는다.

왜 이들은 이렇게 빛나는 걸까?

전쟁 전에도 아름다웠지만, 지금은 눈부시게 아름답다."

성수는 스니쟈나를 찾아 활공 폭탄이 쏟아지던 하르키우와 자포리자의 최전방에서 찍은 사진들을 떠올렸다.

그곳에서도 그녀들은 처절하게 아름다웠다. 텅 빈 도시를 배경으로 붉은 드레스를 입고 전차를 몰던 여인이 그의 기억 속에 선명히 떠올랐다. 그녀는 전쟁의 적막 속에서 홀로 매혹적인 여성미를 뽐내고 있었다.

"전쟁이 그녀들의 아름다움을 키워 가고 있다."

성수는 깨달았다.

잠시 그의 마음은 서울로 향했다. 그곳에서 그는 사랑했던 강아지가 병에 걸려 대수술을 받았다는 소식을 듣고 급히 돌아갔었다.

"붕대에 감겨 있을 강아지를 생각하며 조심스럽게 현관문을 열었을 때, 강아지는 전혀 아프지 않은 듯 더 생생하게 뛰어다녔다."

그 기억은 마치 우크라이나 여인들이 지닌 아름다움처럼, 고통 속에서도 빛나는 생명력을 떠올리게 했다.

"내 사랑스러운 강아지는 속삭이는 것 같았다. '아빠, 저 건강해요. 행복해 보이지 않나요?' 병들지 않았어요. 내가 본 우크라이나의 천사들도 모두 나에게 이렇게 말하는 것 같았다."

성수의 두 눈엔 눈물이 흐르고 있었지만, 그의 표정은 슬프지 않았다.

제47 장:

참호 속의 빛

가장 치열한 전투가 벌어지고 있는 동부 최전선의 숲속. 얕은 땅속에 통나무로 지어진 임시 참호는 적 포탄 한 방에도 한순간에 무너질 듯 위태로웠다.

좁혀 오는 적군의 포위로 희망은 이미 사라진 듯했다. 참호 안, 피로 물든 간호복을 입은 스니자나는 심하게 다친 수많은 부상병들에게 둘러싸여 있었다.

그녀는 성수의 편지를 손에 들고, 고통과 공포에 물든 부상병들의 눈빛을 마주하며 천천히 읽어 나갔다. 그녀의 목소리엔 희망이 담겨 있었고, 종이를 쥔 손끝의 따스함은 마치 성수의 손길 같았다.

“우리는 여전히 건강하고 예쁘니, 아무리 큰 고통이 찾아와도, 희망이 사라져도 더 큰 고통으로 지울 수 있어요.”

성수의 글씨는 부드럽지만 강렬한 울림을 담고 있었다.

돈바스 실모사는 그 글을 한 글자씩 음미하며, 부상병들에게 차분히 전달했다.

“우크라이나가 아프다고 안락사를 선택하지 말아 주세요. 끝까지 포기하지 말고, 우리를 잊지 말아 주세요. 그리고 계속해서 지원해 주세요."

포탄이 참호를 여러 번 덮쳤지만, 스니자나는 미동도 하지 않았다. 참호 속 부상병들은 그녀의 목소리에 귀를 기울였고, 절망 속에서도 그 말은 희망의 빛처럼 스며들었다.

돈바스 살모사는 잠시 눈을 감고, 성수가 보낸 따뜻한 메시지를 마음 깊이 새겼다.

"사랑하는 스니자나, 이제야 당신의 마음을 이해합니다."

그의 마지막 말이 그녀의 마음을 울렸다. 오랫동안 기다려온 대답처럼, 그의 진심은 참혹한 전쟁의 현실 속에서도 그녀의 가슴 깊이 스며들었다.

제48 장:

고행의 길

적들의 대학살로 깊은 상처를 안고 침묵에 잠긴 부차. 그 침묵은 그 어떤 소리보다도 강렬하게 돈바스 살모사의 귀에 울려 퍼졌다.

그녀는 신원 미상의 번호만 새겨진 부차 묘지 앞에서 천천히 걸음을 내디뎠다.

똑, 똑, 똑. 그녀의 발걸음 소리만 고요한 대지 위에 퍼졌다. 세 걸음을 걷고, 그녀는 한 손으로 무릎을 꿇고 절했다. 다시 세 걸음을 걷고 또다시 절했다.

마치 모든 고통과 죄책감을 땅속에 내려놓으려는 듯…

성수는 묵묵히 몇 걸음 뒤에서 그녀를 따라가며 고개를 숙였다. 스니자나의 절박한 발원(發願)은 그의 가슴 깊이 스며들었고, 그는 같은 마음으로 삼보일배의 길을 걸었다. 그들의 몸짓 하나하나가 간절한 염원의 표현이었다.

스니자나는 부차 성당 정원에 천천히 발을 들였다. 고요한 풍경 속에서 잠시 서서 묵념했고, 성수는 그녀 곁에서 조용히 고개를 숙였다.

그녀가 다시 삼보일배를 이어가자, 그도 묵묵히 함께 걸었다. 한 걸음

한 걸음, 그녀의 움직임은 무언가를 치유하려는 의식처럼 보였다.

성수는 속으로 간절한 염원을 되뇌었다.

"당신의 아픈 속마음을 누가 알겠습니까. 당신의 간절함이 아무 잘못 없이 죽고 다친 수많은 이들의 마음을 움직이고자 하는 걸까요? 당신의 거룩한 한 걸음 한 걸음이 씨앗이 되어, 세상의 모든 전쟁이 끝나고 더는 무고한 희생자가 없기를 간절히 바랍니다."

겨울비가 내리며, 돈바스 살모사의 얼굴은 빗물로 얼룩져 가고 있었다. 하지만 그녀는 묵묵히 한적한 도로 가장자리를 따라 삼보일배를 이어 갔다.

성수는 팔 하나만 남은 그녀의 뒤에서, 긴 고행에 필요한 물건을 실은 작은 손수레를 끌었다. 그 뒤로는 회색 옷을 입은 블랙 핑크가 조용히 따르고 있었다.

그들이 지나가는 도시는 전쟁의 상처로 얼룩져 있었고, 불탄 무기들이 여기저기 흩어져 있었다.

스니쟈나의 걸음은 아조프 연대 포로들의 생환을 기원하는 대형 포스터가 걸린 키이우 시청 앞을 지나쳤다. 벌써 전쟁을 잊은 듯한 많은 인파로 북적이는 크레샤틱 거리도 그녀의 수행을 멈추게 하지는 못했다.

스니쟈나는 마음속으로 간절한 염원을 되새겼다.

"우크라이나 영토 한 발짝을 지키기 위해 고통받고 목숨을 바친 여러분, 내 한 팔 안에서 숨을 거둔 용사들, 그리고 그들을 잊지 못하는 가족들. 여러분을 위해 엎드립니다.

내 고통이 당신들의 마음에 위안이 되길 바랍니다. 나는 지금 이 순간, 모두를 위해 고행을 하고 있습니다. 이 길을 걷다 보면 모든 문제와 고통이 드러나고, 그로 인해 마음이 가벼워집니다. 이 과정을 거치지 않으면, 우리는 전쟁의 상처를 지닌 채 평생 살아가야 할 것입니다.

나는 이 길을 걸으며 매 발걸음마다 내 안의 죄와 고통을 씻어 내고 있습니다. 나의 고통은 나만의 것이 아닙니다. 전쟁으로 인해 잃어버린 이들의 고통이기도 합니다. 그들의 아픔을 내가 대신 짊어지고, 이 길을 걸으며 그들을 위해 염원합니다.

이 발걸음이 그들에게 위로가 되기를, 그리고 나에게도 속죄가 되기를 바랍니다."

그녀는 한적한 도로 위에서 묵묵히 고행을 이어 갔다.

"우리는 작은 새입니다. 작지만 강한 날갯짓이 우크라이나와 세계 평화에 커다란 물결을 일으키기를 소망합니다."

길가에 자리한, 성수가 묻은 작은 들개 무덤 위에 노란 겨울꽃이 고요히 피어 있었다. 돈바스 살모사를 따라 걷던 블랙 핑크가 그 무덤 앞에서 멈춰 섰다.

그녀는 조용히 무릎을 꿇고 노란 겨울꽃을 바라보았다. 얼굴에는 평온한 미소가 떠올랐다.

마치 폭격 속에서 잃어버린 자식들이 다시 돌아온 듯한 표정이었다.

"이 소설을 우크라이나의 평화와 희생자들의 영혼을 위해 한국에서 실제로 350km를 삼보일배하신 파란 눈의 체코 정관 스님께 바칩니다."

맺음말

내가 머무는 언덕 위의 구시가지. 아름다운 키이우 전경이 한눈에 들어오는, 충격을 막기 위해 스카치테이프로 여기저기 덕지덕지 붙인 창문이 있는 방에서, 드론에 의해 파괴되는 불행한 건물들을 지켜보며 나는 우크라이나를 주제로 한 두 번째 책을 마무리하고 있다.

내가 글을 쓰기 시작한 이유는 단순하다. 끝이 보이지 않는 이 전쟁 속에서, 혹은 무모한 재건 사업으로 돈을 좇다가 목숨을 잃게 된다면, 내 삶이 얼마나 허망할지 생각했기 때문이다.

더군다나 인생의 종착점에 가까워진 이 나이에, 돈 때문에 목숨을 잃고 싶지는 않았다. 최소한 죽더라도 의미 있는 무언가를 세상에 남기고 싶었다.

그래서 나는 이곳에서 수백만 명의 떨고 있는 영혼의 목소리를 세상에 전하며, 그들의 고통과 희망, 두려움을 함께 느끼며 글과 영상으로 그들의 이야기를 기록해 나가고 있다.

이 소설 속 주인공 스니자나는 여러 실존 우크라이나 야전 간호사들의 이야기를 종합하여 탄생한 인물이다. 나는 그녀들과 같은 이들의 숭고한 헌신과 가슴 아픈 전사 소식을 종종 신문을 통해 접하며 깊은 감동과 슬픔에 잠기곤 한다.

나는 한국 전쟁 이후 태어나 전쟁의 상처와 함께 자라왔다. 그래서 이곳의 아픔은 자연스럽게 우리나라의 지난 슬픔과 겹쳐졌다. 우리가 그 슬픔을 극복하고 다시 일어섰던 것처럼, 이들에게도 극복의 길과 희망의 방법을 전해 주고 싶었다.

그러나 이 여정에서 내가 배운 것은 그들에게서 얻은 교훈이 훨씬 더 크다는 점이다. 전쟁의 한복판에서도 꺼지지 않는 그들의 용기와 의지는 인간의 숭고함을 다시금 일깨워 주었다.

오늘 이 글을 무사히 마칠 수 있었다는 사실에 깊은 안도와 감사의 마음을 느낀다.

이 이야기가 끝나는 순간에도, 그들의 싸움은 계속되고 있다. 그들의 용기가 우리의 마음속에서도 살아 숨 쉬길 바란다.

이 책이 전쟁 속에서도 꺼지지 않는 인간의 존엄과 희망을 느끼는 작은 창이 되기를 진심으로 바란다.

끝.